अरुण खोरे

मराठी के वरिष्ठ पत्रकार, सम्पादक व लेखक अरुण खोरे का जन्म 20 अक्टूबर, 1954 को हुआ। 'पोरके दिवस' उनकी बहुचर्चित कृति है। उन्हें 'महात्मा गांधी लिगसी अवार्ड' सहित कई पुरस्कारों से सम्मानित किया गया।

अनुवाद : दामोदर खड़से

दामोदर खड़से का जन्म सन् 1948 में हुआ। उनके कई कविता-संग्रह, कहानी-संग्रह और उपन्यास प्रकाशित हैं। उन्हें 'बारोमास' के लिए 'साहित्य अकादेमी पुरस्कार' (अनुवाद) सहित कई पुरस्कारों से सम्मानित किया गया है।

भूले-बिसरे दिन

अरुण खोरे

अनुवाद
दामोदर खड़से

राधाकृष्ण पेपरबैक्स

पहला पुस्तकालय संस्करण
राधाकृष्ण प्रकाशन प्राइवेट लिमिटेड द्वारा
2001 में प्रकाशित

राधाकृष्ण पेपरबैक्स में
पहला संस्करण : 2024

राधाकृष्ण पेपरबैक्स : उत्कृष्ट साहित्य के जनसुलभ संस्करण

राधाकृष्ण प्रकाशन प्राइवेट लिमिटेड
जी-17, जगतपुरी, दिल्ली-110 051
द्वारा प्रकाशित

शाखाएँ : अशोक राजपथ, साइंस कॉलेज के सामने, पटना-800 006
पहली मंजिल, दरबारी बिल्डिंग, महात्मा गांधी मार्ग, प्रयागराज-211 001
1, अनमोल सोराबजी संतुक लेन, धोबी तलाव, मरीन लाइंस, मुम्बई-400 002
वेबसाइट : www.radhakrishnaprakashan.com
ई-मेल : info@radhakrishnaprakashan.com

विकास कंप्यूटर एंड प्रिंटर्स
ट्रॉनिका सिटी-201 102
द्वारा मुद्रित

मूल्य : ₹250

BHOOLE-BISRE DIN
Autobiography by Arun Khore

ISBN : 978-93-48157-63-8

मेरी माँ स्व. ताराबाई
उसके बाद माँ की तरह
मेरे पिता बापू
और
मेरी गृहस्थी सँवारनेवाली
प्रिय पत्नी सौ. शोभा को...

इस आत्मकथा के निमित्त...

यह आत्मकथा, रिमांड होम की सख्त दीवारों के पीछे हजारों-लाखों बच्चों की वेदना से रिश्ता जोड़कर मैं समाज के सामने रख रहा हूँ। बचपन के लगभग नौ वर्ष 'रिमांड होम' कही जानेवाली संस्था में मैंने गुजारे हैं। मुझ जैसे अनेक लोग उस समय तनाव और घुटन में थे। यह पुस्तक ऐसे अनेक लोगों की आत्मकथा है। समाज की बेचैनी और विषम स्थितियों के बीच हमें 'रिमांड होम' जाना पड़ा। मुझ जैसे अनेक लोग पारिवारिक समस्याओं के कारण यहाँ आते हैं। कुछ लोग अस्तित्व की लड़ाई लड़ते-लड़ते भले-बुरे रास्तों में भटककर यहाँ आते हैं। यहाँ आनेवाले प्रत्येक बच्चे के जीवन के मुकाम का एक स्थान होता है—'रिमांड होम'।

इस रिमांड होम में आनेवाले प्रत्येक व्यक्ति और इस संस्था के बारे में कई गलतफहमियाँ हैं—चोरी, खून-खराबा कर आए हुए, गलत राहों पर भटके हुए बच्चे रिमांड होम में आते हैं, यह पहली बड़ी गलतफहमी है। पिछले कुछ वर्षों में भारत में इस सन्दर्भ में जो अध्ययन किया गया और जो निष्कर्ष सामने आए, उससे स्पष्ट होता है कि भारत में रिमांड होम और अनाथाश्रम में आने वाले अस्सी प्रतिशत बच्चे पालकों के पारिवारिक समस्याओं के कारण आते हैं। सौतेली माँ का छल, माँ या पिता में से किसी एक का ही पालक के रूप में रहना, बहुत गरीबी, रोटी का यक्षप्रश्न जैसे अनेक कारणों से बच्चे ऐसी संस्थाओं में आते हैं। पुलिस केस से आनेवाले सभी बच्चे 'बाल अपराधी' नहीं होते। कई बार गरीबी से तंग आकर माँ-बाप डाँट-डपटकर छह-सात वर्ष के अपने बच्चों को जबरन भीख माँगने भेजते हैं, पैसों के लिए घर से निकालते हैं तब, ऐसे में इन बच्चों को रिमांड होम में लाने का काम पुलिस को करना होता है। अपने जीवन की समस्याओं का जब उत्तर खोज नहीं पाते तब अपने सवालों के जवाब के लिए वे अपने अबोध बच्चों को झोंक देते हैं। यह हमारे समाज की एक दर्दनाक सच्चाई है। यह बच्चा अपने व्यक्तित्व के विकास से पहले ही संसार की व्यावहारिकता पर बलि चढ़ाया जाता है और यहीं से उसके दुर्दिनों की शुरुआत होती है।

पारिवारिक समस्याओं का तनाव तो इससे भी भयानक और क्लेशदायक होता है। माँ है तो असमय पिता गुजर गए; पिता हैं तो माँ की असमय मृत्यु और कुछ लोगों के भाग्य में तो जन्म से ही अनाथ होना लिखा होता है। हमारे देश के अविभक्त और संयुक्त परिवार का हम कितना ही गौरव करें, लेकिन रिमांड होम में अथवा अनाथाश्रम में आनेवाले बच्चे, इन्हीं संस्थाओं के दुत्कारे हुए होते हैं तथा अपरिहार्यता से ही आते

हैं। कुटुम्ब नामक संस्था के सुरक्षित कवच से छिटककर जब बच्चे रिमांड होम की सख्त दीवारों के पीछे धकेल दिए जाते हैं तब उनके बचपन, किशोरावस्था के मुरझाने की शुरुआत होती है।

हमारी सरकार ने देश के सर्वोच्च महत्त्वपूर्ण इकाई के रूप में बालकों के विकास, कल्याण के लिए प्रमुखता देनेवाला नीति-विषयक निर्णय 1974 में किया। इसके बाद 1979 में दुनिया-भर में 'अन्तर्राष्ट्रीय बाल वर्ष' आयोजित किया (या मनाया ?) गया। यूनो ने 1989 में बच्चों के बारे में एक विशेष विश्व अधिवेशन आयोजित कर बच्चों के हर तरह के शोषण के खिलाफ प्रस्ताव पारित किया। यह शोषण जिस प्रकार घर में होता है, समाज में होता है, उसी प्रकार रिमांड होम और अनाथाश्रम जैसी संस्थाओं में भी होता है। संयोगवश रिमांड होम की कार्यशैली में परिवर्तन के लिए विविध स्तरों पर विचार-मन्थन जारी है। इस विचार-मन्थन से जो निष्कर्ष आएँगे, उनका लाभ बच्चों को मिलेगा, इस पर मैं आस लगाए हूँ।

आज आसपास की दुनिया और रिमांड होम, अनाथाश्रम देखकर मुझे लगता है कि रिमांड होम की कार्यशैली में तत्काल परिवर्तन की आवश्यकता है। साफ-सुथरी जगह, स्वच्छ कपड़े, शिक्षा और मनोरंजन के साधनों, चिकित्सा सुविधाओं के लिए आज ये संस्थाएँ बच्चों को काम देती हैं, यह वास्तविक समस्या है। संस्थात्मक घेरे की दीवारें उन बच्चों को क्या जीने के लिए नई शक्ति प्रदान करती हैं ? मूल रूप से इस ढाँचे को बदलने की, सच कहें तो समय के साथ इसे तोड़ने की ही आवश्यकता है। इन बच्चों की देखभाल करनेवाले कर्मचारियों को उत्तरदायित्व का भान न होगा या उचित प्रशिक्षण न होगा तो क्या होता है, इसका प्रत्यक्ष अनुभव मुझे मिला है। आज हजारों बच्चे विविध संस्थाओं में इसे महसूस कर रहे हैं। ऐसे में प्रशिक्षित कर्मचारी और समाजसेवा की उच्च शिक्षा प्राप्त युवा कार्यकर्त्ताओं का दल संगठित कर इन संस्थाओं को बदलकर वहाँ नया वातावरण बनाने की दिशा तय करनी होगी।

आज ये संस्थाएँ समाज कल्याण विभाग के अनुदान पर और समाज के सहयोग से चलती हैं। प्रत्येक बच्चे के लिए 250 रुपए दिए जाते हैं। इसके अलावा अन्य बातों के लिए पैसे देने की व्यवस्था है। इसका ध्यान कितनी संस्थाएँ रखती होंगी, इसके बारे में शंका है क्योंकि रोज का खान-पान, कपड़ों के अलावा उन बच्चों के विकास के लिए और कुछ लगता होगा, यह विचार ही हममें नहीं जगता। किताबों से बच्चों का क्या रिश्ता है ? बाहरी दुनिया की घटनाओं के साथ बच्चों का क्या सम्बन्ध है ? समाज और इस संस्था का आपसी सम्बन्ध निश्चित रूप से कैसा है ? ये सारे सवाल उठते हैं। पुलिस केस से आए बच्चों को औपचारिक शिक्षा देने की सुविधा अनेक संस्था में अब भी उपलब्ध नहीं है। 'चिल्ड्रेंस एक्ट' के रूप में जिसका ढिंढोरा पीटा जाता है, उसमें इन बच्चों की शिक्षा, उनके विकास का कुछ भी विचार नहीं किया गया है। उस नियम के अनुसार बच्चे को कहाँ रखा जाए और क्या करना चाहिए, केवल इन्हीं बातों की व्यवस्था की गई है।

एक संघर्षशील पत्रकार और कार्यकर्त्ता शीला बारसे ने 1986 में सर्वोच्च न्यायालय में याचिका दायर कर अनुरोध किया कि जेल में अठारह वर्ष से कम उम्र के बच्चों की उन्हें जानकारी दी जाए। उस समय बिहार, उड़ीसा, पश्चिम बंगाल और असम में 1,400 बच्चे जेल में होने की जानकारी मिली थी। इन स्थानों में मन्दबुद्धि और विकलांग बच्चे थे, उनकी स्थिति अत्यन्त दयनीय थी। उन्हें चिकित्सा सुविधा न मिलती और पर्याप्त भोजन भी नहीं दिया जाता। इस कुल स्थिति का गुणा करने जैसी आज की हालत है। एक तो कई राज्यों में और केन्द्रशासित प्रदेशों में बच्चों के लिए ऐसी संस्थाएँ अब भी शुरू नहीं हुई हैं। बाल सुधार न्यायालय (जुव्हेनाईल कोर्ट्स) वहाँ हैं ही नहीं। इस कारण पुलिस द्वारा पकड़े गए बच्चे न्यायालय के सामने लाए जाते हैं और वहाँ से उन्हें पुलिस हिरासत में भेजे जाते हैं। बच्चों के विकास की बुनियाद को ही इस प्रकार टाल दिया जाता है।

पिछले दिनों, यूनेस्को की ओर से वंचित बच्चों के लिए संस्थाबाह्य सेवा शुरू करने पर जोर दिया जाना चाहिए, इस आशय का विचार-विमर्श शुरू था। संस्थात्मक ढाँचे की कमियों का यह द्योतक है। ये संस्थाबाह्य सेवाएँ कितनी जल्दी व्यापक रूप में शुरू होंगी, इस सम्बन्ध में अन्दाज लगाना कठिन है। फिर भी, तब तक संस्था के ढाँचे की अमानवीय घटनाएँ दूर करने का आह्वान समाजशास्त्रियों और कार्यकर्त्ताओं द्वारा स्वीकार किया जाना चाहिए, ताकि संस्थाओं की सेवाएँ स्वस्थ हो सकें। रिमांड होम से बच्चों के भागने की संख्या बढ़ी है। इस ओर भी मैं ध्यान आकर्षित करना चाहता हूँ। इसका कारण रिमांड होम का दमघोंटू वातावरण है। साथ ही, समाज में बढ़ता हिंसाचार, उसका टी.वी. के माध्यम से घर में हो रहे आक्रमण—इन बातों पर भी ध्यान देना होगा। पुस्तक या संगीत के एकाध सुरीले वाद्य के स्थान पर चाकू, पिस्तौल, बन्दूक, चॉपर, सलाखें, चैन जैसे हथियार हमारे बच्चों के लिए अधिक परिचित क्यों हैं, यह बेचैन करनेवाली बात है। इस कारण घर से भाग जानेवाले बच्चे जिस वातावरण के कारण उत्तेजित होते हैं, हिंसा में लिप्त हो जाते हैं; इसे गौर से देखकर समझने का समय आ गया है।

इस पुस्तक के माध्यम से एक और बात का मैं उल्लेख करना चाहूँगा—रिमांड होम में मेरे साथ रहे कई बच्चे मुझे पिछले कुछ वर्षों में मिले। 1986 में ऐसे मित्रों का एक सम्मेलन आयोजित किया गया था। डॉ. मधुमति गुणे, डॉ. कमलताई आपटे, न. भा. जावड़ेकर जैसे संस्थाओं के शीर्ष कार्यकर्त्ता विशेष रूप से उपस्थित थे। उसी समय पुणे के रिमांड होम संस्था का स्वर्णमहोत्सव भी आयोजित किया गया था। विख्यात उद्योगपति शन्तनु राव किर्लोस्कर के हाथों हम 'पूर्व' विद्यार्थियों का सम्मान भी किया गया था। बालकल्याण का विषय और विचार अन्तर्राष्ट्रीय मंचों पर पहुँचानेवाले शरदचन्द्र गोखले भी विशेष रूप से उपस्थित थे। नए बाल-न्याय-अधिनियम का प्रारूप तैयार हो जाने की पहली 'खबर' उन्हीं ने मुझे दी थी। रिमांड होम जैसी संस्था के काम में, बच्चों के विकास में सक्रिय रूप से श्रद्धा रखनेवाले ये लोग हैं। गुणेताई के आग्रह

पर ही मैं पुणे के रिमांड होम कार्यकारी समिति पर कार्य करने लगा। आज गुणेताई नहीं हैं। मुझे संस्था के काम में शामिल कर वे चली गई हैं।

अखबारी दुनिया में काम करने के कारण कई नए लोगों और संस्थाओं से रोज परिचय होता है। रिमांड होम के काम के कारण बाल कल्याण के क्षेत्र में पूरे समर्पण और श्रद्धा के साथ निरन्तर कुछ नया करते रहनेवाले कोल्हापुर के डॉ. सुनीलकुमार लवटे से मुलाकात हुई। उनके कारण संस्था में पले-बढ़े और आज समाज के अनेक क्षेत्रों में चमकनेवाले लोगों से मुलाकात हुई। उनका आग्रह था ऐसी संस्थाओं से आगे बढ़कर जीवन में अपना स्थान बनानेवालों को चाहिए कि वे अपनी आत्मकथा लिखें। उनके कारण केवल मेरी ही नहीं संस्था से निकले कइयों की आत्मकथाएँ प्रकाशित हो रही हैं। मुझे लगता है कि साहित्य की दृष्टि से यह एक अपूर्व घटना है। मेरा विश्वास है कि दलित साहित्य की संवेदनाओं को स्वीकार करता हुआ यह साहित्य आगे बढ़ेगा।

'दुर्दिन' आत्मकथा के कारण मेरे और अन्य हजारों के अनुभव व्यक्त हो रहे हैं। पर मैं यहीं नहीं रुक सकता। जिस 'समाज ऋण' की शिक्षा मेरे गुरु ने दी है, उससे उऋण होने की कोशिश मुझे करनी है। रिमांड होम, अनाथाश्रम जैसी संस्थाओं में जो बच्चे जी रहे हैं 'उनके उज्ज्वल कल के लिए' मुझ जैसे अनेक लोग सहयोग का हाथ बढ़ाना चाहते हैं। उन सबको एकत्र कर संस्था के सहारे पल-बढ़ रहे बच्चों का विकास हो, समृद्ध व्यक्तित्व के वे धनी हो सकें—यह संकल्पना मेरे मन में रहती है। डॉ. लवटे ने कोल्हापुर के बालकल्याण का आदर्श कार्य प्रारम्भ किया है, उसका चारों ओर अनुसरण करने की आवश्यकता है। यह कार्य दूर-दराज तक पहुँच सके, इसके लिए मैं प्रयत्नशील रहूँगा। मुझे विश्वास है कि समाज की सारी इकाइयाँ उत्साहपूर्वक इस कार्य में सहयोग और सहकार्य करेंगी। इस पुस्तक में पोस्टमैन की नौकरी के मेरे अपने अनुभव विस्तार से आए हैं। गर्मी, सर्दी, बरसात की परवाह किए बिना काम करनेवाले पोस्टमैन-बन्धुओं के वास्तविक दुःख इस निमित्त लोगों के ध्यान में आएँगे। इस वर्ग को बहुत अधिक शारीरिक तकलीफ करनी पड़ती है और उसकी तुलना में वेतन बहुत कम दिया जाता है। आज भी इस स्थिति में कोई खास परिवर्तन नहीं हुआ है। इन अनुभवों को सबसे पहले मैंने 'श्रमिक विचार' पत्रिका के दीवाली अंक में लिखा था। उसके सम्पादक अप्पासाहेब भोसले ने आग्रहपूर्वक यह सब लिखने के लिए कहा, मैं यहाँ कृतज्ञतापूर्वक उल्लेख करता हूँ।

रिमांड होम कार्यकारी समिति के सदस्य के रूप में अब मैं कार्य कर रहा हूँ। आज यहाँ वातावरण काफी बदल गया है। अनेक नई बातें शुरू की गई हैं। डॉ. शरदचन्द्र गोखले, प्रतापराव पवार, वसन्तराव पाड़गाँवकर, कमलताई आपटे जैसे अनुभवी मंडली इस समिति के मार्गदर्शक हैं। उन दिनों के शिक्षकों के बारे में मैंने पुस्तक में लिखा है। वे सब उन दिनों के अनुभव हैं। किसी को चोट पहुँचाना, इसका कतई उद्देश्य नहीं है। उस समय की दहशत की कई बातें बाद में मालूम होती गईं। परन्तु संस्थात्मक ढाँचे में मेरे हिस्से जो जीवन मिला मैंने वही शब्दबद्ध किया है।

कृतज्ञता : इस पुस्तक को लिखने के लिए अनेक लोगों ने बार-बार सुझाया—कहा। 'ग्रन्थाली' प्रकाशन के दिनकर गाँगल ने सबसे पहले लिखवा लिया। मेरे स्नेही सुधाकर वढावकर के घर मैं इसे लिखने के लिए कुछ दिन जाता रहा। उन्होंने और उनकी पत्नी ने इस सम्बन्ध में सतत प्रेरणा दी। महान चिन्तक डॉ. रा. चिं. ढेरे और उनकी प्रतिभाशाली कन्या और मेरी मित्र अरुणा ने इस पुस्तक को लिखने के लिए बहुत तकाजा किया। इस मराठी पुस्तक का शीर्षक (पोरके दिवस) भी अरुणा ने सुझाया। कवि अरुण शेवते और लेखक सुरेशचन्द्र वारघडे, सदा डुम्बरे व अन्य मित्रों ने इन यादों को शब्दबद्ध करने के लिए मुझे बार-बार कहा। मेरे पड़ोसी मोरेश्वर भालेराव जैसे अनेक लोग पुस्तक पूरी हो गई या नहीं—सतत पूछते।

मेरी पत्नी शोभा और दोनों बेटियाँ पूर्वा और दीपा ने निरन्तर पीछा किया—पुस्तक पूरी करने के लिए। अखबारी दुनिया की भागमभाग में यदि मैं न होता तो सम्भवतः यह पुस्तक दस वर्ष पहले आ गई होती। परन्तु किसी न किसी कारण से यह स्थगित होती रही। शुरू के दिनों में सतारा का मेरा कवि मित्र प्रमोद कोपर्डे अत्यन्त उत्साह से पुस्तक पूरी होने की जानकारी लेता रहता।

श्रीविद्या प्रकाशन के संचालक व मेरे लिए पितृवत वरिष्ठ स्नेही मधुकाका कुलकर्णी उनके सुपुत्र उपेन्द्र ने अपने आगामी प्रकाशन सूची में 'पोरके दिवस' को शामिल कर ज्यों मुझे बाँध ही लिया। उनकी आत्मीयता के डर से अन्ततः यह काम पूरा कर उन्हें सौंप दिया। मराठी संस्करण श्रीविद्या प्रकाशन से छपा इसकी मुझे विशेष खुशी है।

हिन्दी में 'भूले-बिसरे दिन' शीर्षक से यह पुस्तक हिन्दी पाठकों के सामने आ रही है। मैं राधाकृष्ण प्रकाशन के श्री अशोक महेश्वरी का अत्यन्त आभारी हूँ कि उन्होंने मेरे अनुभवों को देश के बहुत बड़े पाठक वर्ग तक पहुँचाया है।

—अरुण खोरे

तेजलकुंज सी-14
कर्वेरोड, पुणे-411 029

पिछले साल जुलाई की वह बारिश-भरी शाम थी। इसी महीने में, ऐसी ही बारिश-भरी शाम में लगभग इकतीस साल पहले रिमांड होम में आने की मेरी याद ताजा होने लगी थी।

मैं अब भी रिमांड होम में ही बैठा था, जहाँ जुव्हेनाईल कोर्ट चलता वहीं। प्रवेश-पंजी मैं देखने लगा। 1961 से प्रविष्टियाँ मैं देखने लगा। कई मित्रों के नाम सामने आने लगे। खंडेराव चोथे, विजयकुमार काकड़े, अरुण भुजबल, रमाकान्त टिले, चन्द्रकान्त वायदंडे, सुधीर चपलूणकर, अशोक पवार और सोमा केरू चह्वाण।

मुझे सबसे पहले यहाँ आना पड़ा। वह वर्ष था—माँ की मृत्यु के चार माह बाद। तब रमेश भी मेरे साथ था। इस रजिस्टर में एम—505-61 और एम—506-61 में हमारे नाम हैं। परन्तु पन्द्रह दिन बाद हमें बाबूजी के हवाले कर दिया। बाद में 1962 की जुलाई में फिर मेरी और अक्तूबर में रमेश की भर्ती यहाँ की गई। जुव्हेनाईल कोर्ट रजिस्टर में तब मेरा केस नम्बर था एम—341-62।

इस रजिस्टर से नजर दौड़ाते हुए मुझे अनेक अज्ञात मित्र दिखाई देने लगे। माँओं द्वारा लाए गए, पिताओं द्वारा दाखिला दिलवाए गए मित्र तो थे ही, कुछ मित्र ऐसे भी थे, जिन्हें पुलिस यहाँ लेकर आई थी। येखड़ा लमाण बस्ती के कई बच्चे छोटी-मोटी चोरियों के आरोप में पुलिस द्वारा यहाँ लाए जाते। सोमा केरू चह्वाण का नाम तो तीन-चार बार लिखा गया था, क्योंकि उस पर विविध आरोप थे। खड़की और बंडगार्डन पुलिस स्टेशन से इन बच्चों को यहाँ लाया जाता। बाद में पाँच रुपए से पच्चीस रुपए तक जुर्माना लगाकर इन बच्चों को पालकों के हवाले कर देने के उल्लेख भी रजिस्टर में स्पष्ट दिखाई दे रहे थे। जुव्हेनाईल कोर्ट का काम जिस दिन होता, उस दिन टकली हॉल में ये बच्चे कैसे बैठते, यह चित्र भी मेरी आँखों में उभर आता।

मैंने रजिस्टर बन्द किया। सुपरिंटेंडेंट से बातें हो रही थीं, तभी पुलिस दो बच्चों को लेकर आई। समय शाम का ही था। वही साँझबेला। पालकों से बिछड़ने की। ये बच्चे उम्र से बड़े थे। परन्तु विवश, निराश लगते। उन दोनों के साथ उनकी माँएँ भी थीं। दोनों की देह जर्जर थी और माथा सफेदफक्क ! इन दोनों बच्चों पर चोरी का आरोप था। दोनों बेचारी माँएँ सिर थामकर बैठी थीं। बच्चों की कोई गलती नहीं है, पुलिस ने बेवजह ही पकड़ लिया, उनकी यही शिकायत थी ! सेंधमारी के आरोप में उनको पकड़ा गया था। इन दोनों के बाप नहीं थे। गृहस्थी चलाने में वे ही माँ के सहारे थे। एक होटल में काम करता था और दूसरा मटन की दुकान में जानवर लाने-ले जाने

का काम करता था।

मैं सबके चेहरे कौतूहल से निहार रहा था। इतना अभाव, इतना दुःख इन सबके मन में उतर गया था कि आँखों से एक बूँद भी आँसू न टपकता। सहजता से यह सब चलता हुआ दिखाई देता। साथ में आए वकील उन लड़कों के लिए सोमवार को कोर्ट से जमानत लेकर उन्हें छुड़ानेवाले थे। दोनों की माँओं से घर का पता लेकर सुपरिंटेंडेंट साहब ने लड़कों को भीतर ले जाने को कहा।

मैं बेचैन था। मैं भी बच्चों के पीछे-पीछे भीतर गया। टकली हॉल में ही दूसरे लड़कों के साथ ये लड़के भी बैठ गए। दूरदर्शन पर आ रही फिल्म देखने में मग्न हो गए। मैं सोचने लगा, उन दिनों यदि ऐसा होता तो क्या मैं अपना दुःख भूल गया होता ? माँ की याद धूमिल हो जाती ?

कुछ देर बाद मैं उन बच्चों के पास गया। उनकी पूछताछ की। पता चला कि सेंधमारी करनेवाले चार लोगों को पुलिस पकड़कर ले जा रही थी। उनमें से एक ने पहचान के कारण इन दोनों को पुकारा। बस, इसी कारण पुलिस ने इन्हें गिरफ्तार कर लिया।

उनसे बातें हो रही थीं, तभी सात-आठ-दस साल के कुछ छोटे बच्चे धीरे-धीरे मेरे पास बात करने के लिए आने लगे। उनमें से दो बेंगलोर के थे। उनके माता-पिता को यह भी मालूम नहीं था कि उनके बच्चे यहाँ हैं। एक छोटा लड़का मुम्बई का था। माँ की यादों में वह सिसक-सिसककर लगातार रो रहा था। मुझे कह रहा था, ''साब, मैं तुम्हारा भाड़ा भरूँगा, मेरी माँ के पास ले चलिए।''

मैं, इनमें से किसी की मदद करने की स्थिति में नहीं था। कुछ बच्चों के आँसू पोंछे और आश्वासन दिया कि उनकी माँ तक जानकारी पहुँचा दूँगा। मैं जब वहाँ से चलने को हुआ तो एक आकर्षक बच्चा मुझ तक आया और रोते हुए बोला, ''चाचा, मेरी माँ को भी सन्देश देना।'' उसका नाम था—राजू। उसने मुझे पता दिया। मैंने कहा, ''तुम्हारा घर पुणे में है। मैं, तुम्हारी माँ को तुम्हारे बारे में अवश्य बताऊँगा।'' वह बहुत शरारत करता है, इसलिए उसकी माँ ने उसे यहाँ डाल दिया था। राजू की माँ की खूब खबर लूँगा—मैंने मन-ही-मन तय कर लिया।

जब राजू मुझसे बात कर रहा था, तभी बारह-तेरह वर्ष का एक लड़का मेरे पास आया। दूसरे लड़कों को सुनाई न दे सके और मैं समझ जाऊँ, कुछ ऐसी आवाज में उसने कहा, ''मेरे बाप ने चाचा के मॅर्डर का झूठा आरोप मुझ पर डालकर मुझे यहाँ अटका दिया है !''

मैं हक्का-बक्का उसे देखता रहा। बारह-तेरह वर्ष का वह लड़का छरहरे बदन का कमीज और हाफ-पैंट में था। उसने बताया कि वह इन्दापुर का है। मैं टकली हॉल की सारी दीवारों को निहारने लगा। सामने सब रुआँसे बच्चे खड़े थे और खून का झूठा आरोप थोपकर जन्मदाता ने ही उसे यहाँ धकेल दिया था ! जिसने जन्म दिया उसी ने उसका जीवन बर्बाद करने का काम किया था।

मैं उसके लिए क्या कर सकता था ? उसके चेहरे पर उदास और लावारिस भाव थे। वह सिसक-सिसककर रो नहीं सकता था। परन्तु उसका वेदनाभरा चेहरा मुझसे कह रहा था कि वह भीतर से उफन रहा है।

मैं न्यायाधीश नहीं था, मैं जाँच अधिकारी भी नहीं था। मैं उसकी वेदना का हमराही था।

जुलाई की यह शाम समाप्त होने को थी और मैं बाहर आ रहा था। तब भी इन बच्चों का रोना-बिलखना रुका नहीं था।

दूसरे दिन मैं सचमुच राजू के घर गया। स्वारगेट विभाग की एक अन्धी चाल में उसकी माँ रहती थी। मैं जब वहाँ गया तब दोपहर का खाना बनाने की व्यस्तता थी। एक ही कमरा था, सारा सामान अस्त-व्यस्त पड़ा था और वहाँ काफी बच्चे थे। राजू की माँ से बातें करते हुए मेरे मन का आक्रोश धीरे-धीरे सूखता गया और मैं अवाक् होकर उनका कहना केवल सुनता रहा। राजू के पिता की मृत्यु चार-छह साल पहले ही हो गई थी। इस महिला का शरीर केवल अस्थि-पंजर रह गया था। कुल पाँच बच्चे, उनमें से दो मानसिक विकलांग। दो लड़के और एक लड़की स्कूल जाते। राजू बहुत शरारती है। पड़ोसियों के झगड़े घर लाता है। मैं परेशान हो जाती हूँ इसलिए मेरी तबीयत ऐसी हो गई है। वे बता रही थीं...मानसिक रूप से विकलांग दोनों बच्चियों का कोई इलाज नहीं है। राजू का बड़ा भाई दसवीं में पढ़ता है। छोटी बहन पाँचवीं में है। माँ फूल गूँथने का काम करती है। गृहस्थी किसी तरह खिंच रही है।

मैंने उनसे कहा, ''राजू से मिलने मंगलवार को जाते रहिए।''

वे बोलीं, ''अवश्य जाऊँगी, आज ही खाना बेस्वाद लगने लगा था, वह जो नहीं है घर में...,'' वे आगे बोलीं, ''मैं और दोनों को वहाँ भेजना चाहती हूँ, यदि जगह मिल जाए तो ठीक होगा।''

मैं वहाँ से चल पड़ा। जहाँ पूरा आकाश फट गया हो, वहाँ कहाँ से जोड़ें ? किसी की माँ मर जाती है, किसी के पिता असमय चल बसते हैं, तो किसी को जन्म देनेवाले उनके माँ-बाप ही उनके लिए पराए हो जाते हैं ! ये सारे अभागे प्राणी ऐसी संस्थाओं के सहारे पलते-बढ़ते हैं !

जो बच्चा कभी माँ नहीं देख पाता, जिसे कभी पिता का सहारा नहीं मिलता; ऐसे लाखों बच्चों के आकाश को कौन पैबन्द लगाएगा ?

रिमांड होम के आज के बच्चों से बातें करते हुए मैं चकित हो गया था, क्योंकि आघातों की मार से ये बच्चे अब कहीं जीवन का प्रारम्भ करने जा रहे हैं ! तीस वर्षों में देश के, विश्व के सभी सन्दर्भ, सारी स्थितियाँ बदल गई थीं। न बदलनेवाली केवल एक ही ठोस बात मेरे सामने थी—समाज ने जिन बच्चों को फेंक दिया है, ये वे ही बच्चे हैं ! घर के लोगों की प्रताड़ना सहकर, कभी स्थितियों के शिकार होकर या छोटे-मोटे अपराध में फँसकर ये सब आज भी यहाँ आते हैं।

मैं उनके बीच खड़ा था, फिर भी दोनों के बीच एक दीवार थी। उनकी समस्याएँ

सुलझाने की आकांक्षा मेरे मन में थी। इस आकांक्षा को कार्यरूप देने की सीमाएँ मैं जानता था। इसी टकली हॉल में मेरा बचपन बीता, फिर भी मैं जीवन में यहाँ तक पहुँच सका—यह बात मेरे दिमाग में मँडराती रहती। आज जिनका जीवन बनने चला है, उन्हें क्षितिज भी दिखाई न देता था। माँ-बाप की यादों में जिनके आँसू न थमते। आँसुओं का एक पर्दा उनके सामने की वास्तविकता को और धूमिल करने की कोशिश करता। सारे सगे-सम्बन्धी इतने दूर थे कि उनकी मुलाकात होने तक आँसुओं का यह पर्दा हटाना सम्भव ही नहीं था।

मुझे एक मजेदार याद आई। टकली हॉल की उस भीड़ में बैठे हुए ऐसी ही एक शाम में एक मित्र ने 'वक्त' की कहानी सुनाई थी। उस कहानी को सुनते हुए मैं अपने आपको भूल चुका था। मेरी या मुझ जैसे लोगों की वह कहानी लगती। ऐसी कहानियाँ समय-समय पर सुनाई देती हैं। मुझे लगता है इस सारे वातावरण में कहीं कोई स्वप्नपक्षी धीरे से आपके मन में उतरता होगा। वह शक्ति देता है कि पंख फड़फड़ाने लगे और तब हम असीम उड़ान के लिए उड़ते हैं...सचमुच असीम उड़ान !

'सकाल'* में काम करते हुए इस असीम उड़ान का सौभाग्य मिला। मुझे याद आता है...विदेश यात्रा के लिए सकाल के कार्यकारी निदेशक श्री प्रतापराव पवार ने प्रोत्साहन दिया और तैयारी शुरू हुई।

सम्पादकीय विभाग के सभागृह में छोटे से कार्यक्रम में विदाई कार्यक्रम था। मैं रिमांड होम का एक छात्र...और आज एक अग्रगण्य अखबार के प्रतिनिधि के रूप में यूरोप के दौरे पर जा रहा हूँ। सच बताऊँ...फिर यादों में एक बार टकली हॉल और किवले की संस्था उभर आई ! हालैंड से स्विटजरलैंड यह 900 किलोमीटर की दूरी लक्जरी कोच से पार करते हुए इन्हीं यादों से मैं अन्तर्मुखी होता रहता ! मैं सोचता, आज मैं यूरोप की सड़कों पर घूम रहा हूँ। परन्तु मेरे अन्य मित्र आज कहाँ हैं ? कई अच्छा जीवन जी रहे हैं। उनमें से कुछ से मुलाकात भी होती है। पर कुछ ही ऐसे हैं। कई ऐसे भी हैं, जिन्हें आज तक जीवन की सही राह नहीं मिल पाई ! मेरा सगा भाई भी इस बात का अपवाद नहीं है। कई उम्र में मुझसे बड़े हैं, कई छोटे। परन्तु समस्याओं के चक्रव्यूह में वे बुरी तरह फँस गए हैं।

जिनकी समस्याएँ सुलझ गईं, वे किस तरह ? और जो आज भी भटक रहे हैं वे क्यों ? घर के स्नेह के कारण कुछ स्थिर हो चुके हैं और कुछ को इस प्रेम की छाँव ही नहीं मिली। माँ और पिता के अभाव में बच्चा कैसे बड़ा होता है, यह मैं नहीं सोच सकता। परन्तु, किवले की संस्था का बालूकाले जब मिलता है तब उसकी करुणार्द्र आँखें—उस अनुभव को बताना चाहती हैं। एक भरपूर ऊँचा पर छरहरा किरण खान मेरे साथ रहता था, उन दिनों उसका जीना वह अनुभव था। उसका गुमसुम चलना यह

---

* सकाल अर्थात् सुबह—
पुणे और आसपास का अत्यन्त लोकप्रिय अखबार।

बताता था कि उसका बहुत कुछ खो गया है, दिल दहलानेवाला अनुभव वह देता। बहुत बीमार किशोर सुबुकड़े माँ की ममता पर उठ खड़ा होता है और आज सुखी जीवन जी सकता है। उदय देशपांडे भी इसी ममता का सम्बल पाकर बड़ा हुआ, प्रगति कर सका।

परन्तु, कई ऐसे थे, जिनकी माँ भी नहीं थी और पिता भी नहीं थे। उनका बाद में क्या हुआ होगा ? वे कहाँ होंगे ?

फिर मेरे सामने राम कुलकर्णी का उदाहरण आया...! मेरे रोंगटे खड़े हो गए ! राम का ऐसा क्यों हुआ, इसका जवाब किसी के पास नहीं था और नहीं है !

पुणे की सड़कों पर, दाढ़ी बढ़ी, झुकी पीठ लिये चलते हुए जब राम को मैं देखता हूँ, तब निगाहें झुक जाती हैं। कचरे के ढेर में कुछ खोजता रहता वह। ग्यारहवीं तक अच्छी तरह पढ़ा-लिखा, रिमांड होम में पला-बढ़ा, अचानक राम ऐसा कैसे हो गया ? नौकरी लगी, पर वह अस्थायी थी। वहीं से उसकी निराशा बढ़ी। रिमांड होम से उसे बाहर आना पड़ा और अचानक एक दिन 'सकाल' में वह खाना खाने के लिए, पैसे माँगने मेरे पास आया। उसका आना बढ़ने लगा। बाद में मैं उसे टालने लगा। इसी बीच कहीं उसके मन को भयानक ठेस लगी और वह कचरे के ढेर में कुछ ढूँढ़ने लगा।

आज वह और मैं दो ध्रुवों पर हैं। क्या स्वप्नपन्थी ने उसे अपनी उड़ान कभी नहीं बताई ? मेरे जैसे सपने क्या उसके मन में कभी नहीं आए ? हम वर्षों से साथ-साथ पढ़े, फिर भी वह क्यों सदा के लिए आहत हो गया ? उड़ने की शक्ति मैंने कहाँ पाई ?

मैं वापस टकली हॉल के पास आता हूँ और देखता हूँ। हम लगभग दो-ढाई सौ लोग एक साथ बैठे हैं। समय सुबह का हो या शाम का। लता मंगेशकर, आशा भोसले, रफी, किशोर, मुकेश और हेमन्त दादा के गीतों के स्वर कानों में गूँजते हैं...मैंने कुछ अलग ही अनुभव किया...इन स्वरों में। रोम-रोम रोमांचित हो जाता...किसी विशिष्ट विश्व में वे स्वरलहरी ले जाते होते।

मैं जो वहाँ बैठा हूँ, उस वास्तविकता का अनुभव ही वहाँ मुझे न होता...और एक अजीब सा आनन्द और शक्ति मिलने सी अनुभूति होती...!

आज लगता है, सच यदि ये स्वर्गिक सूर उस समय यदि सुनाई न पड़ते तो केवल जिद, मेहनत पर क्या मैं यहाँ तक पहुँच पाता ? वि. स. खांडेकर के 'अमृतलता' उपन्यास से सपनों का वरदान न मिलता तो क्या यहाँ तक की यात्रा आसान हो पाती ? संस्था चलानेवाले, हमें पढ़ानेवाले ढेकाणे गुरुजी, जावडेकर साहब और गुणेताई न होते तो क्या भावी राह मिल पाती ? रिमांड होम के बच्चे सुख से रह सकें, उन्हें दो वक्त की रोटी मिल सके—इसके लिए समाज के हजारों लोगों ने अपनी हैसियत के अनुसार हम बच्चों के तपती दुपहरी-भरी जिन्दगी में शुभकामनाओं की चाँदनी बिखेरी...यदि यह सब न होता तो आज मैं कौन होता ?

पल-भर में सारा कालचक्र घूम जाता है और मैं सब कुछ साफ-साफ देखने लगता हूँ...सब कुछ याद आता है...मेरी माँ, बाबूजी, मामा, रिमांड होम और किवले की संस्था...सब...सब कुछ !

2

गौरवर्ण और कम ऊँचाई की मेरी माँ—नाम उसका ताराबाई। आवाज में रौब। पूरे घर पर उसकी हुकूमत चलती। पुणे के नानापेठ में हम रहते थे। एक मुसलमान मकान-मालिक के घर में। फकीर सेठ उनका नाम था। हमारे घर के पीछे उनकी एक बड़ी गोशाला थी। भैंस या गाय बियाने को होती तो माँ उसका कच्चा दूध ले आती, औटाकर मिठाई बनाने के लिए। स्टोव जलता होता है ऊपर रखे बर्तन में कच्चे दूध की मिठाई बनती। घर की खिड़की से सामने का रास्ता दिखाई देता। मुझे सामने के प्रह्लाद बनिया की दुकान में कुछ लाने के लिए माँ भेजती। खिड़की से ही उसे सौदा बता देती। घर के पास एक बूढ़ी दादी की सब्जी-नारियल की दुकान थी। कभी धनिया, कभी गीला नारियल या कड़ी पत्ता लाने मुझे बार-बार जाना पड़ता।

घर के पास ही आटे की एक चक्की थी। उसी को लगकर महानगरपालिका की इक्कीस नम्बर की स्कूल थी। मैं वहाँ जाता और रमेश ताराचन्द हॉस्पिटल के पास एक मांटेसरी क्लास में जाता।

माँ की आवाज बहुत अच्छी थी। सुबह-शाम रसोई बनाते समय वह गुनगुनाती रहती। उसे ढेर सारे काम होते। घर का काम निपटाने के बाद दिन-भर अगरबत्ती बटने का एक ठेका उसे रविवार पेठ के अगरबत्ती के व्यापारी ने दिया था। इस कारण अगरबत्ती का मसाला ले जाने के लिए, उन्हें बटाने के बाद गिनती के लिए, कई महिलाएँ दिन-भर घर पर आती रहतीं।

बाबूजी जल्दी ही घर से सुबह निकल पड़ते और रात में काफी देर से लौटते। पुणे नगर बस सेवा में वे ड्राइवर थे और ड्यूटी खत्म होने के बाद शाम को वे पुणे की प्रसिद्ध डॉक्टर शालिनीबाई तिलक की कार पर ड्राइवर का काम करते। इस कारण घर लौटने में रात हो जाती। आते समय वे हमारे लिए कुछ मिठाई ले आते। हम रात में सोए होते तब भी हमेशा ही वे नींद से जगाकर मिठाई देते। इस पर उनका और माँ का झगड़ा तय रहता। परन्तु दिन-भर मुलाकात न हो पाने के कारण हमें जगाकर केक खिलाए बिना उन्हें चैन न पड़ती।

बाबूजी अत्यन्त धार्मिक और ईश्वरभक्त थे। रोज स्नान के बाद पूरे शरीर में भस्म लगाने की उनकी आदत अब भी है। एकादशी के दिन, गुरुवार, शनिवार को उनका उपवास होता। ऐसे समय वे मुझे साथ लेकर विठोबा मन्दिर में कीर्तन के लिए जाते। भजन मंडली में तो वे थे ही। साथ ही, वे परवाज भी बजाते। कीर्तन काफी देर तक चलता और मैं उनकी गोद में सो जाता।

हमारे मामा का घर पास ही भवानीपेठ में है। माँ हमें वहाँ अक्सर ले जाती। मामा, दादी ये करीबी सम्बन्धी होने के कारण कई बार घर जाते। दीवाली पर मामा अवश्य आते। माँ उन्हें उबटन लगाकर नहलाती। मामा को स्नान करते देखना मेरे लिए मजेदार होता। हमारे तीन मामा—बड़े मामा, मँझले मामा और छोटे मन्या मामा। सबसे छोटे

मामा (और अब मामी भी) हमारे लिए सबसे प्रिय थे और हम उनके लिए। हम भी दीवाली पर उनके घर जाते। उन दिनों मामा के घर एक तोता पाला गया था। वह मामा की एक बेटी का नाम लेकर 'सुरेखाताई—सुरेखाताई' बोलकर बुलाता। बड़े मामा से हम काफी डरते। उनका रौब-दाब ही कुछ ऐसा था। मजेदार बात यह थी कि उन दिनों मामा के पास एक टाँगा-घोड़ा था। बालू नामक एक टाँगावाला उसकी देखभाल करता। बालू रोज सुबह-शाम टाँगा-घोड़ा लेने व वापस छोड़ने आता। किसी कारण हमें बाल-गोपाल को लेकर टाँगे से सैर करने का आनन्द मिलता। मामा के अलावा बहुत करीबी रिश्तेदार थे, मेरी माँ की दो बहनें। ये दोनों मौसियाँ पुणे में ही रहती थीं। इन मौसियों के घर भी हम माँ के साथ जाते।

नाना पेठ में मेरा बचपन का जीवन बड़ा शानदार। उसे तरह-तरह की छटाएँ थीं। चौक के एक होटल में मैं गुलगुले खाने जाता। सामने के दो-तीन मकानों की मित्र-मंडली मुझसे काफी 'पहुँची' हुई थी। परन्तु रोज का जाना-आना होने के कारण मैं उनमें से कइयों के घर जाता। ऐसे ही उनमें से एक मुझे अपने घर ले गया। उस दिन मेरा भयंकर मजाक हुआ। जब मैं वहाँ घर पहुँचा तो दो-चार लड़के पहले से आए हुए थे। उस लड़के ने चड्ढी ऊपर की। इससे पहले मुझे 'आ' मुँह खोलने के लिए कहा गया था। मैं 'आ' किया और उस लड़के ने तुरन्त पेशाब कर दी। सब हँसने लगे ! मैंने तत्काल उल्टी कर दी और चिल्लाते हुए बाहर जाने लगा तभी सबने डाँटकर मुझे जबर्दस्ती रोक लिया। पानी से मुँह धोने के लिए कहा, बाद में मुझे जाने दिया। और एक घटना घटी—एक लड़के ने साइकिल का पैडल दिया और कहा कि सामने की साइकिल की दुकान में बेचकर पैसे ला। उसके कहे अनुसार मैं साइकिल की दुकान में गया। दुकानदार ने मजबूती से मेरा हाथ पकड़ लिया और सामने की पुलिस चौकी के पुलिस को आवाज देने लगा। मैं घबरा गया। चिल्लाने लगा। परन्तु वह दुकानदार न छोड़ता। अन्ततः किसी तरह उसका हाथ झटककर भागा तो सीधे घर पहुँचा। दिल की धड़कन बढ़ गई। बच निकलने का सन्तोष भी था ही।

स्कूल की घंटी घर तक सुनाई देती। इस कारण भाग-दौड़ करने की जरूरत नहीं थी। एक बार स्कूल के मित्रों के साथ पिकनिक के लिए माँ ने विशेष हलुवा-पूड़ी बाँध दी। स्कूल की पढ़ाई, घर आने पर माँ रोज करवा लेती थी। उसके हाथ में स्केल होती। मेरा उत्तर गलत होने पर उसका उपयोग होता। एक बार तो चड्ढी में पेशाब करने तक माँ के डर से मैं व्याप्त हो गया था। ऐसे होने पर भी वह मेरी पढ़ाई ठीक से करवा लेती। अनुशासन के साथ साफ-सुथरे ढंग से, अच्छा रहने की ओर उसका विशेष ध्यान होता। एक बार स्कूल छूट चुकी थी, ठंड के दिन थे। स्कूल के पास आँगन में एक अलाव जल रहा था। मैं वहाँ गया। परिणाम यह हुआ कि मेरी कमीज का एक कोना जल गया। मैं घबराकर घर की ओर भागा। माँ ने जला हुआ हिस्सा देखा। मुझे कुछ नहीं हुआ था। परन्तु लापरवाही से रहने का उसने मुझे दंड दिया। घर के पलंग की ऊपरी सलाखों से टाँगकर उसने पिटाई की। मैं घबराकर चिल्लाने लगा। पास की चक्की से गजाभैया

आया और मुझे छुड़ाया। मेरा यदि किसी से झगड़ा होता और मुझे चोट लगती तो माँ पहले उस लड़के के घर लड़ने जाती फिर घर आकर मुझे पीटती। एक हाथ से मिठाई खिलानेवाली और पाठ ठीक से याद न करने पर पट्टी से पिटाई करनेवाली मेरी यह माँ मुझे और मेरे छोटे भाई को जल्दी ही छोड़कर चली गई।

अचानक माँ को अस्पताल में भर्ती कराया गया। एक बीमारी में उसने परहेज नहीं किया इसलिए उसका विपरीत परिणाम हुआ और वह गम्भीर हो गई। मुझे और रमेश को लेकर नानी अस्पताल में आई। माँ के नाक, मुँह से नलियाँ लगाई गई थीं। हाथों पर सुइयाँ लगी थीं। ऊपर दो-चार बोतलें टँगी थीं। उसमें से बूँद-बूँद दवाई उसके शरीर में जा रही थी। वह हम दोनों से कुछ कहना चाह रही थी। परन्तु वह बोल न पाती। उसके लिए मुँह खोलना असम्भव सा हो गया था। उसकी आँखों में करुणा थी। शिकारी का बाण शरीर में लगे हरिणी से उसकी स्थिति अत्यन्त व्याकुल हो गई थी। हमने माँ का स्पर्श किया, पर पल-भर के लिए ही।

वह संकेतों में नानी से कुछ कहना चाह रही थी और हम एकाग्रचित्त होकर उसकी ओर देख रहे थे। अब उसकी आँखें डबडबा आईं और नानी की भी।

हमें वहाँ से निकलना था। माँ दवाइयों के जाल से वहीं घिर गई थी। उसकी विवश आँखें और मुश्किल से हिलनेवाला हाथ हम देख रहे थे। पीछे मुड़कर देख रहे थे और मन में सवाल था—अब माँ ठीक हो सकेगी। फिर माँ अदृश्य हो गई और हम मामा के घर आ गए।

इसके बाद एक दोपहर में माँ का शव ही दिखा। अगरबत्ती के काम में माँ की कई साथी महिलाएँ घर के सामने आई थीं। सब शोक-सन्तप्त थे। माँ के शव के पास नानी दहाड़ मारकर रो रही थीं। मैं और रमेश नानी से लिपटकर माँ के पास बैठे थे। नानी हमारा नाम लेकर माँ को सतत पुकारती। परन्तु माँ शान्त थी और हम वह सब अवाक् हो केवल देख रहे थे। बाहर माथे पर हाथ टिकाकर बाबूजी बैठे थे। हम उनके पास गए। बहुत देर तक समय इसी प्रकार अवाक् रहा।

हमें फिर माँ के पास लाया गया। उसके पार्थिव को नहलाया जा रहा था। हमें दो-तीन लोटे पानी डालने के लिए कहा गया। रात हो गई थी। माँ का शव अरथी पर रखा गया। ताराबाई अब अन्तिम यात्रा पर निकली थीं। बाबूजी ने दो-चार फूल चढ़ाए और हमने भी।

घर के पास का चौक लाँघकर अन्त्ययात्रा आगे बढ़ चली। नाना पेठ के हमारे घर से अब केवल सिसकियों और रोने की आवाज ही सुनाई देती। देर रात को मामा और बाबूजी लौटे। दो बज गए होंगे। उनके आने से मैं उठ गया। बाबूजी मुझे थपकियाँ देने लगे। घर पर एक शोक-छाया पसर गई थी। बर्तनों-सामानों से भरपूर उस छोटी सी गृहस्थी में एक खालीपन, उस डरावनी रात में तीव्रता से महसूस होता रहा। इसके बाद माँ के फूल लेकर हम सब एक बार आलन्दी हो आए।

क्रियाकर्म पूरा हुआ। माँ की तेरही का भोजन दिया गया। ऐसे कई रिश्तेदार भी

आए, जिन्हें मैं नहीं जानता था। अब सबका काम खत्म हो गया था। मुझसे, बाबूजी और रमेश से किसी को कोई लेना-देना नहीं था।

अगले सवाल अपरिहार्य रूप से हमारे सामने तनकर खड़े थे और उनसे भागने की कोई गुंजाइश न होकर भी हम उनसे बचना चाह रहे थे। हम तीनों बुरी तरह फँस चुके थे और छुटकारा पाने के लिए कोशिश करने की क्षमता किसी के पास नहीं थी।

सबसे पहली समस्या थी दो वक्त के भोजन की। बाबूजी सुबह ही काम पर निकल जाते। रमेश चार साल का था और मैं साढ़े छह साल का। हमें स्कूल कैसे भेजें और कैसे सौंपे घर की जिम्मेदारी ! ऐसे में बाबूजी ने एक उपाय किया—वे जाते समय दूध और चाय बना जाते। ब्रेड लाकर रखते। टट्टी-पेशाब के लिए दो घमेले रखते और बाहर से ताला लगाकर काम पर निकल जाते। खाना-पीना हो जाने के बाद हमारी फजीहत होती। घर में अकेला ही चूहे-बिल्ली की तरह खेलना दूभर हो जाता। खिड़की खुली होती, उस पर बैठकर हम चिल्लाते रहते। सड़क से जानेवाले वाहन देखते रहते। हमारा कुछ गड़बड़ हो गया, यह भावना गहराती रही। कुछ दिनों बाद खिड़की पर बैठकर हम जोर-जोर से रोने लगते। निरन्तर रोते। पड़ोसी, दुकानदार, सामने के सभी परिचित अपनी व्यस्तता में लीन होते। इस कारण गला सूख जाता और हम कुछ खा-पीकर सो जाते। शाम को बाबूजी के आने पर स्वर्गिक आनन्द की अनुभूति होती। भोजन बाहर होता। थोड़ा घूम-फिर आते। फिर बाबूजी से लिपटकर हम सो जाते।

इन सारी स्थितियों का तनाव बाबूजी पर आ गया था। वे किंकर्तव्यविमूढ़ से हो गए। उनका स्वाभिमानी स्वभाव होने के कारण रिश्तेदारों के पास जाने की प्रवृत्ति नहीं थी। इन सारे दुष्चक्रों में वे फँस गए थे। लड़खड़ाने के अलावा वे कुछ भी नहीं कर पा रहे थे।

दो-तीन महीने के इस घर के कारावास से नाना पेठ के बाबूजी की एक बुआ के घर हमें दिन-भर रखा जाने लगा। बाबूजी जाते समय वहाँ रखते और लौटते में लेते आते। परन्तु जल्दी ही वहाँ का मुकाम बदलना पड़ा।

बात यह हुई कि एक बार दोपहर में खेलते-खेलते मैं और रमेश एक साइकिल के पीछे भागते निकल गए। वह साइकिलवाला लड़का भी जोर से साइकिल चलाने लगा और उसने अचानक ब्रेक लगाया। रमेश का सिर पिछले मडगार्ड पर टकराया और माथे पर एक बड़ा जख्म हो गया तथा खून जोर से बहने लगा। मैंने उसे सँभाला और बुआ के घर ले आया। दवाखाने में मलहम-पट्टी हुई। परन्तु उसके सिर पर पट्टी देखकर शाम को आए बाबूजी की आँखें भर आईं। उन्होंने रमेश को बाँहों में भर लिया।

सवाल फिर सामने खड़े थे। अब बच्चों की देखभाल कौन करेगा ? नौकरी की स्थिति ऐसी है। बच्चे छोटे हैं। अब भी यदि ध्यान न दिया गया तो आगे क्या होगा ? पत्नी के बिना इस गृहस्थी का शिव-धनुष मैं उठा पाऊँगा ? वह भी रिश्तेदारों का सहयोग-उपकार लिये बिना। सुबह-शाम जिस पांडुरंग की वे पूजा किया करते, सच तो यह था कि उसके पास भी इन प्रश्नों के उत्तर कहाँ थे ?

एक शाम बापू भवानीपेठ के मामा के घर गए। मामा, मामा के चाचा, आज कई लोग वहाँ थे। रात का भोजन निपटाकर सब वहाँ ड्राइंगरूम में एक साथ बैठे।

"बबनराव आपने क्या तय किया है ?" एक ज्येष्ठ रिश्तेदार ने बाबूजी से पूछा। बाबूजी चुप थे। फिर मामा बोले। नानी भी कहने लगी। मैं बाबूजी के पास ही बैठा था। कौतूहल से सब सुन रहा था। सब बाबूजी से दूसरी शादी के लिए कह रहे थे। सभी ज्यों बाबूजी की हाँ का इन्तजार कर रहे हों ! परन्तु उत्तर देना उनके लिए कठिन था। बाबूजी बारी-बारी से मुझे और रमेश को देखते। अन्ततः तब के ज्येष्ठ रिश्तेदार बाबूजी से बोले, "अजी बबनराव, लड़की वगैरह हमने देख रखी है। आप केवल हाँ कहें। केवल सौ रुपए में हम शादी कर देंगे।"

परन्तु बाबूजी ने इनकार कर दिया। मीटिंग वहीं समाप्त हुई। दूसरी शादी का निर्णय, यदि ऐसी समस्याओं के बीच उन्होंने लिया होता तो रिश्तेदारों ने, समाज ने उन पर अँगुली थोड़े ही उठाई होती ? परन्तु निरन्तर हमारा ध्यान रखकर उन्होंने अपनी युवावस्था, इच्छा आदि छोड़कर दूसरी शादी न करने का निर्णय किया। परन्तु समस्याएँ अपनी जगह जस की तस रहीं। अपने बच्चों के भविष्य के लिए, उनके प्रेम के लिए मैंने यह निर्णय लिया है, ऐसा वे सोचते। साथ ही ऐसी स्थिति में बच्चों की समस्याओं के उत्तर उनके पास नहीं थे। वे सारे प्रश्न, समस्याएँ वैसे ही रहे।

और हुआ भी वही। धीरे-धीरे घर के बर्तन कम होने लगे। जब माँ थी, तब हमारे घर के बर्तनों-सामानों से भरी गृहस्थी और दिखनेवाली समृद्धि का गुणगान कई रिश्तेदार करते। वह गृहस्थी अब धीरे-धीरे खाली हो रही थी। बाबूजी के कुछ रिश्तेदार इसमें शामिल थे। परन्तु उन्हें रोकने के लिए बाबूजी के पास समय कहाँ था ? वे निरन्तर काम में लगे रहते।

इस बार संकट आया घर पर ही। फकीर सेठ ने हमारा घर और पास की चक्की गिराकर इमारत खड़ी करनी चाही। उसकी पत्नी ने बाबूजी से घर खाली करने को कहा। बाबूजी ने कुछ सामान लेकर भवानीपेठ के उनके पिताजी के एक रिश्तेदार का एक कमरा लिया और गृहस्थी डाल दी। बचा हुआ सामान फकीर सेठ ने अपने ऊपरी कमरे में रख दिया। "बबनराव, जब भी जरूरत हो सामान ले जाइए," कहकर उन्हें भगा दिया। बाबूजी टूट गए। भवानीपेठ में तो और मुश्किल हुई। वहाँ बर्तन चोरी जाने लगे। काँच के दो रैक रिश्तेदारों ने बेच डाले। बाबूजी हाथ मलते रह गए। इस सब फजीहत में रिश्तेदारों के प्रेम पर, सहारे पर से उनका विश्वास उठ गया।

परिणाम एक ही हुआ, हम उन रिश्तेदारों को और वे हमें केवल औपचारिकतावश मिलने लगे। स्नेह की बात कहीं नहीं बची थी।

फिर भी मामा की ओर हमारा झुकाव कायम था। भवानीपेठ में रामोशी गेट के चौक के पास मामा बेकरी की एक छोटी सी दुकान चलाते थे। वहाँ खाने की सुविधा होगी, यह सोचकर हम वहाँ जाते। कई बार निराशा, कभी मिठाई तो कभी पिटाई होती। परन्तु हमें बेकरी के उस छोटे खोखे का आकर्षण होता। दो-एक बार बाबूजी ने हमें

उस खोखे से जबरन खींचकर निकाला था।

पुणे के पानशेत बाढ़-प्रलय के समय हम मामा के पास ही थे। बाढ़ के दूसरे दिन की बात है रामोशी गेट के चौक से भीड़ 'बाढ़ ! बाढ़ !' चिल्लाती हुई, सड़क से दौड़ रही थी। मामा ने घर को ताला लगाया। मामा की बेटियाँ, मैं, रमेश, हम सब रोने लगे। किसी भीषण दुर्घटना की आशंका मन में उठी। हम वहाँ से गुलटेकड़ी पर गए। वहाँ काफी लोग आए थे। दोपहर चार बजे मालूम हुआ कि बाढ़ का समाचार केवल अफवाह है ? फिर हम सब भवानीपेठ लौट आए।

घर की स्थिति के कारण बाबूजी ने हमें बेलापुर भेजने का निर्णय लिया। वहाँ दादा-दादी थे। एक बुआ भी थी। मुझे और रमेश को वहाँ छोड़कर बाबूजी जब पुणे लौटे तब हमारी दुर्दशा शुरू हुई। मैं वहाँ कुछ दिनों के लिए एक स्कूल में और रमेश मांटेसरी में जाने लगा। मुझे याद है—दादी हमें बासी रोटियाँ, दूध या बचा हुआ साग खाने के लिए देती। हमारे लिए यह सब देते हुए उसके मन में भयंकर गुस्सा होता। उठा-पटक करके वह अपना गुस्सा जाहिर भी करती। परन्तु इस समय यदि रमेश रोता तो वह बेलन फेंक उसे मारती, ऐसे में रमेश का रोना और बढ़ जाता। छोटा होने के कारण रमेश को बाबूजी की याद निरन्तर आती। इस कारण वह निरन्तर पिटता रहता। बाबूजी जब आते तब रमेश उन्हें बिल्कुल न छोड़ता। यह दादी ऐसा बर्ताव क्यों करती है, यह रहस्य मुझे बहुत बाद में मालूम हुआ। यह मेरे बाबूजी की सगी नहीं, सौतेली माँ थी ! वैसे बाबूजी के भी ध्यान में यह सब आने लगा था। परन्तु वे लेकर जाते भी कहाँ ? फिर किस रिश्तेदार की चौखट पर ? वक्त ने इस समय उनकी भरपूर परीक्षा ली थी।

दिमागी परेशानी के कारण वे महीना-डेढ़ महीना बिस्तर से लगे रहे। ससून में उन्हें भर्ती किया गया। उनके स्वभाव में चिड़चिड़ापन आ गया था। पल-भर में उनका पारा चढ़ जाता। मनोहर मामा के साथ मैं उन्हें देखने अस्पताल गया, तब वे किसी से तल्खी भरी बातें कर रहे थे। मामा के सहारे से वे उठ बैठे। चाय पी और बाद में कुछ शान्त हुए।

3

अनाथ हिन्दू महिलाश्रम। नारायण पेठ की यह संस्था—माँ की मृत्यु के बाद हमें सहारा देने के लिए मिली। बाबूजी के पास इतना पैसा भी नहीं था कि वे अन्यत्र हमें कहीं रखने का विचार करते। रिश्तेदार नहीं चाहिए थे, किसी का उपकार नहीं चाहिए था। परिचितों को पास रखने से क्या फजीहत होती है यह भी उन्होंने देखा था।

हम दोनों की उम्र कम होने के कारण इस अनाथ महिलाश्रम में हमें दाखिला मिल गया। हम जैसे अनेक बच्चे आश्रम के आँगन में खेल रहे थे। बाबूजी जब हमें छोड़ने

आए तब मैंने और रमेश ने उनके पैर मजबूती से थाम लिये और फूट-फूटकर रोने लगे। अन्ततः दो-तीन बड़ी बहन की उम्र की लड़कियों ने हमें धीरे से खींचकर भीतर ले गईं।

यह संस्था विशेष रूप से अनाथ, निष्पाप बच्चियों और महिलाओं की थी। हम जैसे छोटे बच्चे गिनती के ही थे। इन छोटे बच्चों की देखभाल के लिए कुछ बड़ी लड़कियाँ होतीं। वे इन बच्चों का सब कुछ करते, ज्यों घर की बड़ी दीदी हों। सुबह के टट्टी-पेशाब से रात को सोते में चड्ढी तो गीली नहीं करता, यहाँ तक। अब यह सब करनेवाली सभी दीदी आत्मीय व्यवहार करें यह आवश्यक नहीं था। एकाध दुष्ट भी होतीं।

मेरे और रमेश के हिस्से ऐसी ही एक दुष्ट दीदी (सास) मिली। बहुत चिड़चिड़ी, हमेशा गुस्सैल। मुझे लगता है, उसके अपने परिवार में या समाज से उसे काफी बुरे अनुभव मिले होंगे, शायद इस कारण वह हमेशा गुस्से में रहती होगी। हमारी गलती हमेशा बहुत अधिक न होती, पर वह हम पर सतत नाराज होती। उस पर, नींद में रमेश की टट्टी या पेशाब उसके गुस्से में इजाफा करते। वैसे वह काफी छोटा था। इस कारण नींद में चड्ढी अक्सर गीली करता। ऐसे समय सुबह उठने पर वह 'बाई' इतनी मार-पीट करती कि बस्स ! उस समय उस नन्हे को मुझे ही सँवारना पड़ता।

दिन में भी उसकी स्थिति अजीब थी। उसे पेशाब या टट्टी लगने पर वह गोल-गोल घूमता—"अरी टट्टी लगी...अरी टट्टी लगी," कहता फिरता। मैं जल्दी पहुँचा तो ठीक अन्यथा नन्हे जनाब वहीं सारा कुछ कर डालते। फिर सारी साफ-सफाई की जिम्मेदारी मेरी होती।

रमेश जैसे छोटे बच्चे के साथ हम सभी सुबह काफी देर तक खेलते रहते। पीठ पर उठाकर शक्कर की बोरी बनाते या नीचे झुककर उसे पीठ पर बिठाकर घोड़ा-घोड़ा करते। खेल का यह समय बहुत अच्छा बीतता।

इन बच्चों में से अधिकतर के माँ या पिता में से कोई न होता। अशोक पवार नामक मित्र यहीं मिला। उसके पिता बाढ़ के बाद लापता हो गए थे। बाल गाडगिल नामक बहुत ही छोटा बच्चा निराधार होने के कारण यहाँ आया था। उसे सभी खिलाते। कई छोटे लड़कियाँ-लड़के सौतेलेपन की दुर्दशा के कारण यहाँ आए थे। पिता ने दूसरी माँ लाई, वह देखभाल नहीं करती, खाने को नहीं देती, मारती है—ऐसी काफी शिकायतें थीं। ऐसे में दूसरी पत्नी का मन रखने के लिए कई बापों ने अपने बच्चे यहाँ पहुँचा दिए थे। वे सारे बच्चे घर के, सौतेली माँ के किस्से सुनाते। ऐसी यादों का एक समय होता। उस समय सब एकत्र होते और प्रत्येक की यादों का घर साकार होता।

हमारी देखभाल करनेवाली उस दुष्ट दीदी का छल तनिक भी कम न होता। एक बार बाबूजी मिलने आए थे। मैंने और रमेश ने रोते हुए अपनी दुखभरी कहानी सुनाई। उन्होंने वहाँ की महिला प्रधान से अनुरोध किया कि मेरे बच्चों की ओर अनदेखा न करें। मुलाकात के बाद जब वे जाने लगे तब हम उन्हें लिपटकर सिसकने लगे। उस मारनेवाली दीदी के बारे में ही हम उन्हें बता रहे थे।

इसके बाद इस यातना से हमें छुटकारा मिला। हमें एक नई दीदी मिली। अरुणा साठे उसका नाम। दिखने में सुन्दर। मीठा बोलती। व्यवहार अच्छा। उसने छोटे भाइयों की तरह हमारी ओर ध्यान देना शुरू किया। भोजन के समय वह पुकारकर ले जाती। मुलाकात के समय बाबूजी मिठाई लेकर आते। वह मिठाई वह सँभालकर रखती। रोज थोड़ा-थोड़ा देती। उसका कहना होता कि उसी के सामने यह मिठाई खाई जाए। स्नान, कपड़े, स्कूल आदि बातों की ओर ध्यान देती। उसके कारण हमारा आश्रम का जीवन आनन्ददायी हो गया।

ऊपर के कमरे में लड़कियों का दल रहता था। उधर भी हम छोटे लोग चक्कर लगा आते। सड़क से लगकर ही इमारत होने के कारण ऊपर की खिड़कियाँ खोलकर लड़कियाँ वहाँ बैठी होतीं। कई बार बड़ी लड़कियाँ उन्हें डाँटतीं। सड़क पर झाँकने के लिए लड़कियों को मनाही थी। वैसे तो खिड़कियाँ न खोलने की भी हिदायत थी, परन्तु खिड़कियाँ खोली जातीं। हम भी फिर वहाँ बैठते। सड़क की आवाजाही, दूर बहती नदी और हम वहाँ यूँ ही बैठे होते, तभी किसी के डर से खिड़की अचानक बन्द हो जाती।

आश्रम से लगकर ही स्कूल था। माँ की मृत्यु हुई तब मैं पहली पास कर दूसरी में पहुँचा था। मैंने स्कूल में यह बता दिया था। पर किसी ने ध्यान नहीं दिया और फिर पहली में बिठा दिया गया। जब मैंने वहाँ फटाफट उत्तर देना शुरू किया और कंठस्थ कविता बोलने लगा तब कहीं उन्हें विश्वास हुआ। पर फिर भी मुझे दूसरी में नहीं बैठने दिया। पहली कक्षा में ही मेरी पढ़ाई शुरू हुई। सामूहिक पहाड़ा, ककहरा और कुछ कविताएँ—एक सुर में घुल-मिल जाते।

एक कविता अब भी मन में ताजा है। बन्द दीवारें और उसके भीतर हमारी स्कूल की यह कक्षा। कविता भीतर कहीं मुझे आन्दोलित करती। एक गौरैया का घोंसला खो गया है। कौन ले गया होगा—वह सोचती है और गाय, तोता, कौवा, मुर्गा इन सबको पूछती हुई आगे बढ़ती है। अन्ततः वह जंगल में उड़ जाती है। यही सब कुछ उस कविता में है। मेरे मन को बात छू जाती है। मेरे घर की यादें जगानेवाली।

"चिव चिव रे, चिव विव रे, उधर तू कौन रे।"

आवाज मिलाकर गौरैया एक-एक से पूछती है—"कौवा दादा, कौवा दादा ! मेरा घोंसला ले गया क्या रे ?"

कौवा उत्तर देता है—"नहीं री गौरैया...तेरा घोंसला नहीं लिया !" फिर तोता आता है। बाद में कपिला गाय आती है और फिर दूसरे घोंसले में रहने से इनकार करती हुई गौरैया जंगल में उड़ जाती है। मैं भी यही सोचता। लगता—इस स्कूल की बाहरी दीवार फाँदकर भाग जाएँ। यह कविता मेरे मन के कोने में बैठ गई और आज भी वहीं है।

इस आश्रम में एक दीदी की शादी लगते हम सबने देखा। उस समय मीठे भोजन की दावत थी ही। पर आश्रम उत्सव के रूप में बदल गया था और दुल्हन बनी दीदी अपने आप पर खूब खुश थी। अब वह अपने घर जानेवाली थी। कई सहेलियाँ इसी दिन की राह देखते उसकी शादी का काम निपटाती। बहुत भाग-दौड़ और व्यस्तता भरा

यह दिन तो जल्दी ही बीत गया।

जल्दी ही बाबूजी हमें घर वापस ले गए। आश्रम का समय खत्म हो चुका था।

4

चारों ओर अँधेरा पसरा था। भोर का धुँधलका खत्म नहीं हुआ था। बाबूजी ने मुझे हौले से जगाया। बेलापुर की सौतेली दादी ने चाय बनाई। स्नान किया और मैं बाबूजी के साथ स्टेशन की ओर निकल पड़ा। मेरे छोटे भाई को साथ न लेकर मुझ अकेले को ही साथ लेकर बाबूजी पुणे क्यों जा रहे हैं, यह ध्यान में ही नहीं आया। मेरे पूछने पर भी बाबूजी ने कुछ नहीं बताया।

पुणे आने के बाद नाना पेठ के हमारे घर में कुछ दिन रहे।

एक दिन बाबूजी मुझे साइकिल पर बिठाकर चल पड़े। मेरे पूछने पर उन्होंने कहा—चतुःश्रृंगी मन्दिर की ओर जा रहे हैं। वह रास्ता चतुःश्रृंगी मन्दिर ही जाता था। पर हम उधर नहीं जा रहे थे। एक गेट से हम भीतर आए।

मुझे लेकर बाबूजी एक हॉल में गए। वह हॉल था—जूव्हेनाइल कोर्ट लगने के लिए। दो-तीन प्रौढ़ महिलाएँ, दो-तीन अधिकारी वहाँ बैठे थे। उनकी क्या चर्चा हो रही है, यह मालूम न होता। परन्तु बिना माँ के इस बच्चे की देखभाल, मैं सतत नौकरी पर जाने के कारण नहीं कर पाऊँगा, ऐसा ही कुछ बाबूजी कह रहे थे। उसे वहाँ रख लेने पर उसके खर्च के लिए नियमित पैसे देने की तैयारी भी उन्होंने व्यक्त की। कोर्ट के मान्यवर लोगों ने मेरा प्रवेश स्वीकार कर लिया। कुछ कागजों पर बाबूजी ने हस्ताक्षर किए और हम हॉल से बाहर आ गए।

मैं बाहर खुली हवा में था। परन्तु ऊपर व्याप्त आकाश मेरा नहीं था और सामने की खुली हवा भी मेरी नहीं थी।

मैं बुरी तरह घबरा गया था। एक चारदीवारी से घिरे परिसर में छोड़ने के लिए बाबूजी आए थे। मैं उन्हें न छोड़ता और मुझे एक फुट अन्तर के पार बन्द दुनिया में कैसे छोड़ा जाए, इस दुविधा में बाबूजी फँस गए थे। हम दोनों एक-दूसरे के सवाल बनकर वहाँ खड़े थे।

पुणे के रिमांड होम के एक मास्टर वहाँ आए और उन्होंने देखते-देखते समस्या सुलझा दी। मैंने बाबूजी को भींच लिया था। उस मास्टर ने एक झटके में मुझे खींचा और फट से दरवाजा बन्द कर लिया।

मैं फूट-फूटकर रोने लगा। बाबूजी की आवाज सुनाई न देती। मेरा रोना न थमता। थोड़ी देर पहले मुझे खींचनेवाले मास्टर ने मुझे चुप रहने के लिए डाँटा। वह डाँट इतनी भयंकर थी कि यदि मैं रोना न रोक सकता तो मुझे मार खानी पड़ती। मैंने बड़ी मुश्किल से रोना रोका। सिसकियाँ भरते, आँखें पोंछते मैं भीतर जाने लगा। हजारों मील यात्रा

पार करने से पैर थक गए थे। सारी देह में एक अजीब डर व्याप्त था। बार-बार मुड़-मुड़कर देखता पर बाबूजी दिखाई न देते।

एक बड़े शेड के नीचे डेढ़ सौ बच्चे बैठे थे। सिर मुँडा हुआ और शरीर पर खाकी चड्ढी। ऐसा लगा, जैसे किसी अपराधियों की टोली पकड़कर लाए हैं। मैं उनकी ओर देखने लगा और वे मेरी ओर देखते। मैं और डर गया।

इतने में वहाँ पान खानेवाले एक मास्टर ने एक शब्द जोर से उच्चारा—'अटेंशन !' यह सुनते ही सभी बच्चों ने तालियाँ बजाईं। उस अव्यवस्थित-बेसुर तालियों की आवाज से मैं थर्रा गया ! उन तालियों का अर्थ मुझे समझ में नहीं आया।

एक मास्टर ने मुझे पास के एक गन्दे और अँधेरे कमरे में ले गया। कमरा क्या था, मुझे तो वह गुफा ही लगी। शरीर पर पहने घर के कपड़े बदलने का हुक्म दिया और इधर मेरा दिल और धड़धड़ाने लगा। मुझे एक भयानक घटना याद हो आई।—बिल्कुल बचपन में मेरे मुसलमान मकान-मालिक के एक बच्चे का खतना होते मैंने देखा था। वैसा ही कुछ होगा, यह सोचकर मैं और घबरा गया। परन्तु कमीज उतारने पर एक खाकी कमीज मास्टर ने मेरी ओर फेंकी। चड्ढी उतारने पर दूसरी खाकी चड्ढी पहनकर देखने को कहा। दो-चार चड्ढी पहनकर देखने पर अन्ततः एक चड्ढी पहन ली।

मेरे घर के कपड़ों को सुतली से बाँधकर, उस रजिस्टर में लिखकर एक आलमारी में रख दिया गया। यह सब बड़ा विचित्र लगता। मेरी आजादी पल-पल कसी जा रही थी। यह बोझा किसी तरह बिखरना नहीं चाहिए, कुछ ऐसी धारणा कइयों की थी। 'कपड़े बदलने' का यह कार्यक्रम पूरा होने के बाद मैं विस्तृत शेट के नीचे बैठे लड़कों की कतार में शामिल हो गया। मैं बहुत परेशान हो गया था। मास्टर की खूँखार आवाज रोंगटे खड़े कर देती और दिल की धड़कन न रुकती।

घर से दूर, बाबूजी से सौ योजन दूर और छोटे भाई से मैं अलग तो नहीं कर दिया...ऐसी ही बातों से छलनी होती भावनाओं में रिमांड होम की पहली रात बीत गई। ठंडी फर्श पर बिछाई गई दरियाँ, चार-चार लोगों के लिए केवल एक चादर और सिर के लिए मुड़े हाथ का तकिया—सोने की यह व्यवस्था पाँच-छह हॉल में थी।

खिड़की-दरवाजे सिटकनी लगाकर बन्द कर दिए जाते। मास्टर जहाँ सोते पहले उस कमरे के दरवाजे का ताला लगाया जाता। चाबी मास्टर के पास होती, वे दरवाजे पर टिककर सोते। सभी कमरे के मॉनिटर पर यह जिम्मेवारी होती कि सब सो गए या नहीं, इसकी जाँच करना। इसके लिए 'सबने आँखें मूँद लीं ?' धमकीनुमा सवाल फेंककर वह सभी ओर नजर घुमाता। कुछ ही पल में पूरा वातावरण सुनसान हो जाता। ऐसे में भी फुसफुसानेवालों पर दो-तीन मुक्के जमाकर वह फुसफुसाहट भी बन्द कर देता। मन पर मनों चट्टानें रखनेवाली यह रात बीती, फिर भी बोझ नहीं उतरा।

सुबह हुई। ठंडे पानी से नहाते हुए घर की याद हो आती। आधे सूखे-गीले तौलिए से बदन पोंछते हुए माँ याद आती, बाबूजी याद आते। खाकी कपड़े चढ़ाते हुए सामूहिक ड्रिल के लिए सब खड़े हो जाते।

मुझे एक दल मिला। रिमांड होम में नए भर्ती होनेवाले लड़कों को उम्र के अनुसार दल दिया जाता। उसी के अनुसार भोजन की मात्रा तय होती। मुझे सबसे छोटा 'तोता-कोयल' दल मिला। सामान्यतः दस वर्ष से कम उम्र के लड़कों को वह दल मिलता। दस से बारह वर्ष के लड़कों का दल 'कबूतर' दल और पन्द्रह वर्ष तक के लड़के 'मोर' दल में होते। और सबसे अधिक उम्र के, हट्टे-कट्टे लड़के 'गरुड़' दल में होते। कई बार उम्र कम होने के बावजूद शरीर से हट्टे-कट्टे होने के कारण ये लड़के 'मोर' या 'गरुड़' दल में होते। इन चारों दलों के अनुसार लड़के खड़े हुए। जिस दल में मैं था, उसमें तो मुझसे भी छोटे बच्चे थे। मैं लगभग साढ़े सात साल का था। मेरे सामने खड़े कुछ बच्चे तो केवल चार-पाँच वर्ष के थे। उनके छोटे चेहरे, छोटे-छोटे हाथ-पैर, ठिगना आकार, मधुर आवाज, बीच में ही रोने की इच्छा, ऐसों के बीच तो मैं ही दादा लगता। मुझे समझ न पड़ता कि इतने छोटे बच्चे यहाँ कैसे आ गए ? इनके माँ-बाप कहाँ होंगे ? ये बच्चे जब बिस्तर गीला-गन्दा करते होंगे तो कौन साफ करता होगा ?

परन्तु इन प्रश्नों के उत्तर तत्काल मिलनेवाले नहीं थे। सभी दल के लड़कों को ऊँचाई के अनुसार खड़ा किया गया। सबसे सामने छोटा, फिर ऊँचा और सबसे ऊँचा पीछे खड़ा रहता।

फिर हमारी कवायत शुरू होती। हाथ नीचे करो, हाथ ऊपर करो, सिर पर हाथ ले जाकर तालियाँ बजाओ, दोनों हाथ ऊपर कर छलाँग लगाओ, आगे हाथ, पीछे हाथ, नीचे हाथ, ऊपर हाथ—ऐसे सारे हाथों-पैरों के व्यायाम चलते। मेरे दल के छोटे सदस्यों को बहुत परेशानी होती। परन्तु उनके लिए भी ये व्यायाम आवश्यक थे। कुछ की आँखों से आँसू टपकते। परन्तु उसे पोंछकर व्यायाम तो करना ही पड़ता। व्यायाम कैसे किया जाए इसके लिए एक लड़के को टेबल पर खड़ा किया जाता—मार्गदर्शन के लिए और किसकी गलती होती है यह देखने के लिए छड़ी हाथ में लिये मास्टर कतारों के बीच घूमते रहते। कदमताल या सावधान के आदेशों का पालन करते समय परेशानी होती, क्योंकि आदेशों के ठीक उल्टा होता। ऐसे समय कुछ छोटों के और कबूतर, गरुड़ के बड़ों के पैरों पर भी छड़ीमार होती। खड़े व्यायाम के बाद बैठे व्यायाम होते। साधारणतः पौन घंटा ये व्यायाम चलते। फिर अन्य काम शुरू होते।

इस व्यायाम के बाद चाय और दल के अनुसार चपाती मिलती। परन्तु व्यायाम की तुलना में यह नाश्ता बहुत कम होता। सौभाग्य इतना ही कि सुबह का खाना जल्दी मिलता। स्कूल का समय दोपहर 1.00 से 4.00 का होता। रात को हम जहाँ सोते उसी की साफ-सफाई कर हमारी कक्षाएँ लगतीं।

स्कूल में मैं, कम-से-कम पहले दिन तो ठीक से नहीं रमा। दूसरे-तीसरे दिन पढ़ाई में मन लगाने लगा। बाद में तो मैं पूरी तरह रम गया। स्कूल तीन घंटों का ही क्यों न हो मुझे अच्छा लगने लगा। शिक्षिका का मुझ पर ध्यान जाने लगा। मेरे सवालों का वे उत्तर देने लगीं। एक तेज विद्यार्थी कहकर मुझे शाबाशी देने लगीं। दोपहर का शान्त वातावरण, रिमांड होम के परिसर के सरसराते पेड़ और चारों ओर से हमें बन्दी होने

का अहसास दिलानेवाली घेराबन्दी और ऐसे वातावरण में शिक्षा के तीन घंटे मेरे मन को एक अलग तादात्म्य से भर देते। यह समय अधिक क्यों नहीं बढ़ता, यह सवाल मेरा मन मुझसे पूछता। दोपहर की धूप भी ठीक से नहीं ढल पाती और स्कूल छूटने की घंटी बज जाती।

इसके बाद के दो-तीन घंटे बेहद तकलीफ भरे होते। एक तो मास्टर की तेज नजर हम सब पर होती। तब भी यदि गलती से किसी की कोई चूक हो जाती तो मुँह में झाग आने तक उसे मार खाना पड़ता। रात का भोजन सामान्यतः शाम को ही हो जाता। इस कारण खेलने के लिए बहुत कम समय बच पाता। भोजन होते ही एक नम्बर के हॉल में प्रार्थना-गीत गाने का कार्यक्रम होता। श्लोक, हनुमान-चालीसा, दोहे आदि प्रार्थना-गीत उसमें शामिल होते। प्रार्थना होते ही दरियाँ बिछाकर सोने का कार्यक्रम शुरू।

यह समय बहुत बोझिल होता। दिन समाप्त हो चुका होता। भूख, थोड़ी ही क्यों न हो मिट गई होती। सिर पर पढ़ाई का दबाव न होने के कारण घर की याद आने लगती। केवल छत की बल्लियों की ओर देखते रहना भी सम्भव नहीं था। मद्धिम बत्तियाँ जलते ही आँखें मूँदने का आदेश होता। उस स्थिति में भी आँखों के सामने कई चित्र घूमने लगते—घर, माँ, बाबूजी, छोटा भाई रमेश, मामा, नानी और फिर नींद उड़ जाती। थोड़ी भी हलचल होने पर पड़ोसी मित्र चिल्लाते। तीन-चार के बीच एक चादर क्या पूरी पड़ सकती ? मुझे घर के बिस्तर की ऊष्मा याद आती और फिर बहुत सारी बातें...

5

टकली हॉल यानी रिमांड होम की खासियत। लम्बे-चौड़े इस हॉल को टकली हॉल क्यों कहते हैं, मुझे समझ नहीं आया। इस हॉल में खिड़कियाँ नहीं थीं। आधी ईंट और आधा तार की बनी दीवाल। केवल बीचोबीच खुलनेवाला एक दरवाजा। भोजन के बाद, स्कूल की छुट्टी के बाद, बच्चों के लिए करने लायक कोई खास काम न होता, सभी बच्चों के लिए कुछ सूचनाएँ देनी होतीं तो टकली हॉल में सबको इकट्ठा किया जाता। दरवाजा बन्द कर दिया जाता और तब कहीं कुछ शुरू होता। ऐसे समय तारों के उस पार देखने पर केवल पेड़ों के पत्तों की सरसराहट और सामने की दीवाल पर चढ़ी लता दिखाई देती।

सब समूहवार बैठते। शान्ति के लिए एकाध बार मास्टर 'अटेंशन' की टेक पकड़ते। शान्ति होने पर सूचनाएँ, गीत-प्रार्थना, किसी की गलती होने पर उसे पीटना, ये ही बातें होतीं। परन्तु अक्सर दो-चार बच्चे टकली हॉल में भरपूर मार खाते। इस कारण टकली हॉल में सबके एकत्र होने की बात थर्रानेवाली होती। कई बार बच्चे आते

रहते इसलिए बीच का दरवाजा खुला रहता। परन्तु वहाँ दो लोग बैठे होते। इसलिए वहाँ से कोई बाहर न जा पाता। फिर भी यदि किसी को जोरदार पेशाब आती तो उसके साथ एक आदमी 'एस्कॉर्ट' के रूप में दिया जाता और जाने दिया जाता।

इसके बारे में भी कठोर नियम थे। संडास, पेशाब का समय तय होता। उस समय के अलावा सबकी बैठक से उठकर पेशाब के लिए जाने की किसी की हिम्मत न होती। बहुत असह्य होने पर ही विवशता में उठना पड़ता।

मास्टर की गालियाँ सुनते-सुनते साथ में 'एस्कॉर्ट' देकर ऐसे लड़कों को पेशाब के लिए जाने की छूट दी जाती। परन्तु अधिकांश लड़कों को ऐसे समय पेशाब दबाकर रखने की आदत होती।

इस टकली हॉल के पास ही चार-पाँच कक्षाएँ लगतीं। इनके दरवाजे टकली हॉल की ओर ही खुलते। इस कारण कक्षा में कौन-कौन लड़के हैं, क्या कर रहे हैं—इसकी जानकारी होती। एक कमरे में था—सूतकताई की कक्षा, उसके पास के कमरे में चित्रकला, बुनाई और सिलाई की कक्षाएँ चलतीं। एक कमरे को और दो कमरे लगकर थे। वहाँ सुपरिंटेंडेंट साहब परिवार के साथ रहते। जब हम लड़के हॉल में होते, तब उनके घर का दरवाजा बन्द होता, बाकी समय खुला रहता।

सूतकताई, बुनाई, सिलाई ये तीनों कक्षाएँ एक-दूसरे पर अवलम्बित थीं। मैं सूतकताई की कक्षा में था। बोरखेड़कर नामक अत्यन्त ममताभरी महिला हमें सूत कातना सिखातीं। तकली पर कपास की पोनी पकड़कर सूत कैसे कातें या चरखे पर पोनी से सूत कैसे कातें—यह काम वे बहुत तन्मयता से सिखातीं। उनकी कक्षा हमेशा चलती रहे, ऐसा लगता। वे रूखा व्यवहार न करतीं। वे अत्यन्त सरस बातें बतातीं। गीत गातीं। हमारे आनन्द को द्विगुणित करतीं, मन की प्रसन्नता बढ़ातीं। इसलिए उनकी कक्षा समाप्त होते ही मुझे सूना-सूना लगता। उनके पढ़ाने से मन में आनन्द का जो संचार होता, वह ईंधन की तरह काफी समय तक काम आता। परन्तु हमेशा ऐसा न होता।

बुनाई पर बड़े लड़के काम करते। उनके लकड़ी का साटा ऊपर-नीचे होता तब दूर तक आवाज पहुँचती। सिलाई काम की कक्षा में आमतौर पर कबूतर दल होता। वहाँ भी एक महिला पढ़ाने के लिए होतीं। सिलाई मशीन का चक्का घुमाकर सिलाई करने का मजा ही कुछ और होता। हम कुछ लड़के यह देखते काफी देर वहाँ रुक जाते कि वह चक्का कैसे घूमता है। चित्रकला की कक्षा की बात ही कुछ और थी। परन्तु वहाँ हमें प्रवेश की अनुमति नहीं थी। बोकील नामक एक बूढ़े से व्यक्ति इस कक्षा का काम देखते। दीवाल से टिकाकर रखे बड़े-बड़े कागज, नीचे फैली हुई रंग-पेटियाँ, टूटे हुए रंगीन खड़िया और खिड़की में झूलती कूँची। केवल झाँकने से यह दृश्य उभर आता।

हर सोमवार, गुरुवार और शुक्रवार को स्कूल की छुट्टी के बाद टकली हॉल में भोजन का कार्यक्रम होता। हमें भजन सिखाने के लिए एक भजन मास्टर आते। वे हारमोनियम लेकर बेंच के मंच पर बैठकर भजन सिखाते। हम सबका सुर ऐसा कुछ

हो जाता कि उनका पारा चढ़ने के लिए काफी होता। फिर वे पेटी वैसी ही रखकर उठते और धोती का पल्ला सँभालते गानेवालों के मुँह पर, पीठ पर मारने के लिए टूट पड़ते। परन्तु इससे भी कुछ फर्क पड़ता, ऐसा कुछ नहीं था। फिर कई बार लड़कों की गड़बड़, बेसुर ताल के कारण वे क्रोधित होकर ड्यूटी पर उपस्थित मास्टर को पुकारते। उस मास्टर के आने पर डर के मारे लड़कों के रोंगटे खड़े हो जाते। डरा-धमकाकर मास्टर बच्चों को चुप कराते और भजन का घंटा आगे बढ़ता। इस भजन के सत्र में अच्छी आवाज और कंठस्थ गानों के कारण मास्टर मेरे साथ बड़ा अच्छा व्यवहार करते। जब मैं आया, तब सुभाष पटवर्धन नामक मेरा मित्र भजन-मॉनिटर था। बाद में उसे द. ना. सिरूर होम में भेज दिया गया। उसी ने भजन मॉनिटर के रूप में मेरे नाम की सिफारिश की थी। ऐसी सिफारिश की बहुत आवश्यकता होती। मेरे भजन मॉनिटर बन जाने के कारण कम-से-कम एक सत्र का मेरा भाव बढ़ गया।

मैं रिमांड होम में आया, इसके बाद मुझमें एक-एक परिवर्तन करने का सिलसिला शुरू हुआ। पहले कपड़ों में परिवर्तन। यहाँ कोई भी लड़का आते ही बदला जाता है। उसके बाद सिर मुड़ाना। रिमांड होम का लड़का यदि भाग गया तो मुड़े सिर के कारण पहचाना जा सके ऐसी कोई कल्पना इसके पीछे थी। साथ ही, स्वास्थ्य आदि की बात तो जुड़ी है ही।

खाजा नामक काला, मोटा-तगड़ा नाई हर रविवार को रिमांड में आता। एक छोटी थैली लेकर वह पेड़ के नीचे बैठता। उस हफ्ते रिमांड में आए नए लड़कों को मूड़ने का काम इस खाजा महोदय पर होता। प्रत्येक लड़के का सिर वह लगभग पाँच-सात मिनट में साफ कर देता और तुरन्त दूसरे लड़के का सिर अपने कब्जे में ले लेता। कसाईघर में ज्यों बकरे कटते हों वैसे ही वह हमारा मुंडन करता। बाल साफ होने के बाद अपना विद्रूप चेहरा देखने के लिए वहाँ आईना उपलब्ध न होता—कितनी अच्छी बात थी यह। खाजा को प्रत्येक 'सिर' को साफ करने के चार आने मिलते। इसलिए तेल आदि लगाने का सवाल ही नहीं था। वह सीधे बालों में मशीन घुसेड़ देता और बे-लगाम सा अन्तिम बालों के पास ठहरता। सिर गंजा करवाकर स्नान करना होता। ऐसे चेहरे लेकर दूसरे लड़कों में घुलना-मिलना होता। बहुत कठिन लगता। इस मुंडन के बाद लड़के सिर पर टन्न से बजाकर परेशान करते। सामान्यतः दो-एक इंच बाल बढ़ने तक यह परेशानी होती रहती। बाल फिर बढ़ने पर खाजा फिर आता और मुंडन करके लौट जाता। इस गंजेपन का एक और लाभ होता। गुस्से में मास्टर जब मारते तब एकाध हट्टे-कट्टे का सिर वे जोर से दीवाल पर पटककर उसे सजा देते।

रिमांड होम की सजा रोंगटे खड़ी कर देनेवाली थी। कई प्रकार और तरीके से दी जानेवाली सजा। एक बार हम कई लड़के टकली हॉल में चाय-चपाती खा रहे थे। उस समय एक लड़का रसोई से दो चपाती ले भागा। उसे लाकर खाते समय ही सुपरिंटेंडेंट वाघमारे साहब वहाँ पहुँचे। उन्होंने भरपूर तमाचा जड़ा और वह लड़का लड़खड़ाकर गिर पड़ा। मैं काँपते हुए यह दृश्य देख रहा था। मन-ही-मन कसम खा ली—ऐसा कभी नहीं

करूँगा रे बाबा ! वाघमारे साहब तेज-तर्रार व्यक्ति थे। बहुत न बोलते। थोड़े में समझाते पर यदि किसी ने नहीं सुना तो ऐसे समय वे दिन में तारे दिखा देते !

झगड़े, शरारतें और बार-बार समझाने के बावजूद अनेक तरह से तकलीफ देनेवालों को सबक सिखाने के कई दंड-विधान होते। इन सबमें और स्वयं मेरे अनुभव का दंड था खूँटी पर टाँगकर मारने की सजा। दोनों हाथों की उँगलियों का मिलाकर बाँध देते और हाथ के उस बँधे हिस्से को खूँटी से टाँग देते। पैर झूलते और हाथ की उँगलियाँ अब टूटें या तब, ऐसी स्थिति हो जाती। ऐसी स्थिति में कुछ ही देर में लड़का रोने लगता। मेरे जैसा तो चिल्लाने ही लगता। फिर मास्टर या जिसे मास्टर ने यह सजा देने के लिए नियुक्त किया हो ऐसा एकाध मॉनिटर दादा उस लड़के के पैरों पर लाठी से प्रहार करता। आँख से आँसू टपकता पर पोंछना असम्भव होता। कोई दादा या मास्टर चेहरे पर भी घूँसा जमाने में न चूकते। गाल पर, पैरों पर निशान उभरने के बाद उसे खूँटी से उतारा जाता। एक-दूसरे से उलझी उँगलियाँ तो चटख गई होतीं। देर तक हाथ की वेदना शान्त न होती।

मुर्गा बनना वह भी कुहनी के सहारे—यह भी सजा का एक तरीका होता। दोनों हाथों की कुहनियों पर और पिछले पैरों की उँगलियों पर पूरे शरीर को छोड़कर सन्तुलन साधना। कान हाथों से पकड़े हुए। हाथ की कुहनियाँ बहुत दुखतीं। यह सजा अधिक कठोर हो जाती नारियल की रस्सी से बनी मेटिंग के कारण। अक्षरशः मेटिंग की नुकीली रस्सी बुरी तरह चुभती। पैरों की उँगलियाँ भी परेशान। मिट्टी की जमीन पर या फर्श पर यह मुर्गा बनना तुलनात्मक रूप से आसान था। परन्तु कुहनी इधर-उधर सरकाते समय मिट्टी के छोटे-बड़े कंकड़ बहुत चुभकर कष्ट पहुँचाते। कितनी देर तक यह सजा जारी रहती इस पर भी काफी कुछ निर्भर होता। तब यह अन्दाज लग पाता कि कुहनी कितनी छिलनेवाली है। कभी-कभी दो-पाँच मिनट में मुक्ति मिल जाती तो कभी-कभी पन्द्रह मिनट से भी अधिक समय तक उस लड़के की सहनशीलता की परीक्षा ली जाती।

यह सजा देते समय एक भयंकर घटना घटते हुए कई बार हमने देखा है। मुर्गा बना लड़का सजा की स्थिति में होता। गलती से कभी यदि उसकी कुहनी हिल गई या लड़के की कोई चूक हो गई या शरारत लगी तो ड्यूटी के मास्टर उसकी पीठ पर एक जोरदार लात जमाते। उस लड़के का सन्तुलन बिगड़ जाता और वह गश खाकर गिर पड़ता। कई बार उसके मुँह-दाँत जख्मी हो जाते। कुछ लड़कों की नाक फूट जाती और नाक से खून बहने लगता। ऐसा होने पर उस लड़के का तत्काल उपचार किया जाता। परन्तु ऐसा कुछ न होने पर लातों की मार चालू रहती। हम सब लड़के यह देखते हुए भौंचक्क रह जाते। इस समय इतनी श्मशान-शान्ति पसर जाती कि हम सब एक-दूसरे की साँसें सुन सकते थे, जबकि हम फुट-फुट भर के अन्तर में बैठे होते।

वैसे सामान्य 'मुर्गा' बनना कुछ आसान सजा होती। दोनों हाथों को जाँघों के बीच निकालकर कान पकड़ना होता। कितनी ही देर चलती यह सजा बहुत तकलीफ न होती।

पर कमर दुखने लगती। कमर दुखने पर हम थोड़ा खड़े होने की कोशिश करते तो तुरन्त मास्टर की लात हमारे कूल्हों पर पड़ती। ऐसी भरपूर लात पड़ते ही लड़का धूल चाटने लगता। ऐसी स्थिति में उसका मुँह जख्मी हो जाता। परन्तु उसका दुख न मनाते हुए दूसरी लात से बचने के लिए उसे तुरन्त 'मुर्गा' बनकर झुक जाना पड़ता।

नीचे झुककर अँगूठा पकड़ने की सजा अधिकांश स्कूलों में प्रचलित थी। हमारे मास्टर आमतौर पर यह सजा न देते। परन्तु जब देते एक शर्त के साथ। ऐसी सजा पानेवाले लड़के की पीठ पर एक फुटपट्टी (स्केल) रखते। वह यदि नीचे गिर गई तो उसी स्केल से उसे मार पड़ती। अक्सर ऐसी सजा में लड़का कुछ तो हिलता ही और उसके लिए स्केल का 'प्रसाद' तैयार रहता।

इन विभिन्न सजाओं को भोगनेवाले लड़कों की चीख-पुकार से टकली हॉल का परिसर बोझिल हो जाता। अरे मर गया...माई...जैसे करुण-क्रन्दन लड़के करते। इस सजा की डर से मैं पहले से ही इतना घबराया रहता कि छोटी भी भूल न हो जाए, इतनी सावधानी बरतता। स्वभावतः शान्त होने के कारण मुझसे गलती न होती। परन्तु फिर भी मास्टर या लड़कों से खार खानेवाले दादा के हाथ हमेशा ही खुजलाते रहते और मुझे भी मार खानी पड़ती।

यह मार खाने का एक-एक पल अर्थात् सम्पूर्ण दुनिया अपने खिलाफ हो जाने की अनुभूति होती। यह दुनिया तो तुम्हारी है नहीं, साथ ही तुम्हें जन्म देनेवाले माँ-बाप भी तुम्हारे अपने नहीं हैं। तू जो अभी मार खा रहा है, वह तुम्हें अकेले को झेलना होगा। कहाँ हैं तुम्हारे माँ-बाप ? और तू कितना भी चीख ले; तुम्हें बचाने कोई नहीं आएगा।

यह पूरी तरह सच होता। टकली हॉल से रिमांड होम का मुख्य ऑफिस दूरी पर था। रास्ता तो और भी दूर था। मार से बचने के लिए भाग जाने के विचारों के बीच दो बाड़, उन्हें तोड़कर कैसे भागें ?

मन बेचैन हो जाता। माँ की याद आती। बाबूजी सामने दिखाई देते। चारों ओर अनेक लड़के दिखाई देते हुए भी लगता कि मैं एकान्तवास में धकेल दिया गया हूँ।

ऐसे वातावरण में हमारे मास्टर, हमारे मित्र, मार्गदर्शक कभी नहीं लगे। उनका सतत डर लगा रहता। नींद के छह-सात घंटे छोड़ दें तो बाकी समय मास्टर का आतंक ही रिमांड में मँडराया करता। मेरी दृष्टि में स्कूल के तीन घंटे हमारे लिए उत्सव की तरह होते।

मेरी दृष्टि में मास्टर रिमांड होम के असली 'हीरो' थे। लड़कों को सँभालनेवाले रक्षक (गार्ड्स) के रूप में उनका स्थान होने के बावजूद हम उन्हें मास्टर कहते थे। तीन पालियों में दो मास्टरों की एक जोड़ी, इस तरह तीन जोड़ियाँ, मैं जब से आया तब से कार्यरत हैं।

सबसे भयंकर जोड़ी थी—आशा मास्टर और जाधो मास्टर की। आशा मास्टर का उपनाम था—काले। परन्तु लड़के उन्हें आशा मास्टर के नाम से ही पुकारते। चेहरे पर चेचक के दाग, डरावनी आँखें, सादी कमीज पाजामा और दिल दहला देनेवाली खूँखार

आवाज—ऐसे आशा मास्टर। बच्चों को खूब पीटते और भयानक गालियाँ बकते। कुछ-कुछ हिन्दी शैली में बच्चों की माँ-बहनों का उद्धार कर मुक्त हो जाते।

इससे भी अधिक थर्राहट जादो मास्टर कर छोड़ते। रुआबदार गठा-बदन, तेज-तर्रार आवाज, सुव्यवस्थित पोशाक से उनका व्यक्तित्व किसी को भी प्रभावित कर जाता। परन्तु उनसे हम सब बहुत घबराते। रिमांड होम के परिसर में वे हाथ में एक डंडा लेकर ही प्रवेश करते। उनके दिखते ही लड़के 'जादोमास्टर आए रे' कहकर शान्त हो जाते। उनका नाम था—जाधव। पर सब लड़के उन्हें 'जादोमास्टर' कहकर पुकारते। उन्होंने हम लड़कों के साथ क्या कसम खाई थी पता नहीं ! पर ड्यूटी के समय बोलने की बजाय वे डाँटने और समझाने की जगह लाठी-मुक्कों का ही हमेशा उपयोग करते।

वे ड्यूटी पर आते और यदि कोई लड़का अपने दल की कतार में खड़ा या हिलता-डुलता दिखाई दिया तो मास्टर हाथ की लाठी उसकी पीठ पर बरसाते। वह लड़का नीचे गिर पड़ता और आसपास बैठे हम सकपका जाते। लाठी टूट जाने के बाद वे अपने हाथ के 'फाइट' का उपयोग करते। 'जादोमास्टर की फाइट' यह हम लड़कों के लिए डर का पर्यायवाची शब्द बन गया था। एक बार मैं डरकर विवश आँखों से पीछे देख ही रहा था कि जादोमास्टर की फाइट मेरी पीठ पर बरसी और सारे शरीर में थरथराहट का अनुभव देर तक गूँजता रहा। मुझे उन्होंने क्यों मारा यह मालूम भी नहीं था। परन्तु रोज चार लड़कों में दहशत बोने का उनका यह क्रूर तरीका था। 'भेणचोद' यह गाली वे हमेशा फेंकते रहते और हमें डराते रहते। जिस प्रकार सुपरिंटेंडेंट के तबादले होते हैं, ऐसे इस मास्टर के क्यों नहीं होते, यह प्रश्न हम लड़कों को सताते रहते। परन्तु यह प्रश्न किसी से न पूछ पाते। यदि गलती से किसी से पूछ लिया तो उन्हें मालूम नहीं होगा, इसकी क्या गारंटी ? फिर मास्टर को मालूम होने पर लाठी और फाइट की तीव्र वेदना याद कर ही हम अधमरे हो जाते।

दूसरी मास्टर जोड़ी थी—केलकर और पाध्ये की। दोनों इकहरे बदन के, सामान्यतः बहुत ऊँचे नहीं। केलकर मास्टर गोरे थे परन्तु अत्यन्त शीघ्रकोपी। क्रोधित होते तो लड़कों को लातों-मुक्कों से पीट डालते। उनकी झापड़ भी बहुत भयानक होती। वे भी चीख-चिल्लाकर बच्चों पर अधिकार जमाते। कभी-कभी गुस्से में छड़ी फेंककर मारते। पाध्ये मास्टर का हाथ भी ऐसा ही खुजलाता रहता। उनकी हथेली पर ब्रह्मदेव हैं, ऐसी धारणा हम बच्चों में होती। इस कारण हाथ की हथेली ऊपर कर जो झापड़ वे मारते वे बहुत जोर से पड़ता है, ऐसा हमें लगता। पाध्ये मास्टर भी तेज-तर्रार आवाज में हमें डाँटते और धमकाते।

नन्दू मास्टर और सोनवणे मास्टर की जोड़ी तुलनात्मक ढंग से हमारी दृष्टि से सौम्य थी। बाबूजी से दोनों शिक्षकों से बनती थी। इस कारण सामान्यतः मुझे मार न पड़ती। वैसे भी मैं शान्त स्वभाव का था। इसी कारण यह सम्भव था। सोनवणे मास्टर 'हाउस फादर' (मास्टरों के प्रमुख) पद पर थे। उनके कपड़े टीप-टाप, रोब-दाब अलग और हमेशा जल्दी में होते। सभी अधिकारियों से वे ही बात करते। वे लड़कों को ज्यादा न

पीटते। उनका बहुत दबदबा होता। परन्तु किसी ने गलती की या सोनवणे मास्टर को संकट में डाला तो ये ही सोनवणे मास्टर कितनी भयानक सजा दे सकते हैं, इसका अनुभव देनेवाली एक घटना घटी।

रिमांड होम के कुंठित, बन्दीगृह जैसे वातावरण से भाग निकलने की कई लड़कों की कोशिश होती। पुलिस केसवाले लड़के तो ऐसी कोशिश करते ही। विशेषतः आन्ध्र, कर्नाटक, तमिलनाडु इन प्रदेशों से आए लड़के इस रिमांड होम के जीवन से तंग आकर भाग जाने का विचार करते। एक बार इसी तरह कुछ लड़के भाग गए थे। उसमें से एक उद्दंड लड़का तुरन्त दूसरे दिन पुलिस के हाथ लग गया। वह जब लौटकर रिमांड होम में आया, तब हम खाना खा रहे थे। ड्युटी पर तैनात सोनवणे मास्टर उसे लातों-घूँसों से मारते हुए ले आए। बाद में हम लड़कों की ओर से एक-एक झापड़ मारने की उसे सजा दी गई। उसके बाद उसे मुर्गा बनने की सजा दी गई। मुर्गा बने हुए स्थिति में सोनवणे मास्टर ने उसकी पीठ पर जोरदार लात मारी ! वह बहुत जोर से चीख उठा ! हम खाना खाते हुए विस्मयपूर्वक यह सब देख रहे थे। भोजन से स्वाद गायब हो गया था। इतने में कुछ दादा लड़कों ने उसकी 'धुलाई' शुरू कर दी। हमारा एक हाथ निवाले के साथ मुँह की ओर जाता और डरी हुई आँखें उस लड़के की ओर होतीं। उस लड़के का चीखना, रोना-कराहना कानों में घुस रहा था और वहाँ से हृदय तक पहुँच रहा था। एक विवश स्तब्धता वातावरण में फैल चुकी थी। वह लड़का वेदना से सिसक रहा था।

नन्दू मास्टर बहुत कम पीटते। बाबूजी के वे दोस्त थे। निरन्तर पान खाकर उनका मुँह रँगा रहता। मुँह में गिलौरी दबाकर वे चिल्लाते–'अटेंशन !' हम तड़ातड़ तालियाँ बजाते। इस मास्टर की आदत थी निरन्तर कुर्सी पर बैठकर समय बिताना। थोड़ी भी हलचल–बातचीत होती तो चिल्लाते–'अटेंशन' और हम तुरन्त तालियाँ बजाते। फिर तुरन्त शान्ति छा जाती।

इन सभी मास्टरों की मदद करने में लड़कों के मॉनिटरों की अर्थात् 'दादा' लोगों का बहुत महत्त्व होता। मास्टरों का लगभग आधा काम ये दादा लोग पूरा करते। विशेष रूप से शरारती, काम न सुननेवाले लड़कों की भरपूर 'धुलाई' और उन्हें वश में रखने का काम ये लड़के करते।

'दादा' लोगों के भी आपसी लड़ाईवाले कुछ गुट होते। इन गुटों की एक-दूसरे के खिलाफ हमेशा शिकायत रहती। अपने विरोधी गुट को किस प्रकार पीटा जाए इसकी योजना हमेशा बनती रहती। प्रत्यक्ष मार-पीट की घटनाएँ यदि छोड़ दी जाएँ, तो इन गुटों में रहने के कुछ फायदे भी थे। प्रत्येक गुट का लड़का किसी समय भोजन परोसने आता तो वह अपने गुट के लड़के को भरपूर भोजन–उदार हाथों से परोसता। इस कारण किसी भी गुट में न रहनेवाले लड़के भोजन के समय रुआँसे हों जाते। प्रत्येक गुट के दादा की 'सेवा' उस गुट के लड़कों को करनी होती। कोई सोते समय हाथ-पैर दबा देते, कोई भोजन के बाद बर्तन साफ कर देते। तो कुछ लड़के दादा के कपड़े भी धो देते

थे। ये सारे दादा लोग अपने गुट की सहायता से कुछ विशिष्ट मास्टरों के काम के समय मदद भी करते।

चुगली करना भी एक गुट का दूसरे गुट के खिलाफ एक धन्धा होता। मास्टर को या सीधे सुपरिंटेंडेंट को दूसरे गुट के खिलाफ चुगली कर ईष्ट परिणामों की राह एक-एक गुट देखता रहता।

ऐसी घटनाएँ देखकर मैं भी एक गुट में शामिल हो गया। उस गुट के साथ रहकर, कुछ दिनों बाद मुझे प्रभावित करने वाले गुट में मैं धकेल दिया गया। इस कारण पहले मैं जिस गुट में था, उस गुट के बोरगे नामक लड़के ने मुझे भरपूर पीटा। अन्ततः मार से डरकर मैं उसके गुट में लौट आया। परन्तु यह दूसरे गुट को मंजूर नहीं था। तब केदारनाथ भावबन्दे नामक उस गुट के एक आकर्षक और भला लगनेवाले लड़के ने एक उपाय सुझाया। टकली हॉल के नीम के ठूँठ पर सबके सामने नाक रगड़कर खोरे शरण आए; उसका सुझाव था। मैं और नहीं पिटना चाहता था। इसलिए मैंने शरण जाना कबूल कर लिया और पहले गुट में शामिल हो गया।

गुटों के लड़कों में हफ्ते में कम-से-कम एक बार तो मार-मीट अवश्य होती। आमतौर पर शाम को खेलते समय इस विवाद का विस्फोट होता। और उसी से अपने-अपने गुट की अस्मिता दाँव पर लगाकर मामला हाथापाई तक पहुँच जाता। मास्टर हस्तक्षेप न कर सकें ऐसे स्थान पर यह मारपीट होती। यदि मास्टर का हस्तक्षेप होता भी तो वह पक्षपाती होता। अपनी ड्यूटी के समय मदद करनेवाले दादा को छोड़कर वे विरोधी दादा को पीटते। फिर उस रात मास्टर के पैर दबाने की, सिर में तेल डालने की और मालिश करने की होड़, मास्टर के अनुकूल गुट के लड़कों में मच जाती।

स्कूल में मेरी पढ़ाई ठीक थी। मैं याद करने में अच्छा था इसलिए दूसरी में जोशीबाई और तीसरी की मोकाशीबाई मुझ पर बहुत स्नेह रखतीं। परन्तु स्कूल के तीन घंटे रिमांड होम के दहशत भरे चौबीस घंटों की तुलना में कुछ भी नहीं थे।

रिमांड होम का विशाल परिसर था। सामने पेड़ और बड़ा मैदान। उसी मैदान में एक हौद था। वहाँ हम नहाते। उसके बाद कई कमरों की, लम्बे-चौड़े हॉल की, कई घुमावदार मोड़वाली एकमंजिली इमारत थी। उसमें एक हॉल ज्युव्हेनाइल कोर्ट का। दो कमरे प्रोबेशन ऑफिसर और सुपरिंटेंडेंट साहब को बैठने के लिए, एक कमरा दवाखाने के लिए। इसी से लगकर स्कूल की कक्षाएँ और रात में सोने के लिए इस्तेमाल किए जानेवाले कमरे। कुछ अन्तर छोड़ने के बाद बीच की जगह में संडास, पेशाबघर व बाथरूम। इसके आगे टकली हॉल से सटी इमारत। ऊपरी मंजिल पर लड़कों के मानसिक आवश्यक आजमानेवाली, उनकी बुद्धि जाँचनेवाली क्लिनिक थी। उसी से लगकर एक बहुत बड़ा रसोईघर। टकली हॉल से आगे एक शेड के नीचे भोजन करने की जगह थी। बिल्कुल पीछे मास्टरों के निवास के तीन-चार कमरे।

इस बड़े परिसर के चारों ओर दीवालें और लकड़ी से बनी बाड़ होती। इसलिए हट्टे-कट्टे लड़कों को इस परिसर के महत्त्वपूर्ण जगह पर पहरे के लिए बिठाते। पहरा

देने का काम भी कई लड़के शौक से करते। स्कूल, भोजन, प्रार्थना, स्नान, कपड़े-धोने, खाना बनाते समय ये लड़के जगह-जगह पहरा देते। ये जरूरी काम निपटाते समय पहरे पर तैनात लड़कों की जगह दूसरे लड़के बदलकर उन्हें बुलाया जाता। इस तरह पहरे पर बैठनेवाले लड़कों का चयन करने का काम दादा लोगों का होता। फिर भी, इतने पहरे के बावजूद भागनेवालों के पैर कौन थाम सकता था ?

भागनेवाले वीर सारे पहरों को चकमा देकर, पहरे पर बैठे सूबेदार को धराशायी कर भाग जाते। संडास के सामने के कम्पाउंड या रसोईघर के पिछवाड़े की बाड़ से आमतौर पर लड़के भागते। मास्टर की मार, अपर्याप्त भोजन, विशेषतः कैदीनुमा जीवन के डर से ये लड़के भाग जाने की कोशिश करते। भागने की कोशिश सफल हुई तो ठीक, अन्यथा एक नए त्रासद घेरे से वे फिर जकड़ दिए जाते। ये भागनेवाले लड़के स्कूल में पढ़नेवाले न होते। साथ ही शान्त स्वभाव के भी न रहते। एक बेचैन और चंचल प्रवृत्ति के इन लड़कों को रिमांड की जकड़न शत्रु के समान लगती। इसलिए वे भाग जाने को आतुर रहते। फिर संडास जाने के बहाने, किसी ने बुलाया है—यह भुलावा देकर बैठक से ये लड़के बाहर आकर भाग जाते। अक्सर लड़कों का यह 'पलायन' असफल हो जाता। कारण यह था कि यदि कोई भागने की कोशिश करता तो पहरे पर तैनात लड़का या दूसरा लड़का चिल्लाता हुआ पीछा करता। बाद में दूसरे लड़के भी—'मास्टरजी वो भागा...देखिए भागा,' कहते हुए मास्टर को जगाते। इससे एक होता—मास्टर अपना काम छोड़कर उस लड़के के पीछे भागता। अक्सर नए भर्ती किए गए लड़के ही इस पलायन में होते। मेरे रहते लड़के भागने का एक रिकॉर्ड बन गया। लगभग पैंतीस लड़के एक साथ भाग गए। उनमें से पच्चीस लड़के तुरन्त हाथ लग गए। परन्तु इस घटना को गम्भीरता से लिया गया। वापस मिले इन लड़कों को खूब पीटा तो गया ही, साथ ही उन पर कड़ी निगरानी रखी जाने लगी।

रिमांड होम चलानेवाली संस्था ने इस घटना के लिए मास्टरों की लापरवाही को जिम्मेदार ठहराया। फिर एक दंड भी घोषित किया गया—जिस मास्टर की ड्यूटी के समय जितने लड़के भागेंगे उस मास्टर की पगार से निश्चित अनुपात में रकम काट ली जाएगी। यह दंड सचमुच लागू हुआ या नहीं, हमें नहीं मालूम। पर लड़कों का पलायन पूरी तरह नहीं रुका। एक-दो-तीन-पाँच की संख्या में लड़के भागने की घटना सुनाई देती थी।

रिमांड होम के घुटन-भरे परिसर में या बाहर खुले जीवन में इन भागनेवाले लड़कों को भविष्य का क्या कोई आश्वासन मिलता होगा ? या केवल आश्वासन के नाम पर मृगजल के पीछे तो ये लड़के नहीं भाग रहे ? मैं स्वयं अपने लिए इस वातावरण में भविष्य का आश्वासन खोज रहा था और वह मुझे कोई देगा, यह आशा मन में टिकी रहती।

6

रिमांड होम में घुसते ही सामने जो पत्थर से बनी इमारत दिखती, वहाँ जुव्हेनाइल कोर्ट लगता। हम बच्चों के भविष्य का जो भी निर्णय होता वह इसी कोर्ट में होता।

लम्बा-चौड़ा टेबल, उसे लगकर कुर्सी पर बैठे मजिस्ट्रेट और दूसरे सहयोगी। दो कोने में रखे टेबल पर प्रोबेशन अधिकारी और क्लर्क बैठे होते। दीवाल पर गाँधी, नेहरू, राधाकृष्णन के फोटो लगे होते। कोर्ट का कामकाज चलाते समय दरवाजों के पर्दे गिरा दिए जाते। जिस लड़के का केस होता उसे लेकर मास्टर कोर्ट में ले जाते।

हर सोमवार और शुक्रवार को कोर्ट का काम चलता। उस समय रिमांड होम में मास्टरों की भागदौड़ चलती रहती। हम बच्चों को ठीक-ठाक कपड़े पहनाकर टकली हॉल में बैठाया जाता। हॉल का दरवाजा हमेशा की तरह बन्द किया होता। कोर्ट के हॉल के बाहर की ओर अपने गुम हुए, पुलिस द्वारा पकड़े गए बच्चों की खोज में कई पालक बैठे होते। इन पालकों को बुलाया जाता। कितने पालक बच्चों को सँभालने के लिए तैयार हैं, उनकी आर्थिक, कौटुम्बिक स्थिति का विचार करके रिमांड होम के बच्चों को वहीं रखा जाए या घर के लिए छोड़ दिया जाए इसका निर्णय कोर्ट करता।

ये निर्णय दो प्रकार के थे—एक, लड़के को पालक के कब्जे में देने सम्बन्धी और दूसरा, लड़के के सयाने होने तक रिमांड होम में 'कमिट' कर लेना। जो लड़के पालक होने के बावजूद पकड़े गए थे, उन्हें रिमांड पर लेकर चार-छह-आठ महीनों के बाद कोर्ट की सहमति से पालकों के कब्जे में दिया जाता।

ऐसे लड़कों को पालकों के कब्जे में देने सम्बन्धी कोर्ट का निर्णय लेकर मास्टर टकली हॉल की ओर आते और उन लड़कों के नाम पुकारकर, उनके कपड़े बदलकर (अर्थात् जो रिमांड होम में आते समय घर के कपड़े पहनकर आते उसे लौटाकर) उसे कोर्ट की ओर ले जाया जाता। यह स्थिति हम कई लड़कों की दृष्टि से बहुत क्लेशदायी होती। क्योंकि टकली हॉल के दरवाजे को चहकते हुए पार करनेवाले लड़के का चेहरा और शरीर का रोम-रोम आनन्द से झूम उठता। दरवाजा फिर बन्द होता। हम तारों की बाड़ से दूर जानेवाले लड़के को देखते रहते। कई आँखें, कई चेहरे और उस तार की बाड़ में सनी उँगलियाँ बाहर आने के लिए उत्सुक होते। परन्तु इसी स्थिति में शाम हो जाती और कोर्ट समाप्त हो गया होता। हम टकली हॉल में ही होते। हमारे निर्णय के बारे में हमें ही कुछ मालूम न होता। परन्तु जो छूट गए वे कौन लड़के थे उन्हीं की गिनती करते हुए हम अगला कार्यक्रम पूरा करने में लग जाते।

इस तरह, कोर्ट के दिन जिस प्रकार लड़के रिमांड होम से छूटकर घर जाते, उसी प्रकार पुलिस केस में अनेक लड़के इसी समय हमारे साथ आकर मिल जाते।

इन लड़कों का प्रवेश भी दिल दहला देनेवाला होता। टकली हॉल में हम सब बैठे होते। ऐसे में मास्टर दो-चार लड़कों को ऐसे पकड़कर लाते ज्यों कोई अपराधी हों। इन लड़कों की कलाई एक हाथ में पकड़कर दूसरे हाथ से उस लड़के की पीठ में जोरदार

मुक्कों की बरसात करते मास्टर उन्हें लाते। हम परेशान और घबराई नजर से टकली हॉल से यह सब देखकर स्तम्भित हो जाते। अन्ततः ये लड़के किसी काँजीहाउस में लाकर डालने से टकली हॉल में कपड़े बदलकर लाकर डाल दिए जाते। कोई उद्दंड लड़का होता तो वह न घबराता। पर कोई डरपोक लड़का होता तो वह बहुत घबराता। हम सब उसकी ओर देखते रहते। इन सारे खाकी कपड़ों में लड़कों को देखकर आगन्तुक लड़का या कई लड़के अपने आपको भूल जाते। उनकी आँखें ही उनके पराजय की कहानी कहतीं। जीवन की कोई बाजी हारने-सा अनुभव चेहरे पर होता और मन-ही-मन वे बुरी तरह टूट चुके होते। दो-चार दिनों का नयापन बीतने के बाद वे हमारे मित्र हो जाते। हमारी मित्रता और दृढ़ हो जाती, जब उन्हें यह मालूम होता कि ये सब अपने जैसे ही जीवन की कोई-न-कोई बाजी हार चुके हैं।

मैं जब रिमांड होम में था तब कोर्ट का काम श्रीमती प्रमिलाबाई गाडगिल (प्रसिद्ध अर्थशास्त्री डॉ. धनंजयराव गाडगिल की पत्नी), श्रीमती आपटे (पुणे विश्वविद्यालय के पूर्व उपकुलपति डॉ. बा. पां. आपटे की पत्नी), श्रीमती मृणालिनी चितले (सामाजिक कार्यकर्त्ता) महिला मजिस्ट्रेट के रूप में काम देखते थे। उन्हें मदद करनेवालों में रिमांड होम चलानेवाले डिस्ट्रिक्ट प्रोबेशन एंड आफ्टर केयर असोशिएशन संस्था के सचिव डॉ. मधुमालती गुणे, रिमांड होम के मुख्याधिकारी न. भा. जावडेकर और सम्बन्धित प्रोबेशन अधिकारी मुख्य रूप से होते।

कोर्ट के दिन ये सारे अधिकारी रिमांड होम में आते इसलिए सभी मास्टर सजे-सँवरे होते। सोनवणे मास्टर तो 'कड़क' कपड़ों में होते। साफ-सफाई कर सारा रिमांड होम स्वच्छ किया जाता। यह दिन अत्यन्त व्यस्तता का होता। सुबह के आवश्यक कार्यों के बाद रिमांड होम के जिन बच्चों के केसेस इस कोर्ट में चलने होते, उनके नाम मास्टर पढ़कर सुनाते। उन बच्चों को अलग बैठा लिया जाता। इन बच्चों का भोजन कोर्ट के काम को ध्यान में रखकर जल्दी निपटा लिया जाता। भोजन के बाद इन लड़कों को कोर्ट के पास एक कमरे में बैठाकर नाम के अनुसार पुकारा जाता। सामान्यतः चार बजे तक कोर्ट का काम पूरा हो जाता। इसके बाद कभी-कभी गाडगिलबाई हम बच्चों के साथ कुछ देर बिताने के लिए आतीं। अत्यन्त ममतामयी गाडगिलबाई इस छोटी मुलाकात में हम बच्चों के लिए श्रीखंड की गोलियाँ लेकर आतीं। इन गोलियों को चूसने तक तो गाडगिलबाई की याद हमें रहती।

ये अधिकारी जब आते तब दुःखी लड़के उनकी ओर आशाभरी निगाहों से देखते। ये बच्चे मास्टरों के खिलाफ शिकायत करना चाहते परन्तु यह सम्भव न होता। क्योंकि अधिकारियों से कुछ कहने की कोशिश करने पर मास्टरों की इतनी कड़ी निगाह होती कि उन लड़कों के होंठ अपने आप सी जाते। फिर भी उनमें से किसी ने दुस्साहस कर शिकायत कर ही डाली तो अधिकारी जाने के बाद उस लड़के को उसकी भरपूर कीमत गिननी पड़ती। इस अनुभव के कारण सभी लड़के अधिकारी के आने के बाद अपना मुँह बन्द रखते। नाम, किस कक्षा में पढ़ते हो; ऐसे प्रश्नों के उत्तर दे पाते। अधिक-से-अधिक

घंटे भर में रिमांड होम की मुलाकात समाप्त कर ये अधिकारी लौट जाते।

फिर मास्टरों के साथ हमारा सारा दिनचक्र अपने समय पर चलता रहता।

इसी दिनक्रम का एक हिस्सा होता 'गिनती' का। लड़कों की संख्या ठीक है न, कोई भी भागकर नहीं गया न इसकी गिनती दिन में कई बार होती। ड्यूटी पर आनेवाले सभी और जानेवालों की गिनती कर मास्टर सब ठीक होने का विश्वास कर लेते। सुबह कवायत के समय, चाय के समय, फिर टकली हॉल में बैठने पर, बाद में भोजन के समय, स्कूल छूटने पर, फिर टकली हॉल में आने पर, रात को भोजन के समय, प्रार्थना के समय और सोने से पहले; ऐसे कई बार 'गिनती' होती। समूहवार बैठे हम सबके सिर गिनकर मास्टर आश्वस्त होते कि कोई भी भागा नहीं है। 'गिनती' एक बार और जल्दी में होती—जब कोई लड़के भाग जाते तब। हम सब अपनी-अपनी कक्षा में, काम में होने पर यदि मालूम हो जाता कि कुछ लड़के भाग गए हैं तो सभी लड़कों को टकली हॉल में लाया जाता। वहाँ 'गिनती' लेकर सामान्यतः कितने लड़के भाग गए यह ध्यान में आता। गिनती के समय बिखरे हुए बच्चों को एकत्र करने में मास्टर क्रोधित होकर हमारे पीछे लगते। जो जान हथेली पर रखकर न भागते उन्हें फिर मास्टर खूब मारते। इस प्रकार भाग गए बच्चों का गुस्सा हम लड़कों पर इस प्रकार निकाला जाता।

इस गिनती के बाद रोज के काम अपने नियत समय पर शुरू होते। सुबह की गिनती समाप्त होने पर मास्टर चिल्लाते—'चलो, सट-बर्तनवाले' सट-बर्तन यानी खाना पकानेवाले और बर्तन धोनेवाले दल। लगभग 15-20 लड़कों का एक दल सट-बर्तन के काम का होता। हम दो सौ बच्चों का भोजन और इतनी रसोई के लिए लगनेवाले बर्तन धोने-माँजने के काम इन लड़कों पर सौंपे जाते। रिमांड होम के बिल्कुल पीछे सट होता अर्थात् रसोईघर। वहीं भीतर की रैक में लड़कों के भोजन के लिए लगनेवाली थालियाँ, कटोरियाँ रखी जातीं। रसोईघर बड़ा होने के कारण रसोई बनानेवाले लड़के बड़ी चौकोनी पटिए के उपयोग रोटी बेलने के लिए चकले के रूप में किया जाता। इस चकले के चार-छह जगह आटे के छोटे-छोटे गोले बनाकर चपाती बेलने का काम शुरू होता। दो बड़े चूल्हे पर ऐसे ही बड़े आकार के तवे तपते होते। एक ही बार जिस तरह आठ-दस चपातियाँ बेलकर तैयार होतीं, उसी प्रकार इस बड़े तवे पर अनेक चपातियाँ भूनकर टोकरी में डाली जातीं। इधर एक चूल्हे पर दाल या सब्जी पक रही होती। यह भी काम लड़कों के जिम्मे होता। केवल उस सब्जी में मसाला कितना डाला जाए इसका मार्गदर्शन रसोई बनानेवाली महिलाएँ वहाँ खड़ी होकर करतीं।

बच्चों की संख्या के अनुसार रोटी की संख्या तय कर दी जाती। उसी के अनुसार रसोई में काम करनेवाला एक लड़का रोटियाँ बन जाने के बाद उसे गिनता। कुछ जली हुई भी उसमें होतीं। रसोई की प्रमुख महिला को बताने के बाद हर दल को कितनी रोटी दी जाए इसका निर्णय मास्टर द्वारा किया जाता। चारों दल के अनुसार बेंच पर थालियाँ, कटोरियाँ रखी जातीं। बाद में मास्टर लड़कों को कतारों में हाथ-मुँह धोकर भोजन के लिए आने को कहते। इसमें एक और बात थी। भोजन की पहली थाली

सुपरिंटेंडेंट साहब के पास चखने के लिए भेजी जाती और उनसे उचित अभिप्राय प्राप्त होने पर ही बच्चों को भोजन परोसा जाता।

हमारे भोजन में और सुपरिंटेंडेंट के भोजन में हमें तो काफी फर्क नजर आता। एक तो रोटियाँ सुन्दर और घी चुपड़ी होतीं। साथ ही, साग और दाल की कटोरी होती। सुपरिंटेंडेंट साहब एक-दो निवाले खाकर थाली अपने अभिप्राय के साथ भिजवाते। यदि कुछ होता तो रसोई बनानेवाली और मास्टर को बुलाया जाता और उन्हें आवश्यक सूचनाएँ दी जातीं।

सुपरिंटेंडेंट के घर थाली लेकर एक लड़का जाता। कई बार उनका विश्वासपात्र लड़का ही थाली लेकर जाता। इसलिए कई बार मैं भी वह थाली लेकर गया। साहब की 'टेस्ट' होने के बाद थाली ले जानेवाली लड़के को इसी थाली में खाना पड़ता। उसकी दृष्टि से यह एक सौभाग्य की बात होती है।

कभी-कभी रोटियाँ अधिक बन जातीं तो जिस दल को कम मिलतीं, उन्हें दूसरी बार परोसी जातीं। सबकी दृष्टि से ऐसे क्षण बहुत कम होते। पर जब ऐसा मौका आता तो लगता, ऐसी स्थिति कभी खत्म न हो।

15 अगस्त और 26 जनवरी को हम बच्चों को मीठा भोजन मिलता। परन्तु उससे पहले काफी भाषण सुनना पड़ता। रिमांड होम के अधिकारी, समाज कल्याण विभाग के अधिकारी हमें भाषण सुनाने के लिए उत्सुक रहते। कई बार पोपटलाल शहा ऐसे कार्यक्रमों में अवश्य आते। पोपटलालजी का भाषण बहुत आनन्ददायी घटना होती। बड़ी आत्मीयता से वे हम सबसे बातें करते। उनकी आवाज इतनी जोरदार होती कि रिमांड होम की सीमाओं को पार कर सड़क तक पहुँच जाती। कई बार तो बाहर के लोग उनका भाषण सुनकर वहीं ठहर जाते।

इसके बाद भोजन का आनन्द कुछ और ही होता। सारे बड़े अधिकारी उस समय उपस्थित होते। उनकी अनुमति से हमारा भोजन शुरू होता। ऐसे अच्छे भोजन को थोड़ी ही देर में सफाचट करने में हमें महारत हासिल थी। फिर भी कुछ हट्टे-कट्टे लड़कों की भूख शान्त न होती। ऐसे में यदि ये लड़के 'बर्तन दल' में बैठते तो बड़े-बड़े बर्तन माँजते समय बर्तन में चिपके हुए अन्न कण खरोंच-खरोंच कर खाते। वैसे भी जिनकी भूख पूरी न होती वे ऐसे 'बर्तन दल' में होते। वे बर्तन माँजने से पूर्व ऐसे अन्नकण खरोंचकर खाते। हम छोटे बच्चे सचमुच इन लड़कों से ईर्ष्या करते। फिर हम उन रसोईवाले लड़कों से दोस्ती करते। किसी का कोई मित्र रसोई में होता तो उसे भोजन में दो रोटी अधिक मिलने का विश्वास होता। क्योंकि जब वह मित्र रसोई में काम करता होता तब उधर एक चक्कर लगाते। रसोईघर में एक जालीदार दरवाजा था ताकि हवा बाहर निकल सके। उस जाली के चौखट के पास लड़कों ने रोटियाँ चुराते-चुराते एक बड़ा छेद बना दिया था। वहाँ से यह मित्र रोटियाँ देता। रूखी-रूखी उन रोटियों को खाने का भी आनन्द था। सिर्फ यदि किसी ने देख लिया तो उसे थोड़ा-बहुत उसका हिस्सा देना पड़ता। इस दृष्टि से सबसे भाग्यवान होता वह लड़का जो रोटियाँ बनने के

बाद उसकी गिनती करता था।

कुछ गलती होने पर किसी लड़के को रोटी काटकर कम देने की सजा भी मास्टर देते। ऐसे दुर्भाग्यशाली का चेहरा दरिद्र, मरियल और मलिन हो जाता। कम-से-कम उस प्रसंग तक तो निश्चित ही। वैसे अन्य लड़कों की रोटियों का कोटा भी सीमित होने के कारण भी ऐसे दुर्भाग्य की मदद करने के लिए कोई आगे न बढ़ता।

हम बच्चों की दृष्टि से मंगलवार दिन प्रिय दिन होता।—उस दिन हमारे पालक हमें मिलने आते। शाम 4 से 6 के दौरान अपने आनेवाले पालकों से मिलने के लिए बच्चे उत्सुक रहते। रिमांड होम में आने के बाद पहले मंगलवार को बाबूजी मिलने ही नहीं आए। उस दिन मैंने बहुत-बहुत प्रतीक्षा की। फिर अगले मंगलवार को टोपी पहने हुए, दुबले-पतले बदन के बाबूजी की छवि देखते ही मैं खुशी से पागल हो गया। हमारी वह मुलाकात खुशियों के आँसू से भीग गई थी।

बाबूजी की मुलाकात मेरे लिए चरम खुशी की बात होती। माँ की कमी पूरी करने का वे हर सम्भव प्रयास करते। मुलाकात के दिन मुझे माँ की याद न आए इस दृष्टि से वे व्यवहार करते, स्नेह में सराबोर करते।

रिमांड होम में, मुलाकात के समय तली हुई चीजें लाने की मनाही थी। केवल फल आदि या बिस्किट जैसी खाने की चीजें लाने से वे हमें मिलतीं। मुलाकात के लिए आनेवाले पालकों की थैलियाँ ड्यूटी पर तैनात मास्टर जाँचते और क्या नहीं देना है उसे अलग रख देते। लौटते समय पालक खाने की वे चीजें वापस ले जाते। बाबूजी आते समय ढेर सारी खाने की चीजें लाते। फल, बिस्किट, चाकलेट लाते और अपने सामने ही खाने के लिए कहते। एक चबूतरे पर और हॉल में मिलने के लिए आनेवाले पालक अपने बच्चों के साथ खाने की चीजों की थैलियाँ खोलकर बैठ जाते। बाबूजी नियमित मिलने आते। कई बार वे दूध पिलाने लाते। बाद में तो वे सिर पर लगाने के लिए तेल भी लेकर आते। मुलाकात का समय बीतते ही वे मेरे सिर पर जल्दी तेल डालकर मालिश करते। मुझे बड़ा अजीब लगता। इतने बच्चों के माता-पिता आते परन्तु तेल लगानेवाले सिर्फ हमारे बाबूजी ही होते। उस मालिश के कारण सिर सचमुच शान्त हो जाता। पेट भरा होता। दो-चार फल जेब में रखकर मैं बाबूजी से विदा लेता और भीतर निकल जाता।

बच्चों के लिए पालक से मुलाकात का यह दिन अत्यन्त हृदय दहलानेवाला होता। पालक फल काटकर बच्चों को खाने के लिए देते। कोई छोटा बच्चा माँ को देखकर रोने की शुरुआत करता। उसे समझाते-समझाते वह बेचारी अपने दुर्भाग्य की यादों से स्वयं भी रोने लगती। बातें चलती रहतीं। बच्चे फटाफट खाकर खाने की चीजें खत्म कर देते। मुलाकात जारी रहती। साढ़े पाँच के आसपास मुलाकात जल्दी खत्म करने की सूचना देने मास्टर वहाँ आते और फिर, हमारे दिल की धड़कन बढ़ जाती। शुरू में दो-चार महीने तो यह मुलाकात समाप्त होते समय डूबती आवाज में ही बाबूजी विदा हो निकल जाते।

खाने की चीजों के साथ एकाध पुस्तक लानेवाले पालकों में बाबूजी अकेले ही थे। मैं उन्हें पुस्तकें लाने को कहता। रिमांड होम में पुस्तक पढ़ने की मेरी प्यास शान्त करने के लिए पुस्तकें ही न मिलतीं। बाद में घोलप नामक नए सुपरिंटेंडेंट साहब के आने के बाद कुछ पुस्तकें पढ़ने के लिए देने की व्यवस्था हुई। परन्तु उससे भी पढ़ने की इच्छा शान्त न होती, इसलिए बाबूजी को भी पुस्तकें लाने के लिए कहकर हर सप्ताह नई पुस्तकों की माँग करता। इससे एक हफ्ते में एक पुस्तक पढ़ डालता और दिमाग और पुस्तकों की तलाश करता। स्कूल में केवल पढ़ाई की किताबें और कंठस्थ करने के लिए पाठ होते। स्कूल के बाहर नियमों का और मास्टरों का राज्य होता, इस कारण किताबें बहुत न मिल पातीं।

इसका एक अच्छा परिणाम हुआ। मैं लड़कों को कहानियाँ सुनाने लगा। आवाज अच्छी होने के कारण मैं भजन कार्यक्रम में सबसे आगे होता। वैसे भी मास्टर मुझे गाने के लिए कहते। इस थोड़े से हँसी-खेल के कारण मन रमने लगा। बच्चों की दोस्ती बढ़ रही थी।

फिर भी मैं एक दोष के कारण तंग आ गया था। वह दोष था—खुजली। किसी शाप के शिकार की तरह मैं उस खुजली की भीषणता से व्याकुल होता। मेरा पूरा शरीर उससे सड़ रहा था। असहनीय वेदना होती। रात-रात-भर नींद नहीं आती थी। मैं छटपटाते हुए बिस्तर पर पड़ा रहता।

एक साथ सोने के कारण, एक ही टॉवेल से चार-चार लोग शरीर पोंछने के कारण खुजली हो आई थी। पहले मेरे हाथ में खुजली हुई। फिर पूरे शरीर में फैलती गई। पैरों में, कभी कूल्हे पर, कभी जाँघ पर खुजली होती हुई पूरे शरीर पर फैल गई। चूतड़ में खुजली होने के कारण चड्ढी चिपक जाती। पेशाब, संडास जाने के लिए चड्ढी उतारते समय आँखों से आँसू फूट पड़ते। हममें से कुछ लड़कों के शरीर में यह खुजली तो छुट्टी में ही थी। कुछ के सिर में फोड़े हो गए थे। लड़के इस कदर सिर खुजलाते कि घिन होती। खुजली और फोड़े की दुर्गन्ध हमें भी आने लगी और अपनी ही दुर्गन्ध से घिन आने लगी।

खुजली जिन लड़कों को हुई थी, उनके लिए सबसे भयंकर समय था—सुबह का नहाने का समय। हमें अलग खड़े कर कपड़े उतारने को कहा जाता और फिर हौद पर स्नान के लिए दो-चार लड़कों को लिया जाता। कुछ उद्दंड लड़के हमारी खुजली की जगह इस पद्धति से घिसते कि हम पीड़ा से चीख उठते । एक-एक का चिल्लाना इतना बढ़ जाता कि फिर मास्टर हमें डपटकर चुप रहने के लिए कहते। खुजली के घाव पर जमी पपड़ी और खून निकलता। सारा शरीर जलता। खुजली के घाव गीले होने के कारण कपड़े पहनते समय भी उसमें से पानी टपकता रहता और कपड़े चिपक जाते। फिर वही बात दुहराई जाती। धीरे-धीरे खुजली छूटती और फिर जोरदार खुजलाकर हाथ शान्त होते। इस गीली खुजली की जगह मलहम लगाने की व्यवस्था थी, परन्तु मलहम जल्दी ही पुछ जाती। कपड़े चिपक जाते। फिर कक्षा में बैठते समय, खाना खाने के लिए

बैठते समय दर्द होता।

परन्तु इस स्थिति की भी आदत होने लगती। गन्दगी और बीमारियाँ भी हमारे जीवन के अपरिहार्य अंग होते। हम सब लड़के जिस कमरे में सोते, उसमें छह नम्बर का कमरा अत्यन्त गन्दा और सड़ाँध से भरा होता। कारण यह था कि वहाँ सोनेवाले कई छोटे बच्चे और कुछ बड़े लड़के भी रात में वहीं टट्टी-पेशाब करते। इस कारण सुबह उन बच्चों को उठाने के लिए नाक दबाकर कमरे में जाना पड़ता। अत्यन्त दुर्गन्ध पूरे कमरे में पसरी होती। उन लड़कों की चड्ढी बिस्तर गीले होते। मास्टर छड़ी से पीटकर ऐसे लड़कों को बाहर निकालते। रोने-चीखने की आवाज उठती। फिर ये कमरे पानी से धोए जाते। परन्तु छह नम्बर के कमरे में दोपहर में भी जाने पर पेशाब की दुर्गन्ध आती। कुछ शरारती बच्चे रात को इस कमरे में पेशाब करते और अपने कमरे में आकर सो जाते। और सुबह उसी कमरे के बच्चों को मार पड़ती। छह नम्बर के कमरे में फिर इसके अतिरिक्त खुजली से पीड़ित हम जैसे कुछ लड़के सोने जाते। इस गन्दगी का एक और कारण भी था। रात में लड़कों को संडास-पेशाब की अनुमति न दी जाती। मास्टर सभी कमरों में ताला ठोंककर मुख्य हॉल के दरवाजे पर सोते होते। इस कारण किसी को तत्काल संडास जाने की जरूरत होती तो ताला खोलो, दरवाजा खोलो और किसी को साथ लेकर बच्चे को संडास के लिए ले जाओ-जैसी झंझटें होतीं, इस कारण मास्टर या दादा लोग ऐसी स्थिति में किसी को बाहर जाने देने के खिलाफ होते। मास्टर की कड़ाई, अनुशासन मालूम होने से कुछ बदमाश लड़के छह नम्बर के कमरे में निबट लेते और कुछ लड़के अपने कमरे की खिड़की से सीधे बाहर पेशाब करते।

इन सब बातों के कारण रिमांड होम को घर मानना असम्भव था। एक सजा के रूप में यहाँ रहना पड़ रहा है, ऐसी ही सबकी भावना होती। इस भावना को दृढ़ करनेवाला वातावरण था।

इसी रिमांड होम में मेरे बाद कुछ महीनों में मेरा छोटा भाई रमेश भी दाखिल हुआ। जब मैं भीतर आया तब मुझे सहारा देनेवाला कोई नहीं था। परन्तु जब वह आया तो उसे भीतर ले जाने के लिए मैं था।

मैं दूसरी में पहले नम्बर से पास होकर तीसरी में गया। पढ़ाई में मन लगने लगा। स्कूल के और रिमांड होम के छोटे-छोटे कार्यक्रमों में मेरा समावेश प्रमुखता से होने लगा। रिमांड होम के एक कार्यक्रम में मैंने एक छोटे सैनिक का रोल किया था। स्कूल की एक नाटिका में सम्भाजी की भूमिका में वाहवाही पाई थी। तीसरी की कक्षा-शिक्षिका मोकाशीबाई का मैं पसन्दीदा छात्र बन गया था—क्योंकि तीसरी में भी मैं पहला आऊँगा, ऐसा मेरा विश्वास था।

इसी समय एक और गुरुजी से हमारा परिचय हुआ। गुर्जर नाम था उनका। कभी-कभी वे दूसरी-तीसरी कक्षा को पढ़ाने आते। भारी आवाज, हाथ में छड़ी, धोती-टोपी उनकी पोशाक होती। इसलिए हम बच्चे उनसे घबराते। कक्षा शुरू होते ही वे भारी आवाज में श्लोक पढ़ाना शुरू करते। पूरी कक्षा इससे गूँज उठती। एक-एक

शब्द पर, वाक्यों पर ठोस आघात देते हुए वे कहते—''गणाधीश जो ईश सर्वांगुणाचा ! मुलारम्भ आरम्भ तो निर्गुणांचा !'' श्लोक, स्त्रोत पूरे होने पर पहाड़ा, ककहरा भी पढ़ाया जाता। एक, दो, तीन—अ, आ, इ, ई, उ, ऊ के स्पष्ट उच्चारण करके उसी प्रकार हमसे करवाते। कोई लड़का ठीक से उच्चारण न करता या ठीक से ध्यान न देता तो वे उसे छड़ी मारकर दंड देते। कभी किसी को पैर का अगूँठा पकड़कर खड़े रहने की सजा देते। वे चाहते कि लड़के मन से भरपूर आवाज के साथ अपने जैसा ही श्लोक, पहाड़ा कहें। इसके साथ ही कुछ सामान्य अक्षर लेखन भी वे सिखाते। गुरुजी के इस सम्बोधन के अनुकूल उनका व्यवहार, उनकी शिक्षा और उनका मार्गदर्शन होता। उनका ब्राह्मणत्व प्रदर्शित करनेवाला जनेऊ हमेशा दिखाई देता। कभी-कभी पढ़ाते समय ही जनेऊ कान में लपेटकर वे पेशाब के लिए जाते। परन्तु कक्षा शुरू होने पर पूरी कक्षा उनके नियन्त्रण में रहती।

ऐसे थे गुर्जर गुरुजी। बाद में लगभग बीस वर्ष पश्चात् उनसे मुलाकात हुई। गरवारे कॉलेज के सामने कर्वे रोड से वे साइकिल पर काफी सामान लादकर जा रहे थे। पैरों में चप्पल नहीं थी। बदन पर गन्दे कपड़े थे। सिर पर टोपी थी। साइकिल की हालत देखी न जाती ! ऐसी हालत में गुरुजी कभी मिलेंगे इसकी मैंने कल्पना भी नहीं की थी। वे भयानक चिन्तित लगते, फिर भी मैंने अपना परिचय दिया और बातें कीं। परन्तु वे हालात के शिकार होंगे, ऐसा लगता था और इसमें से मुक्ति नहीं, यह सत्य जान लेने के निश्चय से वे फिर साइकिल पर जाने लगे। स्कूल के दिन छोड़ दें रविवार और त्योहार की छुट्टियों के दिन मेरे मन की छटपटाहट बढ़ाते। काफी समय हमें केवल बैठा रहना पड़ता और मास्टर को दो-चार बच्चों को मारने की इच्छा होने पर केवल इतना ही काम चलता। दोपहर का भोजन हो चुका होता, सोने के लिए सुविधा होगी यह असम्भव था। फिर किसी हॉल में या पेड़ के नीचे या रसोई के पास मौन बैठना पड़ता। मन बेचैन हो जाता। पेड़ के पत्ते हवा से सरसराते। बाकी वातावरण शान्त होता। कहीं से सिनेमा के गाने रेडियो पर सुनाई देते। मन उसमें रम जाता। परन्तु थोड़ी ही देर में मालूम हो जाता कि कहाँ बैठा हूँ। स्कूल में मोकाशीबाई की शाबाशी और नाटक में अपना काम याद आता और आगे कुछ नहीं...क्योंकि फिर रोज के काम शुरू हो जाते।

इस कैदनुमा जीवन में हमें दो-तीन बार बाहर जाने का अवसर मिलता। 'सन्त ज्ञानेश्वर' जैसी फिल्म देखने के लिए हमें बाहर थिएटर में ले जाया गया। ज्ञानेश्वर फिल्म की याद उसके अच्छे गीतों तथा कथा के कारण मुझे है।

एक बार दीवाली की छुट्टी में बाबूजी लेने आए थे। मैं और रमेश उन दो दिनों में खूब घूमे और भरपूर खाया। हम बच्चे ऐसी छोटी छुट्टियों में जब-जब बाहर जाते, तब-तब खाने की चीजों, होटलों, हाथगाड़ियों पर हमारी निगाहें स्थिर हो जातीं और घर पहुँचने से पहले कुछ खाकर ही हमारा मन शान्त होता।

रिमांड होम दीवाली वैसे काफी अच्छी लगती। मास्टर हमें सुबह उठाते। तब तक कुछ लड़के नहाने के लिए पानी गर्म करते। बदन पर थोड़ा सा उबटन लगाकर हम तुरन्त

नहाने बैठ जाते। चार-पाँच लोटे गर्म पानी में ही स्नान पूरा कर लिया जाता। तुरन्त कपड़े पहनकर प्रार्थना के लिए हम एकत्र होते। दीवाली के अवसर पर लगभग तीन दिन तो सुबह नाश्ता मिलता। यह नाश्ता कौन बनाता है, यह सवाल हमारे मन में उठता। इस पर एक मास्टर ने बताया कि नाना पेठ के लड़कियों को रिमांड होम की लड़कियों ने यह नाश्ता बनाया है। इस कारण हमारा आनन्द शाम को सूख जाता। क्योंकि इन दिनों शाम का भोजन अक्सर रद्‌द हो जाता। कभी-कभी सीमित दाल-भात होता।

अन्ततः तीसरी में भी मैं पहला आया। हमारा स्कूल कभी भी लम्बे समय के लिए बन्द न होता। इसलिए तीसरी में पास होने के बावजूद मैं स्कूल में जाता था। पढ़ाई जारी थी।

ऐसे ही एक दोपहर मैं कक्षा में बैठा था। इतने में सोनवणे मास्टर हमारी कक्षा में आए और उन्होंने जल्दी-जल्दी बताया—''नेहरू का स्वर्गवास हो गया। लड़कों को लेकर तुरन्त टकली हॉल में चलिए !'' सभी कमरों में ये ही वाक्य जल्दी-जल्दी उच्चार कर मास्टर सन्देश देते। उस सन्देश से वातावरण ज्यों स्तब्ध हो गया ! सचमुच नेहरू चल बसे थे। मैं इतना छोटा पर मुझे 'नेहरू चाचा' अच्छी तरह याद थे। क्योंकि मेरे बचपन की यह बात थी। मुझे भी कुछ लगने लगा। सोनवणे मास्टर जितनी जल्दी में यह बुरा समाचार लाए उससे कहीं अधिक नेहरू के बारे में मेरी भावना अधिक करीबी थी। हम सब बच्चे एक स्तब्ध शान्ति में टकली हॉल में एकत्र हुए। रिमांड होम के अनेक अधिकारी हमें नेहरू की बातें बताने लगे। मुझे उसमें कुछ भी नया न लगता। मैंने नेहरू पर कई पुस्तकें पढ़ी थीं। 'चाचा नेहरू कितने अच्छे ! तुम्हें प्यार करते सब बच्चे !' यह गीत मैं गुनगुनाता और बचपन की याद मन में जगाता रहता।

इस भाषण के बाद हम सभी छोटे दोस्त उठकर खड़े हो गए और नेहरू को श्रद्धांजलि अर्पित की। हम बहुत छोटे थे, फिर भी नेहरू की मृत्यु का वह समाचार हमारे उस दिन को शोकमय कर गया था।

इस दिन सुबह रेडियो पर एक गीत सुनाई देता :

नन्हा-मुन्ना राही हूँ
देश का सिपाही हूँ
बोलो मेरे संग...जयहिन्द, जयहिन्द !

इस गाने का संगीत ऐसा होता ज्यों यह छोटा सिपाही समूची दुनिया पादाक्रान्त करता हुआ आगे बढ़ रहा है। उसकी कुछ पंक्तियाँ मुझे याद आतीं :

बड़ा होकर देश का सहारा बनूँगा।
दुनिया के आँखों का तारा बनूँगा॥
दुनिया में रहे न कोई भी गम।
आगे ही आगे बढ़ाऊँगा कदम॥

इस गाने की पंक्तियाँ मुझे अप्रत्यक्ष आवाहन देतीं। मुझ जैसे कइयों को। परन्तु

हमारा संघर्ष, उत्साह, आशा कुंठित तो नहीं हो गई ऐसा लगता।

जब ऐसा कोई गाना सुनता तो आशा-उत्साह के सारे दूत एक के बाद एक सामने खड़े हो जाते और आगे बढ़ने के लिए हिम्मत देते। गाना समाप्त होता, मास्टर की आवाज आती और दूत गायब हो गए होते।

तभी हम आठ लोगों की बदली की घोषणा हो गई। हमारे साथ आनेवालों में बालासाहब, राजुरे, विश्वनाथ मोने, बाल गालगील, केदारनाथ भावबन्दे और श्रीपाद व नन्दू तपस्वी बन्धु थे। देहू रोड के किवले गाँव में रिमांड होम के संयोजन में 'बाल सुयोग्य संस्था' चलाई जाती थी। उस संस्था में हमारा तबादला हो गया था।

हमारे पालकों को इस तबादले के बारे में कोई सूचना नहीं थी। हमारे निकलने का दिन मंगलवार तय किया गया था। बाबूजी के आने का वह विशिष्ट दिन होता। पर पाँच बजे तक भी बाबूजी नहीं आए थे। दवाखाने की खिड़की पर बैठकर मैंने उनकी राह देखी, पर वे नहीं आए।

हमें ले जाने के लिए संस्था के प्रमुख ढेकणे गुरुजी रिमांड होम में आए थे। हमने अपनी गुदड़ियाँ बाँध लीं। ड्यूटी के मास्टरों से, मित्रों से विदा ली। कागज पत्र देखकर हस्ताक्षर कर गुरुजी हमें लेकर चल पड़े।

रिमांड होम से केवल बाहर निकलने मात्र से मुझे कितना अलग लगा। एक तो रिमांड के कपड़े नहीं थे। घर के कपड़े फिर चढ़ाकर ज्यों मैं गाँव के लिए चला था। ऐसी ही धारणा से मैं चल रहा था। करीबी मित्रों को क्या लग रहा था, किसे मालूम ! पर मैं खुश था और गुरुजी को संस्था के बारे में, संस्था के मित्रों के बारे में, कौतूहल से जानकारी पूछता होता–गाँव कैसा है, उन्हें पूछ रहा था। स्कूल कैसा है, ऐसा भी एक प्रश्न पूछा था। शान्त, अपनेपन से गुरुजी उत्तर देते और मेरा विश्वास बढ़ाते।

लोकल आई और हम भीतर चढ़े। गाड़ी छूटी। मेरे साथ कइयों के प्रश्न बढ़ने लगे और आधे-पौन घंटे में ही हम देहू रोड स्टेशन पर उतरे। पास ही एक निवासी इमारत थी। मैंने गुरुजी से पूछा, "गुरुजी क्या यही वह संस्था है ?" गुरुजी कहते, "नहीं रे, हमें अभी बहुत दूर तक चलना है।"

एक पगडंडी से हम सब चलने लगे। किसी के भी पास कोई खास सामान नहीं था। केवल राजुरे की पेटी कुछ भारी थी। हम उसे बारी-बारी से उठाते। लगभग आधे घंटे में हमने गाँव के प्रवेश द्वार पर कदम रखे। किवले गाँव के लोगों के खपरैलों के मकान हमें दिखने लगे। बाईं ओर एक नाला बहता हुआ दिखाई दिया। दाईं ओर बापूजी देव का मन्दिर हमने देख लिया। उस मन्दिर के परिसर के बड़े-बड़े पेड़ हमें डराने के लिए काफी थे। दोनों ओर नागफनी के झाड़ोंवाला रास्ता पार कर हम बीच बस्ती में पहुँचे। दाईं ओर मुड़कर छोटे चढ़ाव पर जाने के बाद गुरुजी बोले–"यही है हमारी संस्था।" मैंने गर्दन ऊँची कर संस्था के नाम का बोर्ड जोर से पढ़ा–"बाल सुयोग्य संस्था, किवले, तालुका हवेली, जिला–पुणे !"

बाहर लड़के खेलते होते। गुरुजी को देखते ही लड़के भीतर भाग गए। लड़कों का

शोरगुल जारी था। भीतर सब चबूतरे पर बैठे थे। गुरुजी के साथ हम हॉल में गए और संस्था के रजिस्टर में नाम दर्ज कर बाहर आए।

लड़के चबूतरे पर बैठे थे। मैंने वह सब केवल देखा और बाबूजी की याद हो आई। हर मंगलवार को हमें मिलने आनेवाले, चबूतरे पर बैठे बाबूजी मुझे दिखने लगे...आज मंगलवार...बाबूजी रिमांड होम छोड़ने तक मुझसे मिलने नहीं आए। उन्हें आने में देर तो नहीं हुई होगी ? हमारी पूछताछ कर खिन्न मन से वे वापस लौट गए होंगे...हाथ में रखी खाने की चीजों की थैली थामे, बोझिल कदमों से लौटनेवाले बाबूजी मुझे दिखने लगे...मैंने दुःख का एक आँसू पी लिया।

7

संस्था के सभी मित्रों के सामने हमारा परिचय गुरुजी ने करवाया। मेरा परिचय सबसे अन्त में करवाते हुए वे बोले, "ये खोरे, अपने पवार की तरह होशियार हैं..." अब हम उन लड़कों में से ही एक हो गए थे। उसमें से कुछ चेहरे परिचित थे, कुछ चेहरे मित्रता के लिए उत्सुक थे, तो कुछ चेहरे कौतूहल से भर गए थे।

चार-छह कमरों की एक छोटी इमारतवाली यह संस्था थी। उसी के बीच एक हॉल में हम सब एकत्र हुए और अपरिचय की दीवालें अपने आप ढह गईं। मैं पुणे में भजन मॉनिटर था। यह मालूम होने पर कुछ लोगों ने भजन या गाना गाने का अनुरोध किया। मेरे मन का संकोच, डर दूर हुआ। उनके साथ घुलने-मिलने के बाद मैंने एक मजेदार गाना सुनाया।

गाना सुनने के बाद लड़कों ने वाहवाही दी और तालियाँ बजाईं। मेरा मन उत्साह से भर गया। कुछ देर पहले बाबूजी के मिलने न आने का दुख जाता रहा।

रात का भोजन शुरू हुआ। आँगन में ही बेंच लगाए गए थे, उस पर भोजन रखा गया। हम सब नए मित्र बैठे। रसोई बनानेवाले, परोसनेवाले सभी विद्यार्थी ही थे। 'मुख में निवाला रखते, नाम ले श्रीहरि का' इस भावना से भोजन की शुरुआत हुई। गर्म-गर्म ज्वार की रोटी और भिगोए अनाज का साग। इस स्वादिष्ट भोजन का स्वाद ही कुछ और ही था। भोजन के बाद पिछवाड़े जाकर सबके साथ हमने थाली, लोटा, कटोरी धो डाले। पानी के टीन से पानी लेकर हाथ-मुँह धोए।

इसके बाद सब बीच के हॉल में वापस एकत्र हुए। सब खड़े थे और हम सबने एक सुर से कहना शुरू किया :

रघुपति राघव राजाराम। पतित पावन सीताराम।
ईश्वर अल्ला तेरे नाम। सबको सन्मति दे भगवान।

प्रार्थना समाप्त हुई और हम तैयार बिस्तर पर लेट गए।

मैंने कमीज उतारी। पिछड़ी खिड़की खोली। मन्द हवा चल रही थी। शरीर

अनायास ही आनन्दित हो गया। पता नहीं कब गहरी नींद लग गई।

सुबह जब उठा तो काफी उजाला हो चुका था। थोड़ी-बहुत ठंड थी। कमीज पहनी और सामने के सुभाषित पर निगाह पड़ी। एक जगह लिखा था—''स्वावलम्बन ही सफलता की कुंजी है।'' एक जगह था—''माँ के समान दूसरा ईश्वर नहीं... ।'' इसके बाद सारे सुभाषित मैं एक नजर में पढ़ गया। अब अगला कार्यक्रम कुछ कठिन था। संडास का वक्त हो गया था। सारे लड़के लोटा लेकर पिछवाड़े लगे किवले के केशवराव पाटिल के अमराई में जा रहे थे। पैरों में चप्पल नहीं। कदम-कदम पर काँटे चुभते। ऐसी स्थिति में संडास के लिए जाना बड़ा तकलीफदेह ही था।

सुबह के सारे जरूरी काम निपटाने के बाद हम एकत्रित होते और दूध पीते। बाद में छोटा सा व्यायाम का कार्यक्रम होता। उसमें बारह सूर्यनमस्कार, दो-चार व्यायाम के हाथ और मार्चिंग होता। यह समाप्त होने के बाद सब लोग सुबह की पढ़ाई में मग्न। सुबह साढ़े दस तक भोजन की पंगत हुई। स्कूल ग्यारह का था न, इसलिए सुबह का भोजन जल्दी। उसे पूरा कर स्कूल की तैयारी शुरू।

यहाँ स्कूल जाते समय हमें टोपियाँ मिलीं। दो लड़कों की एक कतार के हिसाब से कतार बनाकर हम स्कूल की ओर चल पड़ते। स्कूल का नाम 'सुबोध विद्यालय'। मैं चौथी की कक्षा में बस्ता रखा और प्रार्थना के लिए अन्य लड़कों में आ बैठा। सर्वत्र नीरव शान्ति और प्रार्थना की शुरुआत—प्रार्थना की धुन बहुत ही बढ़िया और शब्द भी सुन्दर थे :

हंसवाहिनी सरस्वती के पद-कमल में
मन मेरा पावन हो जाता...

प्रार्थना के बाद सभी नए लड़कों को स्कूल के मुख्याध्यापक बम्बर्गेकर गुरुजी के पास ले जाया गया। उन्हें बताया गया कि हम किस कक्षा के छात्र हैं। सफेद-शुभ्र पोषाक में ऊँचे-पूरे गुरुजी को देखकर आश्चर्य ही हुआ।

मैं कक्षा में गया और पहला आश्चर्य का धक्का लगा। स्वयं मुख्याध्यापक ही हमें पढ़ाने आए। कक्षा में मेरी जिससे अच्छी पहचान हो गई...वह एक सुन्दर लड़का था। उसका नाम था अशोक मनोहर पवार। कक्षा में आने के बाद उसने अपने पास मुझे बैठने के लिए जगह दी। गुरुजी के आने तक हम बातें करते रहे। हमारी कक्षा में ही स्कूल का मुख्य कार्यालय था। फाइलों की आलमारी दीवाल को सटाकर रखी गई थी। एक ओर बोर्ड और एक ओर कुछ लड़कियाँ और बीच के विस्तृत भाग में लड़के बैठते। स्कूल में संस्था के लड़कों के साथ ही गाँव के बच्चे भी पढ़ने आते। कभी-कभी देहाती भाषा में वे आपस में बोलते। तब मुझे बहुत हँसी आती। बीच की छुट्टी में हम कतारों में संस्था में गए और अल्पाहार लेकर लौटे।

स्कूल छूटने के बाद स्कूल के पास ही हम एक बरगद के पेड़ के नीचे एकत्र होते और वहाँ से संस्था में जाते।

स्कूल का पहला दिन पूरा हुआ। बस्ता रखकर हम पिछवाड़े गए। वहाँ कुछ खेती

के काम करने होते। मेरे लिए यह नया अनुभव था। मुख्य रूप से दो पौधे के बीच की घास निकालने का काम बड़ा उबाऊ होता। उसे समाप्त कर हम आँगन के चबूतरे पर आ गए।

शाम का समय प्रार्थना का होता। मन स्थिर होता। चारों ओर बत्तियाँ जलतीं। बीच-बीच में सुखद मन्द हवा लहराती है। वृक्षों की ओर आनेवाले और अपने घोंसलों में पक्षियों का कलरव वातावरण में संगीत का संचार करता। घर लौटता कोई किसान और उसके साथ गाय-बैल-बकरियाँ धीमी गति से जा रहे हैं। पास की ही बावड़ी से या नाले से पानी भरकर सिर पर दो-तीन हंडे रखकर, साथ ही कमर में एक गागर रखकर जाती हुई चार-छह युवतियों का कारवाँ चल रहा है। एक-दो शरारती बच्चे घर न जाकर किसी पेड़ के नीचे दाँत-निपोरते बैठे होते। देहू-रोड—खिड़की इत्यादि जगहों से आनेवाले कामगार अपने घर जल्दी पहुँचने की आतुरता में चल रहे हैं। आसपास एक शान्ति का साम्राज्य है। ऐसे वातावरण में हम सबके मुँह से एक धीर-गम्भीर उद्‌गार बाहर आते। 'श्री गणेशाय नमः।' पता नहीं क्यों शाम की प्रार्थना बहुत अच्छी लगती मुझे। मैं पूरी तन्मयता से उसमें भाग लेता।

संस्था में हम बच्चों के उपयोग के लिए लगनेवाला पानी कवले गाँव के ही रघुनाथ शेलके भरते। रोज शाम और सुबह वे काँवर से पानी भरते। साथ ही हम बच्चों की ओर ध्यान देने का काम भी उन्हीं का होता। हम सब लड़के उन्हें (झूठे प्रेम के कारण) 'मामा' कहकर पुकारते। वैसे ये मामा बहुत क्रोधी और मार-पीट करनेवाले थे। गुरुजी के बिल्कुल विपरीत स्वभाववाले। संस्था के रसोई की जिम्मेदारी शेलके नामक महिला पर होती। शेलके मामा का और इस महिला का नाता-रिश्ता कुछ नहीं था।

संस्था में जब मैं आया तब बारिश के दिन थे। एक रविवार बरसात ने बड़ा जोर पकड़ा था। आँगन में भी काफी पानी जमा हो गया था। बाहर कीचड़ का साम्राज्य था। रविवार होने के कारण हमेशा की तरह कमरे लीपे गए थे। परन्तु वे सूख नहीं रहे थे। वैसी स्थिति में ही दोपहर का भोजन किया। अब एक कमरे में दोपहर का थोड़ा सा विश्राम लेने का मौका था। पर...

गाँव के एक सेठजी—जगदीश सेठजी—इनका लकड़ी का एक बड़ा टाल था। उसमें से काफी लकड़ी बाहर खुली जगह में रखी थी। लकड़ियों को यहाँ से उठाकर पास के ही एक कमरे में रखना था। बारिश रुकने के कारण वक्त गँवाना उचित नहीं था। इसलिए सेठजी ने लकड़ियाँ भीतर डालने का काम लड़कों को देने का अनुरोध गुरुजी से किया। बस हमारी नींद की धज्जियाँ उड़ गईं। हम तत्काल काम पर हाजिर हो गए। बच्चों की एक श्रृंखला बनाकर एक से दूसरे को—तीसरे को, लकड़ियाँ देते हुए टाल तक रखने का काम शुरू हुआ। उन गीली लकड़ियों से हमारे हाथ छिल गए। बीच में ही हल्की बारिश होती। सिर पूरा गीला हो गया था। कमीज भी भीग गई थी। सिर से चूते हुए पानी से कमीज गीली हो रही थी। बदन काँप रहा था। मैं और हमारे साथी चुपचाप लकड़ियाँ ढो रहे थे। यह कष्टदायक काम कब खत्म हो बस यही लगता मुझे। इसी बीच

मेरे पास ही खड़े तपस्वी ने मुझे हाथ से धक्का देते हुए बोला, "अरे खोरे, पिता आए हैं तुम्हारे। उधर देखो–अभी सामने से गुजरते हुए देखा मैंने।"

मुझे उसकी बात सच न लगती। परन्तु यह बात सच हो तो ? मेरा बदन रोमांचित हो गया। बहुत खुशी हुई। इतने में एक लड़का सामने से आता दिखाई दिया। उसने 'खोरे बन्धु' कहकर पुकारा, तब मैं और रमेश हाथ का काम छोड़कर संस्था की ओर भागते गए ! लकड़ियाँ ढोने का काम पलभर में नष्ट हो गया। हम हॉल में आए। बाबूजी के चेहरे पर आनन्द की रेखा खिंच गई। कितने आनन्दित दिख रहे थे बाबूजी ! उन्होंने सादा हाफ बुशर्ट और पैंट पहन रखी थी। गले के गंडे का धागा आधा दिखाई देता। चेहरे पर प्रसन्नता थी। परन्तु बदन कमजोर लग रहा था। सिर पर टोपी होती।

रमेश दौड़ता हुआ बाबूजी की ओर भागा। बाबूजी ने उसे अपने आगोश में कस लिया। पाँच-दस मिनट वे मुझे और रमेश को स्नेह से सहलाते रहे। मीठी पप्पी का आदान-प्रदान जारी था। ममता का वह दृश्य गुरुजी बैठकर देख रहे थे। फिर बाबूजी ने थैली से खाने की चीजें निकालीं। खाते-खाते हमारे सम्भाषण शुरू हुए। बाबूजी को यहाँ किवले का पता कैसे मिला, यहाँ तक वे आए कैसे, इसकी जांनकारी हमें मिली। बाबूजी मेरे लिए एक पुस्तक भी ले आए थे। गुरुजी और बाबूजी की बातें होने लगीं। बातों से यह तो मालूम हुआ कि गुरुजी का और हमारा गाँव पास-पास ही है। हमें इसकी खुशी हुई। गुरुजी ने बताया बाबूजी हर पन्द्रह दिन में मिलने आएँगे। दोपहर चार-पाँच बजे बाबूजी जाने के लिए निकले। उनके दूर जाने तक हम 'टाटा' करते दरवाजे पर खड़े होते।

पुणे के रिमांड होम की तरह यहाँ भी बच्चों की उम्र के अनुसार तीन दल थे–पहला, बालवीर शिवाजी बहुत छोटे बच्चों का। दूसरा, नरवीर तानाजी–उससे कुछ बड़े बच्चों का; और तीसरा, धर्मवीर सम्भाजी–संस्था के सबसे बड़े बच्चों का। मैं नरवीर तानाजी दल में गया और रमेश बालवीर शिवाजी दल में। इन तीनों दलों के लिए एक-एक दल-प्रमुख नियुक्त किया गया था। ये तीनों दल-प्रमुख सप्ताह में निश्चित दिन को हेड मॉनिटर के पास संघ की रिपोर्ट देते। यदि किसी ने शरारत की, कौन आदेशों का पालन नहीं करता, कौन अनियत व्यवहार करता है, इसकी जाँच होती और चूक करनेवालों को दंड दिया जाता।

संस्था में सबके प्रमुख के रूप में आनन्द गायकवाड़ नामक लड़का काम करता था। आनन्द संस्था में सबसे बड़ा था। वह सातवीं में पढ़ता था। गठीला बदन, दिखने में अच्छा, गोरे वर्ण का। आवाज में दबदबा होता। हर हफ्ते दल-प्रमुख अपने दल के लड़कों की शिकायतें इसके पास भेजते। फिर वह सजा देते। मेरे दल के मॉनिटर के रूप में पेंडसे नामक लड़के का चुनाव हुआ था। वह संस्था का पुराना छात्र था। वह भी सातवीं में ही पढ़ रहा था। हमारे बीच राजू राठोड़ नामक एक उद्दंड शख्स भी था। वह पेंडसे को हमेशा परेशान करता। उसकी बिल्कुल न सुनता। इस कारण हर हफ्ते आनन्द से लातों और लाठी से राजू को पीटने की सजा बिन चूके मिलती। राजू काले पानी का

सजायाफ्ता कैदी दिखाई देता। केवल मूँछों की कमी थी।

इन सबको सजा देने के दिन हम सबके होश उड़ जाते। रात के भोजन के बाद हम अपने बिस्तर पर लेट जाते। बाद में, आनन्दराव की सवारी दल-प्रमुख से रिपोर्ट लेकर चूक करनेवाले लड़कों की ओर आती। हमेशा की तरह राजू राठोड़ स्थायी ग्राहक होता। वह सोया होता तब भी उसकी कॉलर पकड़कर आनन्द उसे उठाता था और फिर उसके चीखने-चिल्लाने तक उसे आनन्द बेहिसाब मारता था। डर से घबराकर, झूठ-मूठ आँखें मूँदकर हमें यह सब देखना पड़ता।

सब लड़कों के स्कूल से लौट आने पर और कई बार दोपहर की छुट्टी में संस्था में आने पर भी आनन्द का एक चेकिंग राउंड होता। लड़कों ने कपड़े कैसे पहने हैं। साफ-सुथरे हैं या गन्दे। बटन ठीक लगी है या नहीं, यह सब वह देखता। एक-दो बार मेरी कमीज पर स्याही के दाग देखकर वह नाराज भी हुआ था। परन्तु मार बहुत नहीं खानी पड़ी। हम अपनी टोपियाँ कैसी पहनते हैं, इस ओर भी उसका ध्यान होता। आनन्द की इस सक्रियता से गुरुजी का काम आसान हो जाता। और आनन्द के विरुद्ध गुरुजी के पास शिकायत करने की किसी की हिम्मत नहीं थी। वह सतत हमारे आसपास कड़ी निगाह रखने-सा रहता कि उसी का दबाव हम पर होता।

एक बार मोने के पिता उससे मिलने आए थे। उस मुलाकात में उसने शिकायत की थी कि आनन्द उसे मारता है। उसे अपने खिलाफ सुनने की आदत नहीं थी। बस, दूसरे दिन दूध के समय यह विषय निकला। पहले उसने मुझे धमकाकर पूछा, "तूने अपने पिता से शिकायत की है ?" मैं 'नहीं' बोला। फिर निगाह मोने की ओर मुड़ी। उसे पूछने पर मोने चुप रहा। यह देखकर आनन्द ने उसे भरपूर पीटा। मैं उसकी बगल में ही बैठा था। मुझे पसीना छूट गया था ! स्कूल में एक घटना के कारण बम्बेकर गुरुजी का मेरे साथ अपनापन बढ़ गया। पहले दिन उन्होंने एक कविता कंठस्थ करने के लिए कहा था। दूसरे दिन उसकी परीक्षा ली। कविता कंठस्थ कर कोई नहीं आया था। पवार ने भी याद नहीं की थी। एक के बाद दूसरे का नम्बर आते ही हरेक को झुककर अँगूठा पकड़ने की बारी आती। लगभग पूरी कक्षा अँगूठा पकड़कर झुका हुआ था। पवार को भी सजा हुई। मेरी बारी आने पर मैंने कविता सुना दी। गुरुजी प्रसन्न हो गए। बीच की छुट्टी में मैं और पवार बाहर जाकर आए। मैंने उनकी ओर देखा, उनकी आँखों में आँसू थे। कविता याद करके न आने के कारण दी गई सजा का दुख उन्हें सालता रहा।

पढ़ाई के कारण, बोलने की निर्भयता के कारण स्कूल के अन्य शिक्षक, विद्यार्थी की दृष्टि में मैं उनका अपना सा हो गया था। इसका परिणाम संस्था के मेरे व्यवहार पर होने लगा। सुबह आठ-नौ बजे हम सारे एक साथ पढ़ाई करने हॉल में जाया करते। तब मेरी कॉपी, स्लेट का गणित देखकर लड़के छुड़ाने लगते। मैं भी उन्हें सहजता से कॉपी देने लगा। स्लेट पर गणित छुड़ा कर देता।

इसी मूड में बहार लानेवाली एक विचित्र घटना संस्था में घटी। हम सबकी दृष्टि

से तो यह घटना चिर-स्मरणीय है। संस्था के मुख्याधिकारी जावडेकर साहब के प्रयत्नों से हमारी संस्था में नाम और संडास की अद्यावत व्यवस्था हो गई। हमारी संस्था में नल और संडास के खेत के पास के कुएँ पर पानी का पम्प लगाया गया। रसोईघर के पास ही चार नल और नाली, पिछवाड़े एक नल और पाँच संडास, एक बाथरूम की व्यवस्था हुई। पम्प से आनेवाले पानी को जमा करने के लिए एक मजबूत टंकी चार सीमेंट के खम्बों के सहारे चढ़ाई गई। यह सब देखते हुए हमारा सारा जीवन ही पल भर के लिए ही क्यों न हो आनन्दित हो गया था।

इस काम के निर्माण में लगे जोशी नाम का एक अधिकारी इस समय डेढ़ महीने हमारे साथ ही संस्था में रहे। हम बच्चों में भी वे रम जाते। काम समाप्त होने पर रोज की सायं-प्रार्थना में शामिल होते। महात्मा गाँधी के विचारों से वे बहुत प्रभावित हुए थे। गाँधीजी से जुड़ी कहानियाँ तो वे सुनाते ही, साथ ही सर्वसमभाव प्रार्थना भी वे हमसे कहलवा लेते। उनके पीछे-पीछे हम भी कहने लगते :

ओम तत्सत् श्री नारायण तू, पुरुषोत्तम गुरु तू
सिद्ध-बुद्ध तू स्कन्द विनायक, सविता पावक तू
ब्रह्ममर्ज तू, मध्यशक्ति तू, येशू पिता प्रभु तू।

इसके अलावा बिनोबा की सरस, सुबोध, गीताई का कुछ भाग वे गाकर सुनाते। यह गीत गाते हुए एक अनोखा आनन्द मिलता। हम ये गीत मन लगाकर गाते। इस गीत में कुछ सन्देश मिलता। ईश्वर के शरीर का, सामर्थ्य का वर्णन इस गीत में न होता। साथ ही, कठिन शब्द भी इस गीत में न होता। इस कारण गाने के लिए वे बहुत सरल होते। कई प्रसंगों में हम ये गीत गाते। अनेक बार गुनगुनाते थे—'हम देश के मजदूर ! हम ईश्वर के मजदूर। कष्ट करेंगे भरपूर।' ऐसे ही, यह हम सबका पसन्दीदा गीत हो गया था।

अन्ततः सारे काम पूरे हुए। अगस्त में जोर से पानी बहने लगा। किसी बड़ी नहर के उद्घाटन का आनन्द हमने हासिल किया। खेतों में पाइप से पानी छोड़ने लगे। हमने तो शाम होते हुए भी जी भरकर स्नान किया। और नल का उद्घाटन घोषित किया।

उस दिन रात को भोजन में मीठा भी रखा गया। नल की टोटी घुमाते ही पानी मिलेगा। अब पीपे में से लोटा भरकर लेने की आवश्यकता नहीं थी। खेतों में लोटा लेकर झुरमुट में संडास के लिए जाने की भयानक स्थिति समाप्त होनेवाली थी।

नल और संडास आने के कारण संस्था में सचमुच परिवर्तन आ गया था। हमें इस परिवर्तन का सुखद आश्चर्य था। इस परिवर्तन के जनक जोशी साहब काम समाप्ति के बाद पुणे लौट गए। काफी दिनों में जब उनकी याद आती तो उनके द्वारा सिखाया गया गीत सामूहिक रूप से गाते और मन सन्तुष्ट हो जाता।

यह संस्था पुणे के रिमांड होम की तुलना में बिल्कुल अलग और स्वतन्त्र होती। खुली हवा, रोशनी संस्था के आँगन में रोज आती। हम उसमें खेलते, पर एक बात रिमांड होम की ही होती। वह थी—महीने में एक शनिवार और रविवार को खाजा नामक

नाई संस्था में आता और बच्चों का पूरा सिर मूँड़ जाता। हम स्कूल जाते समय टोपियाँ पहनते इस कारण कुछ न लगता। पर रिमांड होम का ही खाजा यहाँ आकर हमारा सिर मूँड़ता है, यह बात मन में खटकती। कम-से-कम यहाँ थोड़े बाल रखकर कटिंग होगी, ऐसा लगता था। परन्तु वैसा कुछ नहीं हो पा रहा था। खाजा सीधे सिर मूँड़कर चला जाता।

हर पन्द्रह दिन में बाबूजी मिलने के लिए आनेवाले थे। किन्हीं दूसरे पालकों की तुलना में वे अधिक नियमित थे। रविवार की सुबह सूर्य करणों से खिल उठी थी। कमरे लीप लिये गए थे। मैं आँगन लीपने में लगा था। संस्था के दरवाजे से दो लोगों की परछाइयाँ मुझे स्पष्ट दिखाई दीं। मैं गोबर की बाल्टी उठाते हुए उधर देने लगा। एक थे बाबूजी और दूसरे मनोहर मामा। हाथ की बाल्टी रखकर मैं हाथ-पैर धोने भागा।

मनोहर मामा हमें मिलने किवले गाँव आए। वे अविवाहित थे। उसके बाद दूसरे वर्ष उनका विवाह हुआ। आज उनके सुन्दर से तीन बच्चे माधवी, मुकुन्द और मयूर के रूप में हैं।

मेरा यह चौथी का वर्ष। इस वर्ष एक और परिवर्तन हुआ। इससे पहले तिमाही, छमाही, नौमाही और वार्षिक परीक्षा होती। इस वर्ष से चार, आठ और दस साल में परीक्षा लेना तय किया गया। हमारी चार माहवाली परीक्षा समाप्त हुई। गणेशोत्सव आया और गया। गेंदे के गाढ़े पीले रंग के फूलों का हार लेकर दशहरा आया। तुरन्त ही दीवाली की छुट्टियाँ लगीं।

संस्था के रसोई के पीछे गेंदे के फूल खिले थे। कुछ-कुछ अँधेरे वातावरण में मैं अपने मित्रों के साथ फूल तोड़ रहा था। वह काम समाप्त होने के बाद मैं निकला। ओसारे के पास एक बुजुर्ग व्यक्ति मेरी ओर आ रहा था। मैंने ध्यान से चेहरा देखा और मुस्कुराया। मेरे कन्धे पर स्नेहपूर्ण हाथ रखते हुए ढेकणे गुरुजी बोले, "फूल तोड़ लिये अरुण ?" मैंने हामी भरी। बाद में मैं उनके साथ शाम की प्रार्थना के लिए आया। लड़के अनुशासनबद्ध होकर आँगन में बैठे थे। थोड़ी ही देर में समूहगीत में वातावरण गूँज उठा।

दूसरा दिन सोमवार का था। दीवाली के लिए हमारे पालक हमें लेने आनेवाले थे। रात के भोजन के बाद हम बातों में मशगूल हो गए।

छुट्टी पर जाने से पहले की यह अत्यन्त आनन्द की रात थी। हमने अपने कपड़े अपने हाथों से बहुत अच्छी तरह धोकर इस्त्री कर ली थी। उसे अधिक कड़क करने के लिए हमने उसे तकिए के नीचे रख दिया और उस पर नाचते। नाचते-नाचते पैरों से दबाते हुए हमने अपनी बातें जारी रखीं। रात के दो बजनेवाले थे और लगभग सारे गहरी नींद में सो गए।

सुबह चार-साढ़े चार बजे असीमित उत्साह में हम सबको जगाया गया। रसोई में पानी गर्म किया गया। दीवाली का स्नान शुरू हुआ। गुरुजी स्वतः ही हमें उबटन लगाते।

पानी की किल्लत थी फिर भी पास ही नल होने के कारण ठीक ढंग से स्नान किया। सुबह के सारे काम होने के बाद हमें नाश्ता भी मिला।

फिर शुरू हुई छुट्टी में घर ले जानेवाले पालकों की प्रतीक्षा। राह देखने की एक खास सुविधा थी। रसोईघर के टीन पर चढ़कर कुछ बच्चे बैठ जाते। किवले गाँव की ओर आनेवाली पगडंडी पर कोई पालक दिखाई देता तो वह सन्देश देता। जिसके पालक होते वहाँ जल्दी-जल्दी तैयारी करता। कई लड़कों के पालक आए। दोपहर का भोजन भी हो चुका, तब भी बाबूजी की खबर नहीं थी। दोपहर के बाद मोने के पिता आए। मुझे लगा उनके साथ बाबूजी होंगे। परन्तु वे अकेले ही आए। उन्होंने बेचैन करनेवाला सन्देश दिया कि तुम्हारे बाबूजी और दो दिन बाद आएँगे। सन्देश के अनुसार बाबूजी आए। उस समय हमारे—मौसेरे भाई, चन्दरभैया कहते, हम उनको—वे भी आए। बहुत उत्साह से हम नानापेठ के घर में आए। जिस घर में हम खेले-बढ़े, माँ के हाथ का खाया, उसकी मार भी खाया वह घर बहुत अद्भुत लगता।

स्कूल को जब छुट्टी होती उस दिन मैं पवार और ढेकणे गुरुजी का बेटा साथ-साथ पढ़ाई करते। सुबह चौथी के बच्चों का समूह बनाकर हम पढ़ाई करते। हमारी पढ़ाई शान्त और एकाग्रता में होती।

इस बीच 'मिडिल स्कूल स्कॉलरशिप' परीक्षा के लिए पवार का नाम भेजा गया। मेरा चयन क्यों नहीं हुआ, इस बात को लेकर मैं दुखी था। परन्तु इस समय एक अच्छी खबर मिली कि इस वर्ष हमारी चौथी की परीक्षा चिंचवड के केन्द्र में होगी, हमारे स्कूल में नहीं।

अपने कपड़े, कॉपियाँ, किताबें लेकर हम पैदल ही चिंचवड, जहाँ हमें परीक्षा देनी थी, उस केन्द्र पर पहुँच गए। परीक्षा के इन दिनों में हमारे बहुत लाड़ होते। सुबह-शाम अच्छा भोजन संस्था से तैयार कर लाया जाता। बड़ी आकार की घी चुपड़ी रोटियाँ, स्वादिष्ट साग, चटनी इसमें शामिल थे। परीक्षा अच्छी तरह दी। बड़ी शान से चौथे दिन किवले लौटे।

अब तो छुट्टी शुरू हो गई थी। किवले के खेतों में, पवना किनारे के छिन्दी के जंगलों में हम घूमने के लिए मुक्त हो गए थे। कुछ देर से ही उठते, स्नान वगैरह से मुक्त होकर घूमने निकल पड़ते हम। पूरे जंगल में आम्रबौर की सुगन्ध फैल गई थी। वसन्त आ गया था। हम छोटे बच्चे इस बहार में ख़ुशी से झूम उठे थे। नदी किनारे छिन्दी एकत्र करने की हमें कितनी खुशी होती ! स्कूल से कुछ ही दूरी पर बेर खाने के लिए हम खूब भाग-दौड़ करते। कुछ पेड़ों को कैरियाँ लगीं। फिर गला बैठने तक, खाँसी आने तक कैरियाँ खाना बन्द न होता। कभी कोई शहद का छत्ता उठा लाता उस समय शहद के छत्ते में अँगुली डुबोकर चखने के लिए हमारी होड़ लग जाती। कभी-कभी पवना नदी में डुबकी लगाने में बड़ा मजा आता। मैं तैरना नहीं जानता था। फिर किनारे के पत्थर का छोर हाथ से पकड़कर पैर पानी में पटकते हुए तैरने का आनन्द लेता। दोपहर में विविध भारती पर अच्छे लगनेवाले गाने आते। गानों का ठेका पकड़कर हम

उस गाने के सुर में पागलों की तरह नाचते स्वयं को भूल जाते।

इसी दौरान किवले का उत्सव होता। बापूजी महाराज गाँव के पूज्य देवता। इस दौरान एक दिन कुश्ती की स्पर्धा होती। हमारे स्कूल के पास ही बच्चों की कुश्तियों का अखाड़ा होता। बाल कुश्ती खिलाड़ी के जीतने या हारने पर भी सेव-रेवड़ियाँ मिलतीं। यह हमें मालूम था इसलिए मैं और रमेश वहाँ पहुँचे। हम निर्णायकों के पास गए और स्पर्धा में शामिल करने के लिए कहा। निर्णायक हम दोनों को पहचानते थे। वे तुरन्त बोले, "भाई-भाई की कुश्ती नहीं लग सकती !" भागो यहाँ से !

अन्ततः परीक्षा के परिणामों का दिन आ गया। हम स्कूल गए। मुख्य हॉल लड़कों का खचाखच भरा था। सभी कक्षाओं के परिणाम आनेवाले थे। अन्त में, चौथी का परिणाम बम्बर्गेकर गुरुजी ने पढ़कर सुनाया। पवार पहला आया था, मैं दूसरा था। हम नाचते हुए संस्था में लौटे। अब तो महीना-भर पढ़ाई की बात भी नहीं थी।

एक मई आ धमका। फिर नदी, छिन्दी, जामुन, कैरियों की बातें अचानक बढ़ गईं। सही अर्थों में 'फनफेयर' की शुरुआत थी। इस साल की मई महीने की छुट्टी में ढेकणे गुरुजी अवकाश पर गए थे। उनके रिश्तेदार पुणे में रहते हैं। खेती-बाड़ी यवत के पास खामगाँव में थी। गुरुजी की जगह संस्था का चार्ज लेने के लिए सोनवणे मास्टर आए और उनकी मदद के लिए रिमांड होम का एक बड़ा लड़का था—उसका नाम था—शिवलाल रेड्डी।

इस समय हमारी संस्था में कुछ और ही घटा ! लाल मुहम्मद, पांडुरंग और काम्बले इन तीन बड़े लड़कों की टोली ने आनन्द के विरुद्ध विद्रोह कर दिया।

उस रात की बात है। हमारा भोजन हो गया था। बच्चों की गड़बड़ इस तरह चल रही थी ज्यों कोई षड्यन्त्र रचा जा रहा है। बात ही कुछ ऐसी थी। कल से आनन्द की नेतागीरी नहीं चलने देंगे इसी बात पर चर्चा चल रही थी। रात देर तक खुसुर-फुसुर चल रही थी। मैंने इस सम्बन्ध में पवार से पूछा, तब वह इतना गम्भीर हो गया था कि उसने कुछ नहीं कहा। अन्ततः मैं कहीं नहीं बताऊँगा इस कसम पर उसने साजिश की बात बताई।

सुबह हुई। हम हॉल में बैठे थे। रसोईघर के एक आलमारी की चाबियाँ लेने-देने की बात पर लाल मुहम्मद और आनन्द में झगड़ा हो गया। इसी समय काम्बले भी झगड़ने लगा। विशाल प्रांगण में इन दोनों के द्वन्द्व युद्ध की ओर हम देख रहे थे। बाद में आनन्द पीछे हट गया। संस्था के लड़के मेरी ओर से हैं या नहीं इसकी पुष्टि के लिए उसने हमें एकत्र किया।

आनन्द ने हमसे पूछा, "मैं मॉनिटर के रूप में आपको चाहिए या नहीं ?" दो-चार को छोड़ दें तो किसी का हाथ नहीं उठा। बाद में उसी ने पूछा, "पांडुरंग काम्बले मॉनिटर के रूप में चाहिए ?" लगभग हम सभी ने हाथ उठा दिए ! बस वहीं आनन्द का नेतृत्व ढह गया। वह लज्जित हुआ। वह कठोर था पर एक अच्छा मॉनिटर था, यह तो सच था ही। मॉनिटर के पद से वह नीचे उतरा और संस्था में गड़बड़ शुरू हो गई।

दो ही दिन में अनुशासनहीनता का साम्राज्य हो गया। कोई किसी की न सुनता। जामुन, कैरियाँ, छिन्दी लाने के लिए समय-असमय भटकना नियमित हो गया। गुरुजी की जगह आए सोनवणे मास्टर (ये रिमांड होम के 'हाउस फादर' सोनवणे नहीं थे) इन स्थितियों में कुछ न कर पाते। एक कुर्सी में वे निढाल हो बैठे रहते। कुछ लड़के तो उन्हें कैरियाँ लाकर देते।

एक बार राजू राठोड़ जामुन लाने गया। वह पेड़ से नीचे काँटे-कचरे में गिर पड़ा। कई जगह काँटे चुभने के कारण उसे ढंग से चलना भी मुश्किल था। उसकी यह दशा देखकर मास्टर बहुत घबरा गए। पर इस बहादुर ने ऐसी स्थिति में भी उन्हें जामुन दिए। और कुर्सी पर आगे-पीछे डोलते हुए उन्होंने खाए।

इसी दौरान एक बार जावेडकर साहब संस्था में आए। सातवीं पास लड़कों की उन्होंने जानकारी ली। आठवीं की कक्षा गाँव में न होने के कारण सातवीं पास तीन विद्यार्थियों को उन्होंने अपने साथ लिया। वे तीन थे—पेंडसे, चिपलूनकर और आनन्द गायकवाड। साहब गाड़ी लेकर आए थे। तीनों गाड़ी में बैठ गए। आँखों के आँसू पोंछते हुए आनन्द ने सबसे विदा ली।

गुरुजी जल्दी ही संस्था में लौट आए। आनन्द को पुणे ले गए, यह जानकर उन्हें बुरा लगा, पर कोई चारा नहीं था।

अब हम छुट्टी में ले जानेवाले पालकों की राह देखने लगे। लड़के पत्र भेजते थे—उसमें अन्त में दयापूर्ण लिखा जाता।

"पत्र तू जल्दी उड़ जा, मेरे बाबूजी के मन में...।"

8

'दोस्ती' फिल्म के कारण हमारी छुट्टी अविस्मरणीय हो गई। उनके गानों ने तो मुझे पागल कर दिया। एक अन्धा और एक लँगड़ा, इन दो मित्रों के स्नेह का सुन्दर दर्शन इस फिल्म में है। अन्धा मित्र गाना गाता है और अपंग मित्र संगीत का साथ देता है। इस तरह वे पैसे कमाकर जीवनयापन करते हैं। दोनों स्थितियों के शिकार हैं। अपंग लड़के को खूब पढ़ना है। उसकी फीस के लिए पैसा इकट्ठा करने के लिए यह अन्धा मित्र छटपटाता है। रामू को स्कूल में दाखिला मिलता है, पर स्कूल में उसके अपंगत्व की हँसी होती है। पढ़ाई में वह पीछे नहीं है। शिक्षकों का वह प्यारा है। मोहन उसके स्कूल के लिए परेशान रहता है। इसी समय एक शिक्षक रामू से कहते हैं कि 'तुम्हारा मैट्रिक का साल है, तू अन्धे मित्र का साथ छोड़ेगा, तभी सफल होगा।' रामू अनचाहे यह स्वीकार करता है। अपने मित्र से शिक्षक के घर मिलने आया मोहन उसे आवाज देता है, परन्तु रामू खिड़की के पीछे से उसे देखकर भी आवाज नहीं देता।

मोहन भीतर से टूट जाता है, मन घायल है और वह गाता है—"चाहूँगा मैं तुझे

साँझ सवेरे, फिर भी कभी अब नाम से तेरे आवाज मैं न दूँगा...'' धुआँधार बारिश है। रामू पढ़ाई में मग्न है। अपने इस मित्र का बरसात की धाराओं की दीवार फाँदकर मोहन सुर मिलाता है... ''मेरा तो जो भी कदम है, वो तेरी राह में कि तू कहीं भी रहे मेरी निगाह में है !'' अपने हिस्से की वास्तविकता उसने स्वीकार की है। वह कहता है, ''जुड़ा है दर्द से रिश्ता, तो फिर जुदाई क्या ! जुदा तो होते हैं वो खोट जिनकी चाह में है !'' और धुआँधार बारिश में वह गिर पड़ता है। वहाँ से वह एक अस्पताल में जाता है ! जल्दी ही मैट्रिक का परिणाम आता है और रामू का नम्बर पहला है। अपने अभागे मोहन की खोज-खबर लेते-लेते रामू अस्पताल में आता है और वहीं उनकी मुलाकात होती है। वैसे तो कहानी यहाँ समाप्त होती है तब भी काफी देर मन में घूमती रहती है। संगीत और गीत तो मन की थाह लेते हैं।

इस फिल्म के गानों की धुन के साथ हम संस्था आए। स्कूल शुरू हो गया। फिर भी हमारे फालतू के काम खत्म नहीं हुए थे। एक बार मैं और रमेश पवना के किनारे छिन्दी लाने गए थे। सिर की टोपी भर छिन्दी जमा की। उसे लेकर स्कूल लौटते समय रास्ते में ही स्कूल के दो बड़े लड़कों ने हमें दबोच लिया। उन्हें विशेष रूप से हमें ही ढूँढ़ने के लिए भेजा गया था, यह ध्यान में आ गया। घुमाए गुरुजी के सामने हमें खड़ा किया गया। चासकर गुरुजी की ओर हमें दंड देने का काम था। वे घुमाए गुरुजी से बोले, ''मैं इन लड़कों को नहीं मार सकता।'' फिर घुमाए गुरुजी द्वारा गलती के लिए सजा मिलनी ही चाहिए इस न्याय के लिए हमें जोरदार दो-दो छड़ी हाथों पर मारी।

मैं पाँचवीं कक्षा में बैठता था। परन्तु अभी तक हमारे कक्षा शिक्षक नहीं आए थे। अन्ततः रणदिवे गुरुजी हमारी कक्षा में आ गए। अत्यन्त प्रभावी और प्रसन्न व्यक्तित्व के ये गुरुजी हम सबको अच्छे लगने लगे। पहले ही सत्र में उन्होंने हमारा मन जीत लिया। आते ही उन्होंने पूछा, ''कौन पढ़ने में तेज है इस क्लास मैं ?'' निश्चित ही पहला उल्लेख पवार का हुआ। परन्तु उसके अनुपस्थित होने के कारण मोर्चा मेरी ओर बढ़ा। वे बोले, ''अच्छा बताओ, एक पर एक इकानबे, एक पर दो बयानबे, एक पर तीन कितना ?'' ''तिरानबे,'' मैंने तुरन्त उत्तर दिया। गुरुजी हँसे। फिर यही स्थिति मेरे बाद तीन-चार लड़कों की हुई और बाद में सारी गड़बड़ी ध्यान में आई।

स्कूल ठीक से शुरू हो गया था। इस वर्ष से पहली बार ही स्कूल में पाँचवीं से अंग्रेजी पढ़ाना शुरू हुआ। रणदिवे गुरुजी के रूप में एक अच्छा शिक्षक स्कूल को मिला था। मुझ पर और पवार पर उनका बहुत प्रेम था। एक बार कीथ की छुट्टी थी। मैं गुरुजी के साथ बातें करता खड़ा था। उन्होंने सहज ही मेरे पेट को हाथ लगाया और बोले, ''कुछ खाया या नहीं ?'' मैंने नहीं कहा। तब वे घर ले गए। वे अकेले ही रहते थे। रोटी और गुड़ का नाश्ता उनके घर किया और पानी पीकर कक्षा में आ गया। आने में थोड़ी देर हो गई। परन्तु कक्षा के गजानन तरस ने पूछ ही लिया, ''क्या खोरे, खाना खाकर आया ?'' मैंने 'नहीं' तो कहा, पर कक्षा के सिंगामणी नामक संस्था के मॉनिटर लड़के ने शाम को ढेकणे गुरुजी को इस बारे में बता ही दिया। दोपहर का

सारा खाना पल-भर में बेकार हो गया। अब इस तरह फिर खाने के लिए कहीं जाना नहीं है, ऐसी ताकीद गुरुजी ने मुझे दी।

इस वर्ष संस्था में मनोहर गड़ेकर, पोपट चालके, रमेश मावकर, सिंगामणी—ये लड़के मुखिया का काम करते। इसी वर्ष ढेकणे गुरुजी को मदद करने के लिए नन्दलाल शिन्दे आए। हम बच्चे उन्हें शिन्दे गुरुजी कहकर पुकारते थे। कुछ ठिगने परन्तु सुदृढ़ बदन के और मिलनसार प्रवृत्ति के गुरुजी संस्था में हम सब बच्चों को बहुत अच्छे लगते। अत्यन्त सुडौल लिखावट गुरुजी की एक और विशेषता थी। सबसे अधिक आकर्षक वैशिष्ट्य था—जासूसी कहानियाँ सुनाने की उनकी शैली। बाबूराव अनलिकर और मेजर बलवन्त की सारी पुस्तकें उन्होंने पढ़ी होंगी। जिस दिन वे संस्था में आए, उसी दिन वे पूरे दो-तीन घंटे वे ऐसी कहानियाँ सुनाते रहे। फिर तो ये कहानियाँ सुनने का हमें चस्का ही लग गया। एक-एक हफ्ता उनकी लम्बी कहानी चलती। कई बार उनकी सुन्दर लिखावट से बाबूजी को पत्र लिखा लेता। पाँचवीं का वर्ष, मेरे और मेरे मित्र कई प्रकार के कार्यों से अक्षरशः चर्चित रहा। इसी वर्ष गणेशोत्सव के दौरान पुणे में भड़का हिन्दू-मुसलमान का दंगा और पश्चिमी सीमा पर सुलगा भारत-पाक युद्ध, हम छोटे मित्रों के कौतूहल का विषय हो गए। हमारी भारतीय सेना द्वारा एक के बाद एक पाक चौकी जीतने की खबरें सुनकर हम रोमांचित होते। आकाशवाणी से प्रसारित होनेवाले युद्ध समाचार हम किसी भी स्थिति में अवश्य सुनते। इस दौरान हम सबके मन में प्रधानमन्त्री लालबहादुर शास्त्रीजी के बारे में अत्यन्त आदरभाव निर्माण हो गया। 'जय जवान, जय किसान' के नारे से हम रोमांचित हो उठे थे। पुणे के दंगे से मेरी छाती ज्यों दब गई थी। क्योंकि हमारा घर टकार गली के ऐन मुसलमान बस्ती में था। साथ ही, शिन्दे गुरुजी अनेकानेक समाचार सुनाकर मुझे भयाक्रान्त कर देते।

अन्ततः दंगा और युद्ध समाप्त हुए। हम सबके मन में शास्त्रीजी का नाम स्थायी हो गया। इसी खुशी में दशहरे के दिन मैंने स्लेट पर 'जय जवान, जय किसान' यह घोषवाक्य लिखा। इसी दिन बच्चों के सामने मैंने एक नया काम शुरू करने की घोषणा की। रोज नई जानकारी, समाचार, विचार व्यक्त करनेवाली एक शृंखला ही मैंने इस दिन से शुरू की। बच्चों ने तालियों से इसका स्वागत किया। बम्बर्गेकर गुरुजी बहुत शाबाशी की मुद्रा में मेरी ओर देख रहे थे।

दूरारे दिन से प्रार्थना के समग मैं इस शृंखला में पहले रोज के रेडियो पर सुने ताजा समाचार प्रस्तुत करता। कभी-कभी मैं एकाध प्रेरणा-गीत भी गाता। इसके बाद आकाशवाणी के छोटे बच्चों के कार्यक्रमों में से कुछ मनोरंजक कार्यक्रम भी प्रार्थना के समय अन्य मित्रों के साथ मैं प्रस्तुत करने लगा। इसमें हर बुधवार और शनिवार को और गानों का कार्यक्रम प्रस्तुत करते थे। हमारी संस्था के काची और हैदराबाद-कर ये दोनों छोटे दोस्त भी गाने गाकर बच्चों का मनोरंजन करते थे। इन कार्यक्रमों से स्कूल के वातावरण में नव-चेतना आई।

रोज के समाचार मैं रेडियो पर सुनता था। महत्त्वपूर्ण बातें लिख लेता। ढेकणे

गुरुजी ने मुझे 'रेडियो मन्त्री' बना दिया था। मैं एक कॉपी लेकर बैठता। उस कार्यक्रम की रूपरेखा लिखकर, कौन से कार्यक्रम बच्चों को सुनाने हैं, इस सम्बन्ध में गुरुजी से बात करता। ये सारे कार्यक्रम बच्चों को सुबह, शाम और रात को सुनाए जाते। स्कूल में हर रोज ताजा समाचार सुनाने का मेरा क्रम था। रणदिवे गुरुजी इस बात को लेकर बहुत खुश थे। एक बार वे अपने साथी शिक्षकों से बोले भी, "खोरे को यदि जनरल नॉलेज की परीक्षा में बैठाया गया तो वह सेंट-परसेंट मार्क्स सहज पा सकेगा !"

पर यह हमारी तकदीर में नहीं था। हम एक देहात की और संस्था की स्कूल में पढ़ रहे थे। हमारे गुणों का केवल गुणगान चालू होता। उसे पोषणमूल्य देने की आवश्यकता किसी को नहीं थी, और सुविधाएँ भी नहीं थीं। हम इतने विकसित हो रहे थे इस समय कि जो भी ज्ञान मिलता वह जानकारी हमें चाहिए थी। परन्तु पाठ्यक्रम के अलावा और कुछ पढ़ने की सुविधा नहीं थी। जीवनी, पठन और रेडियो सुनने से ही कुछ खुराक मिलती।

नया साल शुरू हुआ। कुछ धक्कादायक घटनाएँ घटीं। सुबह का समय था। तुकाराम की पंक्तियाँ, "हम तो जाते अपने गाँव ! हमरी राम राम राम ! !" रेडियो पर आ रही थीं। हम उकता गए थे और एक गम्भीर आवाज में घोषणा सुनाई दी...

"हमें यह बताते हुए गहरा दुख हो रहा है कि आपके प्यारे प्रधानमन्त्री लालबहादुर शास्त्रीजी का देहान्त ताशकन्द में आज रात एक बजकर बत्तीस मिनट पर हुआ।" शिन्दे गुरुजी पागलों की तरह दौड़ते हुए कोने में गए और वहाँ वे फूट पड़े। हम सब स्तब्ध रह गए। उसी दिन बम्बर्गेकर गुरुजी संस्था में आए। दूसरे दिन भी स्कूल की छुट्टी थी। पुणे विश्वविद्यालय के पूर्व उपकुलपति व ज्येष्ठ नेता काका साहेब गाडगिल का निधन होने के कारण स्कूल बन्द था। इस दौरान शास्त्रीजी की जीवनी अखबारों में आई। आचार्य अत्रे के 'मराठा' में 'मूर्ति छोटी ! कीर्ति बड़ी' यह शास्त्रीजी पर लिखा लेख पढ़कर मुझे एक संजीवनी मिली। जिस गरीबी में शास्त्रीजी छोटे से बड़े हुए वह हम सबके लिए एक आदर्श रहा। बाद के स्कूली जीवन में लालबहादुर शास्त्री ही मेरा आदर्श रहे। उनके जीवन की अनेक छोटी-बड़ी घटनाओं पर आधारित कुछ नाटक मैंने मंचित किए।

बाद के कुछ दिन इसी तरह मन खिन्न करनेवाले सिद्ध हुए। बम्बर्गेकर गुरुजी और रणदिवे गुरुजी का इसी समय तबादला हो गया। बम्बर्गेकर गुरुजी को विदा दी गई, इसे एक काली झालर लग गई—उनकी माताजी का दुःखद निधन हो गया था। गुरुजी के स्कूल छोड़ने के कारण सारे विद्यार्थी दुःखी थे। एक घटना और याद आ रही है...एक बार स्कूल के सामने ही एक मरा बैल पड़ा था। उसकी भयानक दुर्गन्ध थी। कक्षा में बैठना भी मुश्किल था। हमें तो प्रार्थना के लिए बाहर ओसारे में ही बैठना होता। प्रार्थना शुरू होने के समय गुरुजी उठे और बोले, "अपने स्कूल के सामने गन्दगी होने पर शारदा की प्रार्थना हम कैसे करेंगे ?" इस गन्दगी को हटाए बिना मैं प्रार्थना नहीं करूँगा। चलो उठो। सातवीं के बड़े लड़के उठे। बड़ी रस्सी लाकर बैल को बाँधकर,

खींचते हुए नाले के पार फेंक दिया। बाद में प्रसन्न मन से सबने प्रार्थना की। बम्बर्गेकर गुरुजी के चेहरे पर सन्तोष था। इन गुरुजी के बारे में, कुछ शिक्षकों और गाँव के लोगों ने कलुषित भावना फैलाई। यह भावना इतनी तीखी हो गई कि गुरुजी की मृत्यु की अफवाह गाँव में फैला दी। हम बच्चों को बहुत बुरा लगा। परन्तु हफ्ते-भर में ही गुरुजी हमें मिलने संस्था में आए। उन्होंने स्नेहवश हम सबको बाँहों में भरकर अफवाह गलत सिद्ध कर ज्यों दर्शन ही दे दिया।

इन गुरुजी के बाद ही रणदिवे गुरुजी का भी तबादला हो गया। उनके जाने के कारण हमारी अंग्रेजी शिक्षा अधूरी ही रह गई। इसके बाद अंग्रेजी के साथ हमारा साबका आठवीं में जाने पर ही पड़ा।

स्कूल में इसके बाद के वर्ष में हमने गणेशोत्सव का भरपूर कार्यक्रम आयोजित किया। एक दिन मैंने और पवार ने 'फूल और पत्थर' इस हिन्दी सिनेमा के आधार पर एक मराठी नाटक प्रस्तुत किया। साधारणतः पौन घंटे का यह कार्यक्रम हुआ। इसके लिए स्त्री भूमिका के लिए लड़की मिलना बिल्कुल असम्भव था। परन्तु स्कूल की हमारी छोटी सहेलियों ने कपड़े, काजल, पाउडर जैसी चीजें हमें दीं। मेरी आवाज मधुर होने के कारण नाटक की स्त्री-भूमिका मुझे करनी पड़ी। उसमें मुझे दो-तीन गाने भी गाने थे। नायक की भूमिका पवार को दी गई थी। खलनायक की भूमिका के लिए बालू काले इस संडमुसंड लड़के का चयन मैंने किया था। नाटक अच्छा रंग गया—अन्त में नायक-खलनायक की मार-पीट होती है। अन्ततः नायक विजयी होता है, ऐसा कथानक था। परन्तु बालू पवार को मुक्के मारकर कथा बदलने लगा। फिर दरवाजे के पीछे से मैंने इशारा किया, तब कहीं जाकर वह रुका। लेकिन शिक्षकों को हमारा यह नाटक पसन्द नहीं आया। इसलिए दूसरे दिन 'दयालू दामा' रेडियो पर सुना यह नाटक हमने प्रस्तुत किया। शिक्षकों को यह नाटक पसन्द आया।

स्कूल में मेरी अच्छी पटरी बैठ गई थी। नए मुख्याध्यापक कडलग गुरुजी हमारे कार्यक्रम पर खुश थे।

इसी बीच सड़सठ के प्रारम्भ में विधानसभा के नगाड़े बजने लगे। किवले गाँव हवेली मतदार संघ के अन्तर्गत आता है। वहाँ से अप्पा साहब मगर खड़े थे। उस दिन वे आनेवाले थे इसलिए हमें कुछ कार्यक्रम तैयार करने के लिए कहा गया था। मैंने नाटक लिखकर तैयार कर लिया। 'दोस्ती' हमारी प्रिय फिल्म का कथानक आधार बनाकर हमने नाटक तैयार कर लिया। संवाद मराठी, केवल दोस्ती के दो-तीन गाने हिन्दी होने के कारण मैंने मोहन की और पवार ने अपंग रामू का काम किया। इस कथा के गुरुजी का काम संस्था के ही दिलीप कुलकर्णी ने किया था। कुल मिलाकर कार्यक्रम के अन्तिम भाग के रूप में हमारा नाटक मंचित हुआ। ठंड लग रही थी। परन्तु इस नाटक ने सबको प्रसन्न कर दिया। कइयों ने सराहना के तौर पर हमें पैसे भी दिए। अन्त में, अण्णासाहब के हाथों हमें पुस्तकें भेंट-स्वरूप मिलीं।

होली का त्योहार स्कूल में उत्साहपूर्वक आयोजित किया जाता। शाम को स्कूल के

सामने के मैदान में होली जलने के बाद हम सब गोलाकार बैठ गए। कुछ ने गाने गाए, कुछ ने मिमक्री प्रस्तुत की। अन्त में, ढेकणे गुरुजी ने मुझे 'ऐ, मेरे वतन के लोगो' यह सुप्रसिद्ध गीत गाने के लिए कहा। जिस गीत को लता मंगेशकर की आवाज में सुनते हुए नेहरूजी की आँखें गीली हो गई थीं, वही गाना इसी अनुभूति के लिए सुनने हेतु कई लोग उत्सुक थे। आकाश में चाँद पूरा था। आसपास कई लड़के होने के बावजूद वातावरण में नीरव शान्ति थी। उस स्तब्धता में मैंने यह गीत गाया और सबने प्रशंसा में तालियाँ बजाई। काफी देर रात तक बातें करते हुए हम संस्था में लौटे।

छठी की वार्षिक परीक्षा खत्म हुई। इस परीक्षा में मैंने पवार को मात की। उसका दूसरा नम्बर आया। गुरुजी ने मुझे शाबाशी दी। अब केवल सातवीं का साल बचा था।

स्कूल के सामने सड़क पर बरगद का एक बहुत बड़ा पेड़ है। इस पेड़ के पिछली ओर पथरीली जमीन फैली है। इस जमीन से थोड़ा आगे बढ़ने पर एक नाला लगता है। छोटी छुट्टी में हम इस नाले के पानी में हाथ-पैर धोने आते। इस नाले में जहाँ से सतत पानी मिलता है, ऐसे असंख्य छोटे-छोटे झरने पास के ही चट्टान से निकले हैं। हाथ-पैर धोने के बाद हम पानी पीने इस झरने के पास जाते। छोटे से पनारी से यह स्वच्छ-शुद्ध पानी झूम-झूमकर बह रहा था। बहुत बड़ी चट्टान की छाती ऊपर आ जाने के कारण छाँव भी मिलती। पानी पीते-पीते कई बार इस झरने का उद्गम ढूँढ़ने की मैं कोशिश करता। तब एक बात होती...चमचम करता वह पानी सिर्फ दिखाई देता और मेरा सिर कुछ गीला हो जाता।

9

मेरे जैसा अच्छा विद्यार्थी संस्था से भाग जाएगा, ऐसा किसी को न लगता। परन्तु सातवीं के वर्ष के एक महीने में मैं दो बार संस्था से भाग जाने का रिकॉर्ड कर डाला।

मई महीने की छुट्टी के बाद स्कूल शुरू हुआ। पर मेरा बिल्कुल ही मन न लगता। मन बेचैन रहता। दो-तीन हफ्ते हो जाने के बाद भी बाबूजी नहीं आए थे। इस कारण मैं और भी बेचैन हो गया।

रविवार की ऐसी ही बेचैन करनेवाली रात थी। भोजन के समय नन्दू तपस्वी को मैंने संस्था से भाग जाने की बात कही। वह भी मेरे साथ आने के लिए तैयार हो गया। सोमवार की सुबह उगी और हमारे सामने नए सवाल आ खड़े हुए। उसी दिन सुबह पुणे के रिमांड होम में वासुदेव हणमन्ते संस्था के कुछ लड़कों को लेकर जाने के लिए आए थे। फिर भी हमारा निर्णय कायम था। लखू गड़ेकर ने हमारे बस टिकट खर्च की व्यवस्था की थी। खास बात यह थी कि गड़ेकर उस समय एक मॉनिटर था। भोजन करके हम स्कूल में गए।

कक्षा के बाहर मैंने थैली डाल दी। बाद में कक्षा से मैं पेशाब के बहाने बाहर निकल

आया। कडलग गुरुजी ने टोका। मैं फिर भी आगे बढ़ा। कुछ ही मिनटों में तपस्वी बाहर आया। जल्दी ही हमने स्कूल का परिसर छोड़ दिया।

बापूजी महाराज के मन्दिर के पीछे लगे खेत से जो रास्ता था, उस रास्ते से हम निकले। मैं और नन्दू एक प्रकार का 'थ्रिल' अनुभव करते निकले थे। उसके गले में मैंने हाथ रखा था। मन की योजनाएँ एक-दूसरे को बताते हुए हम अपने पैरों के नीचे की राह काट रहे थे।

इसी बीच फिल्म जगत में घुसने का पागलपन मेरे दिमाग में घुस जाने के कारण मैं नन्दू को बहुत कुछ बता रहा था। सपनों की एक आकाशगंगा आँखों के सामने दिखाई दे रही थी। फिल्मों में जाना, बहुत बड़े अभिनेता के रूप में नाम कमाना, बाद में अपनी फिल्में बनाना और कीर्ति, पैसा का शिखर हासिल करना।

देहू रोड पास आते ही हमारे कदमों में सावधानी आने लगी। फिर भी हमने टिकट लिया और जीने से आने के लिए निकले। हमने तभी देखा कि हणमन्ते अब भी प्लेटफॉर्म पर ही हैं। तपस्वी घबराया। पर मैंने उसका धीरज बँधाया। गाड़ी आई। हम दोनों ने गर्दन झुकाकर गाड़ी में प्रवेश किया। फिर हमने एकदम पुणे स्टेशन पर ही उतरे। वहाँ उतरकर मैं सीधे भवानी पेठ के मामा के घर गया।

तपती दुपहरी में मैंने और तपस्वी ने आतंकित होकर मामा के घर प्रवेश किया। बड़े मामा दीवानखाने में सोए थे। मामा की लड़कियाँ हमसे बतियाने आईं। मैंने गप्प हाँकनी शुरू की। बाल कलाकार बनने के लिए मैं आया हूँ। मुझे मुम्बई जाना है, इतना कहते ही मामा की तेज आवाज आई, "अरुण, इधर आओ !"

मैं मामा के सामने जाकर खड़ा हुआ। उन्होंने मुझे नख-शिख तक निहारा। मेरे कपड़े मैले थे। थैली मैली थी। चेहरा सूख गया था। मामा ने थैली खोली। उसमें गन्ने के दो टुकड़े और रोटी थी। मैं तो भौंचक रह गया। इस निरीक्षण के बाद मामा ने सवालों की बौछार कर दी।

"भागकर आया है या नहीं ?"

"नहीं," मैं बचते हुए बोला।

"भड़ुए, झूठ बोल रहा है ?"

"नहीं, सच !"

"शेखर (मेरा मौसेरा भाई) चाबुक लेकर आ रे इधर। अच्छा बोल-भागकर आया है कि नहीं ?"

"हाँ।"

"तेरे साथ जो आया है, वह कौन है ?"

"मैं शिवाजी नगर में उतरा। वहाँ से आते समय शनिवार पेठ में इसका घर है। वह खेल रहा था। मैंने उससे कहा, मामा के घर चलो। वह आ गया।"

"सच कह रहा है यह ?"

"हाँ, सच।"

फिर तपस्वी की ओर मुड़कर उन्होंने पूछा।

"तू भी भागकर आया है क्या रे ?"

"हाँ," तपस्वी तो रुआँसा हो गया था।

अब रुको। पुलिस के हवाले करता हूँ, तुम लोगों को। शेखर उस गुलाब पुलिस को ले आओ रे !"

मामा के इस हुक्म से हम जोर से रोने लगे। परन्तु पुलिस नहीं आया। थोड़ी देर में मामा काम पर निकल गए। हम उखड़े हुए चेहरे लेकर काफी देर तक वैसे ही बैठे रहे। बाद में रोटी के साथ दाल-प्याज खाया।

शाम हो रही थी। मुझ पर पता नहीं क्या साहस चढ़ गया। मैं उठा। बड़े मामा के घर गया। रैक से चाकू निकाला। पैर पर फिराया। मामा की बेटी—आशा ने यह देखा। उसने मामा को बताया। मामी ने तुरन्त घर में आकर संडासी, ब्लेड, चाकू सब कुछ पेटी में डाल दिए। फिर मैं पास के मनोहर मामा के घर गया।

मनोहर मामा जब काम से लौटे तब मुझे खुशी हुई। मुझसे और तपस्वी के साथ वे प्रेमपूर्वक बोले। बाद में तपस्वी के घर का पता पूछकर उसे उसके घर छोड़ आए।

दूसरे दिन सुबह मेरी यात्रा शुरू हुई। छोटे मामा ने हमें रिमांड होम लाकर छोड़ दिया। मुझसे पहले तपस्वी आ चुका था। मामा ने मुझे वहाँ के मास्टरों के हवाले किया और लौट आए। किवले की संस्था के कुछ बड़े लड़के वहाँ आए थे। उन्हें यह सच ही लगता कि मैं भाग आया हूँ। शाम को जावडेकर साहब के सामने हमें खड़ा किया गया। उन्होंने ताकीद की कि ऐसा फिर नहीं होना चाहिए। उसी दिन हणमन्ते के साथ किवले को वापस भेज दिया।

संस्था में डरते-डरते ही हम गए। गुरुजी इतने चिढ़ गए कि मत पूछिए ! काफी देर तक गुरुजी गुस्से में ही बोलते रहे। फिर मुझे भी ताव आ गया। मैं भी संस्था में नहीं रहूँगा, साफ कह गया। गुरुजी ने मुझसे अरजी लिखा ली। दूसरे दिन मुझे फिर रिमांड होम लाया गया।

मैं लौट आया, यह देखकर जावडेकर साहब ठंडे पड़ गए ! वे भी नाराज हुए पर फिर उन्होंने मुझे समझाया। उसी दिन एक विशेष टैक्सी से किवले वापस आने लगे। रमेश का हाथ फ्रेक्चर होने के कारण वह वहीं था। इस बीच उसका हाथ ठीक हो जाने के कारण वह भी हमारे साथ निकल पड़ा। बारिश हो रही थी। पर किवले पहुँचने तक थम गया था। चारों ओर की प्रकृति मनमोहक थी। मेरे मन की उदास छाया छँटने लगी। मैं प्रसन्नचित से संस्था में गया।

दूसरे दिन हमेशा की तरह स्कूल शुरू हुआ। कडगल गुरुजी स्वागत के लिए थे ही। लड़कों को उन्होंने कहा, "खोरे पुणे किसलिए गया था, मालूम है ?" सबने नकारात्मक उत्तर दिया, "अरे, उसे पढ़ाई की कितनी चिन्ता। उसके पास किताबें नहीं थीं। उन्हें लाने वह पुणे गया था।" हँसते-हँसते मेरा पेट दुखने लगा। फिर पढ़ाई शुरू हो गई।

परन्तु संस्था के लड़कों को क्या हो गया था, पता नहीं। वायदंडे नामक एक लड़का इस समय भागने की फिराक में था। मेरे इस बारे में अनुभवी होने के कारण वह मुझे भी चलने को कहता। मैंने उसे नकार दिया। परन्तु उसे छोड़ने के लिए देहू रोड तक आऊँगा। मैंने आश्वासन दिया। उसने भागने का दिन तय कर लिया।

बीच के भोजन की छुट्टी हुई। वायदंडे के साथ माधव जोगलेकर भाग जानेवाला था। हमने स्कूल की ओर जानेवाले रास्ते पर धीरे से रास्ता बदला और देहू रोड के रास्ते आ गए। आधा रास्ता पार हो जाने के बाद मैंने वायदंडे से कहा, "चलो, मैं भी आता हूँ।" वह बहुत खुश हो गया। अब हमारी दृष्टि में जोगलेकर रुकावट था। उसके पास बिल्कुल पैसे नहीं थे। इस कारण वायदंडे ने उसे लौट जाने को कहा। उसकी अजीब स्थिति हो गई। अन्त में उसने किसी तरह पुणे तक का टिकट काट लिया।

पुणे जाने के बाद क्या-क्या करना है, इसकी बातें मैं वायदंडे से कह रहा था। उस समय 'आखिरी खत' यह सिनेमा लगा था। उसके विज्ञापन हम मन लगाकर पढ़ते। उसमें बंटी नामक एक-डेढ़ वर्ष का नन्हा कलाकार प्रमुख भूमिका में था। वह पुणे-मुम्बई रेलवे मार्ग पर मिलने का उल्लेख था। इस कारण हमारा कौतूहल बढ़ गया था। बंटी का लुभावना फोटो भी हम देख रहे थे।

स्टेशन पर उतरते ही मैं और वायदंडे एक दिशा में और जोगलेकर दूसरी दिशा में निकले। जोगलेकर दूसरे ही दिन संस्था में स्वयं लौट आया। हम संस्था से भाग गए। उस शाम संस्था में काफी गड़बड़ी हुई। तीन-चार लड़के हमें ढूँढ़ने के लिए देहू रोड आए। उसी में से एक लोणावला का देशपांडे नामक लड़का इस गड़बड़ी में भाग गया या गायब हो गया, यह काफी दिनों तक मालूम नहीं हुआ।

बस से उतरकर हम वायदंडे के पर्वती इलाके में रहनेवाली बुआ के घर गए। उसने हमारा प्रेमपूर्वक स्वागत किया। फिर हमने बताया कि हम संस्था से क्यों भाग आए हैं। रात का भोजन हुआ। हमने लम्बी तान दी। दूसरे दिन मैं भवानी पेठ गया।

नाना पेठ का हमारा घर मकान-मालिक ने गिरा दिया था। वहाँ नई इमारत बन रही थी। बाबूजी ने भवानी पेठ में एक खोली रिश्तेदार से ही ली थी। काफी समय मेरा इसी कमरे में बीता। शाम को बाबूजी अचानक आए और उन्होंने डूबती आवाज में पुकारा, "अरुण !"

उनकी आँखों में पानी था। पुणे बस सेवा के अतिरिक्त बाबूजी टेकावड़े के यहाँ भी काम करते। उनमें से एक बालासाहब टेकावड़े गाड़ी में नीचे थे। मैं गाड़ी में बैठा। बालासाहब बताने लगे, "अरे, बाप तेरे लिए क्या सारी जिन्दगी साथ देगा ? तुम्हें ढंग से रहना चाहिए। अभी तो तू बहुत छोटा है।"

गाड़ी रिमांड होम के सामने रुकी। मैं बाबूजी के साथ भीतर गया। जावडेकर साहेब, बहुत गुस्से में थे। उन्होंने गुस्से में ही पूछा, "वायदंडे कहाँ है ?" "पर्वती के पास अपनी बुआ के घर है।" उसे लाने के लिए साहब ने मुझे और बाबूजी को दौड़ाया। पर बुआ हमें प्रतिसाद न देती। हम हाथ हिलाते वापस आए। फिर केलकर मास्टर को

मेरे साथ जाने के लिए कहा गया। तब भी वह बुआ न मानती। फिर पुलिस को बुलाने की धमकी देकर सोए हुए वायदंडे को जगाया और मास्टर के हवाले किया। वह रात रिमांड होम में ही बीती।

सुबह व्यायाम के समय 200 बैठक लगाने की सजा हमें मिली। हम बहुत थक गए थे। उस दिन शाम को प्रमिलाताई गाडगिल के सामने हमें खड़ा किया गया। इस बीच वायदंडे की मौसी आई। यह अफ्रीका में रहनेवाली उसकी धनवान मौसी थी। वह हम दोनों पर बहुत बिगड़ी। वह बोली, ''यदि ये लड़के फिर भागें तो मुझे बताना। मैं या तो इन्हें लौकी की तरह चीर डालूँगी नहीं तो उल्टा टाँगकर मिर्ची का धुआँ दूँगी।''

बाद में हम किवले लौट आए। अब सातवीं की पढ़ाई शुरू करनी थी। इस बीच और एक घटना घटी।

पुणे के रिमांड होम में मराठी सिने निर्देशक राम गबाले के निर्देशन में 'आत्मीयता' (जिह्वाळा) फिल्म की शूटिंग चल रही थी। उसके लिए अशोक पवार को किवले से पुणे लाया गया। मैं दो बार भागा था इसलिए बतौर सजा मुझे उसमें काम करने का अवसर नहीं दिया गया। मैं बहुत निराश हुआ।

इस फिल्म की नायिका थीं जयश्री गड़कर। उनके साथ पवार को दो-चार दृश्यों में काम मिला था। शूटिंग खत्म कर जब वह लौटा तब अपने अनुभव सुनाकर उसने हमें बिल्कुल पागल कर दिया। बाद में लगभग महीना-भर मैं और पवार इस अनुभव की मिठास की जुगाली करते बाते करते रहतें। पवार ने उनका पता भी लिख लिया था। हमारे सामने ही उसने जयश्रीताई को एक पत्र भी लिखा। मिठाई के लिए जयश्रीताई ने पैसे भी दिए यह भी उसने बताया। मुझे सचमुच उससे ईर्ष्या होने लगी। शूटिंग से पहले जयश्रीताई किस प्रकार मेकअप करती है, इसके किस्से भी वह मजेदार ढंग से सुनाता।

ऐसे वातावरण में फिल्म में जाने की मेरी इच्छा बलवती होती गई। एक बार देहू रोड के बाजार में चुपचाप जाकर मैंने 'फिल्मी कलाकारों के पते' यह पुस्तिका खरीदी। मनोजकुमार, शशिकपूर, धर्मेन्द्र, राजकपूर, ओ.पी. रल्हन, महमूद जैसे नामी-गिरामी लोगों को मैं पत्र लिखने लगा। उनके उत्तरों की प्रतीक्षा चातक की तरह करते। मैंने और पवार ने साठ पृष्ठों की एक पटकथा भी लिख डाली।

यह कथा अपूर्ण थी। हम उसे पूरा करना चाहते थे। हमने तय किया था कि निर्देशक, अभिनेताओं का जवाब आते ही उन्हें पटकथा भेज देंगे। पर महीना पूरा हुआ फिर भी उत्तर नहीं आया, इसलिए हम निराश हुए।

सातवीं का—स्कूल का आखिरी वर्ष होने के बावजूद फिल्म का नशा हमारे दिमाग से न उतरता ! शाम को विविध भारती पर आनेवाले गानों को हम बहुत समर्पण से सुनते। मेरा पसन्दीदा गीत लगने पर तो मैं हॉल में सीधे नाचने ही लगता ! चार माही परीक्षा किसी तरह दी, पर मनपाँखी बस में न होता !

ऐसा लगता अपना सपना वास्तव में सच होनेवाला है। कहीं से एक आश्वासन

हमारे मन तक पहुँचता। हमारी आकांक्षा को पंख लग जाते और हम बहुत दूर निकल जाते।

दीये लगाने का समय। शाम की प्रार्थना समाप्त होती। भोजन के बाद रेडियो के गीतों के सुर मुझे और मेरे मित्रों को सपनों के साम्राज्य में हौले से ले जाते और हम किसी और के हो जाते।

10

मनुष्य भावनाओं का भंडार है। परन्तु अकेलेपन में ये भावनाएँ कैसी खिलेंगी ? इसके लिए दोस्तों-मित्रों की मंडली चाहिए। किवले की हमारी संस्था ऐसे दोस्तों की एक मंडली ही थी। पाँच वर्ष इस संस्था में रहते हुए हमसे भी पुराने मित्र संस्था से तबादलों के कारण दूसरे संस्था में गए। कुछ लोग नए थे तभी संस्था बन्द हो गई। इन पाँच वर्षों में जिनसे मेरा सम्पर्क हुआ, ऐसे अनेक मित्रों के नाम, उनकी आदतें, उनके घर-मकान की जानकारी बहुत विस्तार से नहीं है पर सामान्य बातें आज भी बता सकता हूँ। ढेकणे गुरुजी जैसा कहते कि यह संस्था एक छोटा सा भारत ही है।

हम लगभग अस्सी से सौ लोग बिल्कुल अलग घर से होते। अलग स्तर और भिन्न स्वभाव के थे। परन्तु संस्था में हमारी ऐसी रहट तैयार हो गई थी कि हमने अपनी भिन्नता विसर्जित कर दी थी। हम एक संस्था के विद्यार्थी थे। गाँव के कुछ लोग हमें रिमांड होम के विद्यार्थी कहते, तब हमें गुस्सा आता। संस्था का इतना अच्छा नाम होने पर और रिमांड होम में हम न रहते हुए भी अपने बारे में ऐसा क्यों कहा जाता है, इसका मुझे अफसोस होता। इस कारण हमारे बारे में 'रिमांड होम के लड़के' इस उल्लेख में कोई खास अन्तर नहीं आया। फिर भी, गाँव के कई लड़के हमारे जिगरी दोस्त बन गए थे। उनके घर में भी हमें प्यार मिलता। संस्था और किवले गाँव ज्यों एक रूप हो गए थे। किवले के किसी भी कार्यक्रम में संस्था के लड़कों के बिना शोभा न आती और सांस्कृतिक कार्यक्रमों में तो मैं और पवार जो कार्यक्रम प्रस्तुत करते वे प्रभावी होते।

पवना नदी के किनारे बसे यह गाँव हवेली तालुका में देहूरोड स्टेशन से दक्षिण में तीन किलोमीटर पर है। पुराने पुणे-मुम्बई रोड से किवले जाया जा सकता है। इस रास्ते पर किवले के वर्षों तक सरपंच रहे वरिष्ठ नागरिक अण्णासाहब सहस्रबुद्धे का सदाबहार बगीचा है। इस बगीचे को पार करने के बाद किवले के लोगों के घर हैं। किवले यह तरस पाटिल का गाँव। हमारी कक्षा में, स्कूल में इस कारण कई तरस थे। हमारा स्कूल नाले के उस ओर थोड़ी दूरी पर स्थित है। नाले के इस ओर सवर्णों की बस्ती है और उस ओर दलितों की बस्ती है—जिसमें चमार, महार, मातंग, वैदू आदि के मकान हैं। नाले के इस ओर ग्रामपंचायत का ऑफिस; भैरोबा, मारुति के मन्दिर हैं। बिल्कुल इधर जहाँ हम सांस्कृतिक कार्यक्रम करते हैं, वहीं विट्ठल का मन्दिर बनाया गया है। इसी

बस्ती के पास पवना के किनारे से जानेवाला रास्ता है। यहाँ किनारे महादेव का मन्दिर है।

नाले के इस ओर बस्ती के पश्चिम में सबसे लम्बा पट्टा था आबासाहब आपटे की जमीन का। हमारी संस्था के पीछे ही लगभग पचास-साठ एकड़ में यह जमीन फैली थी। हमारी संस्था के हॉल की खिड़की से भी यह गहरे हरे रंग का बगीचा सहज देखा जा सकता था।

किवले के लोगों से मित्रता होने के बीच का समय संस्था के मित्रों से संवाद स्थापित करने में बीतता।

मैं संस्था में आया। तब मेरे सामने छह लोग आए थे। उसमें सबसे सुन्दर और ऊँचा-पूरा शोभायमान बालासाहेब राजुरे था। किसी जमींदार घराने में जन्मा, इतना तगड़ा और बेपरवाह प्रकृति का यह राजुरे था। परन्तु उसकी आवाज बहुत मीठी थी। बाद में वह संस्था का मॉनिटर हुआ। उसके बाद तपस्वी बन्धू—श्रीपाद और नन्दू। रिमांड होम में रहते हुए जब झगड़ा हुआ तब मैंने अस्पताल की कैंची श्रीपाद की बाँह में घुसेड़ दी थी। उसकी तुलना में नन्दू अधिक शरारती था। इनकी माँ और बहन है। उनका एक और भाई उस समय घर पर ही था। विश्वनाथ मोने, एक बावले जैसा पात्र हमारे साथ संस्था में आया था। अत्यन्त शर्मीला, संकोची, चुप रहनेवाला मोने पढ़ाई में भी 'बुद्धू' ही था। उसकी माँ नहीं थी, पिता पुणे बस सेवा में नौकरी करते थे। कई बार उसके और मेरे पिता एक साथ मिलने आते। मोने की तरह, मोने के पिता भी बात न करनेवाले, किसी भयानक बोझ में दबे से घुटते हुए मिलने आते। इस कारण उन दोनों की मुलाकात बहुत कष्टदायक रहती। अपने बच्चे की कुछ तकलीफें उन्हें समझ में आतीं और मिलने के लिए आए पिता उन्हें प्यार देने की बजाय पीटते। उसे मार खाने की आदत थी। इस कारण वह रोता नहीं था। परन्तु उस मुलाकात का कचरा हो जाता।

एक बाबूजी के साथ मेरी नानी मिलने आई थी। उसी समय मोने के पिता भी आए थे। हमेशा की तरह उन्होंने बेटे को पीटने की शुरुआत की। तब मेरी नानी ने तरस खाकर मार रोकने के लिए विवश किया। पिता द्वारा खाने के लिए लाई चीजें खाकर उस रात नींद में ही टट्टी कर डालता। फिर सुबह उसे मॉनिटर द्वारा भरपूर मार खाना पड़ता। माँ की ममता से वंचित इस लड़के का दुर्भाग्य और उसके अभागे पिता का बाद में क्या हुआ, यह मालूम ही नहीं हुआ।

केदारनाथ भावबन्दे अत्यन्त मोहक और गोरे देहवर्ण का लड़का हमारे साथ आया। हम सब उसे प्यार से 'केदया' कहकर पुकारते। मेरा और उसका जितना प्रेम था, हम उतना ही झगड़ते। उनका घर एक अजीब प्रकरण था। अन्तहीन असन्तोष उस घर में खौलता रहता। उसकी माँ और उसके पिताजी उसे अलग-अलग मिलने आते।

रिमांड होम से ही मेरे बाद महीने-भर में और एक मित्र इस संस्था में आया वह था मेरा एक मित्र पोपट चालके। लम्बी ऊँचाई, काला वर्ण, सफेद शुभ्र दाँतोंवाला पोपट।

बाद में, वह संस्था का मॉनिटर बना। परन्तु वह बहुत आलसी था। आठवीं में जाने के बाद तो पोपट गुरुजी या रसोईवाली बाई कोई भी कुछ न कह पाते। वह आराम से सुबह आठ बजे उठता। उसे भोजन भी भरपूर मिलता और इसके लिए उसे कोई तकलीफ न उठानी पड़ती। पोपट की माँ मेहनत की प्रतीक ही थी। घर में ढाबा शुरू कर, लोगों के घर काम करके पोपट की माँ ने दिन ढकेले थे। उसे एक भाई भी है। उनमें से एक को कुछ दिनों के लिए माँ ने रिमांड होम में डाला था। फिलहाल पोपट पुणे में ही घर-परिवार के साथ रहता है।

संस्था में भाई-भाई की कई जोड़ियाँ थीं। उनमें गड़ेकर बन्धु विशिष्ट हो सकते थे। लखू और मनोहर उनके नाम। मनोहर बड़ा, लखू छोटा। मनोहर को दोनों होंठों पर जीभ फिराने की आदत थी। इस कारण उसके होंठ कठोर हो गए थे। पहले वह मॉनिटर था। उसके जाने के बाद लखू मॉनिटर हो गया। मनोहर की तुलना में लखू स्वभाव से अच्छा और उसका व्यक्तित्व आकर्षक था। उसके दाँत मोती थे। उसका चेहरा गोल और आकर्षक था। आवाज भी बहुत मृदु और अच्छी थी। लखू की और मेरी अच्छी दोस्ती थी। कभी-कभार झगड़े भी हुए पर दोस्ती टिकी रही।

एक बार लखू का और मेरा झगड़ा हुआ। तब मैं रेशन का माल देने का काम करता था। उसे देते-देते गुड़ और मूँगफली के दाने जेब में डालने का धन्धा जोरों पर था। हमारा भोजन कुछ कम तीखा होता इसलिए मैं मिर्ची की पुड़िया लेकर खानें जाता। एक बार मैंने मिर्ची निकाली और दाल में डाली। उसे देखकर गुस्सा होता वह चिल्लाया, "ऐसा अब और नहीं चलेगा खोरे।" मैं गुस्ताखी निगाहों से उसे देखता रहा। फिर हमारा मनमुटाव बढ़ता गया। हमने तय किया कि हम आपस में बात नहीं करेंगे। वह सातवीं का साल था। क्रिसमस की छुट्टियों के बाद बाबूजी मिलने आनेवाले थे। उन्होंने सातवीं के विषयों से सम्बन्धित पचीस पत्रिकाएँ लाई थीं। मैं खुश हो गया। उन पत्रिकाओं को पढ़ते समय लखू मेरे पास आया और उसने पत्रिका माँगी। बस, मुझे कितनी खुशी हुई। मैंने तीन-चार लड़कों को बताया कि लखू स्वयं मेरे पास बात करने आया। मैंने उसे बिल्कुल बटर नहीं लगाया। इसके बाद जल्दी ही उसकी और मेरी दोस्ती जम गई। उसकी माँ और काका थे। माँ मिलने आती तो मटन-मछली लेकर आती। फिर हमें भी उसका अचार कभी-कभी मिलता।

हम दोनों की और एक बात थी। बाबूजी मिलने आते तब ब्रेड लाते और शक्कर भी लाते। फिर किसी दोपहर हम एक कटोरी पानी में शक्कर घोलते। लखू मेरी ब्रेड के टुकड़े कर उसमें डालता। यह मिश्रण अच्छा बनने के बाद हम चटखारे ले लेकर खाते।

हम बिल्कुल नए थे। उस समय मोहन फल्ले, सुधीर चिपलूणकर, इनामदार, पेंडसे, तलेकरी की पहचान हुई। ये सब हमारी तुलना में सीनियर थे। मोहन फल्ले एक नमूना ही था। नेहरू कोट और पाजामा पहनने के बाद वह जेड पी. का मेम्बर लगता। उसके ऊपर के दाँत काफी आगे थे। वह बहुत मजेदार हँसता। परन्तु रोते समय सप्तसूर

जगाता। यदि किसी से झगड़ा होता तो वह ऊँची आवाज में बोलता और मार खाने की बारी आती तो भाग जाता। छुट्टी के दिन उसके पिता घर ले जाने के लिए संस्था में हमेशा रात आठ के बाद आते। हमें उनके बारे में हमेशा कौतूहल रहता। इनामदार अपने फूले हुए गालों के लिए 'फेमस' उसका सिर और चेहरा बहुत बड़ा था। उसका अध्ययन अच्छा था। स्वभाव से भी वह शरीफ था, शान्त था। इन सभी लड़कों में सुधीर चिपलूणकर सभ्य और अध्ययनशील था। सतत प्रसन्न और अध्ययन में मग्न सुधीर किसी से झगड़ा किया हो याद नहीं पड़ता।

उपाध्ये बन्धु का एक अलग ही रसायन था। श्रीपाद बड़ा, मझला श्रीकान्त और छोटा राजू ये तीनों भाई थे। माँ उन्हें मिलने आती और एक मौसी भी। इन तीनों के चेहरे तीन दिशाओं में होते। शायद श्रीकान्त बहुत ठिगना और सबसे ऊँचा राज था। वे तीनों भी 'ओ नन्हे की माँ' कहकर आवाज देते। इसलिए हम बच्चे उन्हें 'ए नन्हे की माँ आई' कहकर चिढ़ाते। श्रीपाद बहुत सुस्त। खाना, पीना, सोना और सम्भव हुआ तो पढ़ाई—यही उसका कार्यक्रम होता। उस दृष्टि से राजू गड़बड़ करनेवाला था। स्वयं झगड़ा खोद निकालता और रोते बैठता। श्रीकान्त अत्यन्त उछल-कूदवाला। वह गाना गाता, स्वाँग रचता, साथ ही शरारत भी करता। किवले के कई कार्यक्रमों में उसने मेरे साथ काम किया था। एक बार, "पिया गए रंगून...वहाँ से किया है टेलीफून..." गीत पर नाचते हुए उसने पन्द्रह रुपए कमाए थे। ये तीनों न झगड़ें इसलिए उनकी माँ मिलने आते समय खाने की चीजों के तीन अलग-अलग पुड़ियाँ लाती। इन भाइयों की पढ़ाई में खास गति नहीं थी। इस कारण जब वह मिलने आती तो उनकी पढ़ाई की ओर ध्यान देने के लिए मुझे कहती। साथ ही, मीठी बड़ियाँ भी देती।

इन तीनों से अलग थे गोरे बन्धु-चिदम्बर उर्फ गुंडू और छोटा बालू। इन दोनों में से किसी एक से भी झगड़ा होता तो दोनों पिल पड़ते। इन दोनों की हमारी पुरानी पहचान थी अनाथ हिन्दू महिलाश्रम की। वहाँ उन दिनों धनदा नामक बहन भी थी। इन दोनों के पिता अच्छे पद पर थे। बहुत कम समय के लिए वे मिलने आते। चिदम्बर बहुत बुद्धिमान था। हमारे पहले के व्हर्नाक्युलर फाइनल परीक्षा के लिए वह बैठा था। उस केन्द्र में वह प्रथम आया था। स्कूल में हमने जो नए-नए कार्यक्रम शुरू किए थे, उसमें वह शामिल था। उसी की कक्षा में, गाँव में रहनेवाला आनन्द कुरहाड़े उसका अच्छा मित्र बन गया। पढ़ाई के कारण मेरे, पवार के और चिदम्बर के अच्छे स्नेह सम्बन्ध बन गए थे। बालू पढ़ाई में इतना होशियार नहीं था। परन्तु उसकी और रमेश की अच्छी दोस्ती थी।

इस गोरे बन्धु का उल्टा एक नमूना दूसरे गोरे बन्धु का था। शंकर और गणेश उनका नाम। इसमें शंकर अत्यन्त चोर किस्म का लड़का। हमारे पिता भरपूर खाने की चीजें लाते। यह बात उन्हें मालूम थी। इसलिए मुलाकात के दिन उनकी नजर हमारी पेटी पर होती। वह रात में धीरे से उठकर सामने की चीजें खत्म कर देता। सुबह नाम मात्र थोड़ा कुछ बचा होता और हम रोते होते। एक बार बाबूजी ने बहुत प्रयासों से

अँदरसा बनवाकर लाए थे। हमने पेटी के डिब्बे में भरकर रखे थे। रात में शंकर धीरे से उठा। पेटी खोलकर उसने पहले केला और शक्कर लिये। बिस्तर पर लेटकर उसे साफ किया। थोड़ी देर में अँदरसा लाने के लिए पट्ठा उठा। इसी कोशिश में लखू, माने और गहाणे ने उसे पीटा। फिर शिन्दे गुरुजी ने भी मारा। परन्तु उसकी आदत नहीं गई।

संस्था में दूसरा चोर था—पालेकर। अत्यन्त मरियल और पीले दाँतोंवाला लड़का। उसके माँ-बाप अन्धे थे। और भिक्षा माँगकर आजीविका चलाते। चार महीने में एकाध बार वे अपने बेटे से मिलने आते। हमारी खाने की चीजें चुराने में पालेकर भी होता। एक बार उसने ऐसी चोरी की। तब शिन्दे गुरुजी ने उसे एक-एक तमाचा सबके द्वारा देने की सजा दी। वह जोर से चिल्लाने लगा, तब जाकर मार रुकी। एक बार अजीब घटना हुई। रसोईघर में जाली की एक अलमारी थी। भीतर जरूरी पदार्थ होते। गुड़ लेने के लिए अलमारी के किवाड़ के बीच से हाथ डाला और वह बाहर आने की बजाय अटक गया। पालेकर चिल्लाने लगा। बाई आईं और उसे छुड़ाया। बाद में गुरुजी ने उसे सजा दी।

पुणे की हिंगणे शिक्षण संस्था से इस संस्था में आए तीन लड़के तीन नमूने थे। इनमें सबसे भयंकर था बालू काले। उसके माता-पिता की कोई जानकारी नहीं थी। उसका सिर किसी गोदाम से कम नहीं था। बाएँ हाथ से लिखने की उसे आदत थी। फिर भी वह सुन्दर अक्षर लिखता, इस बात का मुझे आश्चर्य होता। उसका चलना अर्थात् सही अर्थों में 'लुढ़कना' था। मार-पीट के काम का था बालू। पर व्यवस्थित न होने के कारण 'भोंदू' कहकर लड़के उसे चिढ़ाते थे। शरीर की तुलना में उसे खाने के लिए भी भरपूर लगता। वह बहुत अधिक पेटू था। पर पढ़ाई में अच्छा था।

वह अपनी कक्षा में हमेशा पहले स्थान पर होता। यदि स्थितियाँ अच्छी रहतीं तो उसकी पढ़ाई की इच्छा पूरी हो पाती। परन्तु मैट्रिक के बाद मुम्बई की संस्था की उसकी अवधि समाप्त हुई। और उसे नौकरी के लिए भटकना पड़ा। दूसरा सुरेश इंगले। इसकी नाक हमेशा बहती रहती। तीसरा था—दिलीप कुलकर्णी, छँटा हुआ नमूना था। बहुत अधिक मारपीट और गड़बड़ करनेवाले लड़के के रूप में कुख्यात ! रमेश के साथ उसकी दोस्ती थी। दोनों मिलकर कैरियाँ, छिन्दी और जामुन लाने दूर-दूर तक जाते थे। वहाँ से माल लाने के बाद मैं उनके साहस की सराहना करता। तब उसमें से कुछ मुझे भी खाने के लिए मिलता। कइयों के साहस की सराहना कर अपने हिस्से में कर लेने की मुझे अच्छी आदत हो गई थी। दिलीप और रमेश का खूब झगड़ा होता। पिछवाड़े में हम टीन की गाड़ियाँ बनाकर खेलते। यह हमारा पसन्दीदा खेल था। टीन की गाड़ी में दो को बैठाते और दो लड़के उसे ढकेलकर चलाते। उस खेल में ऐसा मजा आता कि बस रे बस ! इस खेल के समय रमेश का और दिलीप का झगड़ा होता। ये झगड़े छुड़ाने के लिए मेरे पास आते। विशेष कुछ न होता तो मैं ध्यान हटाकर छोड़ देता। दिलीप की माँ और एक छोटा भाई है।

सशक्त बदन का दत्तू भरहाडी भी एक अलग व्यक्ति था। उसके घर की कुछ खास जानकारी नहीं थी। संस्था में वह खा-पीकर सुखी था। हमारे पिता आते तब हम दत्तू को भी कुछ खाने के लिए देते।

छोटी आँखोंवाला, कुछ ऊँचा, दुबला-पतला हरिण-सा चपल रघुनाथ साठे हमारा अच्छा मित्र था। हम उसे अनिल कहते। पढ़ाई में उसका मन रमता। उसके माँ, चाचा, बहन आदि काफी सम्बन्धी थे। छुट्टी के दौरान आमतौर पर चाचा आते थे। पहले भी मिलने आते। उसका अनिल पर बहुत प्रेम था। पर जल्दी ही उसकी मृत्यु हो गई। संस्था में जब यह खबर पहुँची, तब सब दुखी हुए। तीन-चार दिन संस्था में शोक का वातावरण था। इसके बाद कई बार सपनों में उसकी माँ आती। माँ उसे खाने के लिए लड्डू देती। सुबह यह सब वह हमें बताता, तब हम हक्के-बक्के रह जाते।

राम दगडू चह्वाण का नाम आने पर हम संस्था के लड़कों के सामने चक्का हाथों में थामकर मोटर चलानेवाला रामू दिखाई देता है। अत्यन्त सीधा-सरल रामू बड़ा होकर ड्राइवर होने का सपना देख रहा था।

इसी दिवास्वप्न में वह दिन-भर रम जाता। सुबह पढ़ाई के समय भी हाथ की स्लेट पर गाड़ी के व्हील की तरह इधर-उधर घुमाता और खेल शुरू हो जाता। मेरे पिता भी ड्राइवर होने के कारण कई बार उसके साथ ड्राइविंग करता गाड़ी-गाड़ी खेलते। शाम को खेलने के समय भी हम मोटर दौड़ाते आँगन में घूमते रहते। राम अपनी खास भर्राई आवाज में हॉर्न बजाता। बेढंगे दाँतों का और लम्बे सिर का राम बहुत गन्दा रहता। इसी कारण उसके सिर में एक बार इतने फोड़े हो गए कि एक स्थान पर सिर में गहरा छेद ही हो गया।

इस भोले-भाले राम से उसकी माँ हर माह मिलने नियमित रूप से आती। वह परिश्रम और सादगी की प्रतीक ही थी। माँ जब आती तब राम के चेहरे पर गुलाब खिल उठता। उसके एक बहन भी होती। वह भी इससे मिलने आती। वह राम की तुलना में बहुत छोटी थी। पिछले दिनों राम के मित्रों ने बताया कि बचपन का सपना राम ने साकार किया है और अब वह ट्रक ड्राइवर है।

भाइयों की तरह संस्था में मित्रों की कुछ जोड़ियाँ थीं। कालूराम नखाते और किरण खान ये दोनों अनाथ आपस में मित्र थे। कालूराम की गर्दन ऊँट की तरह ऊँची। उसकी एक आँख में फूल पड़ जाने के कारण कुछ शरारती बच्चे झगड़े के समय उसे काना कहकर चिढ़ाते। कालूराम की तुलना में किरणखान छोटा था। पर बड़ा पाजी स्वभाव का। भूख लगने पर वह जूठन उठाकर भी खाता। ये दोनों ही बहुत फूहड़ दिखते।

ठिगना पर बड़ा चपल और परिश्रमी था अशोक गह्वाणे हमारा मॉनिटर। उसके हाथों की भरपूर मार मैंने कई बार खायी। झगड़े में वह कभी न रहाता। जो भी हाथ लगता उसी का हथियार बनाता। उसका हम सबको डर लगता। गह्वाणे के माँ-पिता का कोई पता नहीं था। गह्वाणे का करीबी था वासुदेव माने। माने के तो पिता का नाम भी मालूम नहीं था। वह पिता के नाम की जगह वासुदेव गंगूबाई भी उसे कभी मिलने

नहीं आई। बिल्कुल बचपन से ही माने की ममता की कोई छाया नहीं मिली। इस कारण उसके स्वभाव में एक प्रकार का रूखापन आ गया था। उसकी किसी को तकलीफ नहीं थी। वह हमेशा शान्त रहता। कभी खेलते समय या हँसने के अवसरों पर वह जी भरकर हँसता तो ईंटों की तरह उसके लम्बे-चौड़े दाँत दिखाई देते थे।

संस्था में एक उद्दंड लड़का था सखाराम दलपी। वह काम भी वैसा ही करता। बीमार पड़ने पर कम खाना उसके लिए असम्भव था। दवाइयाँ खाकर पेट-भर खाना खाता। उसकी आवाज भी दमदार थी। उसकी माँ उसे कभी-कभार मिलने आती। किन्तु बूढ़ी होने के कारण उसके आने की कई सीमाएँ थीं।

हमेशा शरारत करनेवाला शंकर गुजाल संस्था का नम्बर एक का उद्दंड लड़का था। शरारत करते समय वह छोटे-बड़े का भेद न करता। दूसरों की कॉपियों में से जस-का-तस उतार लेना उसकी पढ़ाई का तरीका था। उसकी ओर देखते ही उसके चंचल और ऊधमी स्वभाव की कल्पना होती। उसके हाथ-पैर को हमेशा पसीना आता। इसी कारण वह जहाँ-जहाँ जाता वहाँ उसके हाथ-पैर के निशान उभरते। उसकी और एक विशेषता यह थी कि स्त्री-पुरुषों के यौन सम्बन्धों की उसे काफी जानकारी थी। इस सम्बन्ध में जब वह बोलने लगता तब सब उसे सुनते रहते। मार मिलने पर वह चीख-चीखकर रोता। गुंजाल के चाचा उससे मिलने आते। और कोई करीब का उसके कोई नहीं था।

संस्था में आते ही जिनके साथ मेरी विशेष दोस्ती हुई उसमें विजय काकड़े था। बहुत मेहनती विद्यार्थी। उसकी पढ़ाई भी अच्छी थी। उससे मेरी दोस्ती कुछ दूसरे ही कारणों से हुई। हम दोनों ईश्वर पर बहुत भरोसा रखते थे। हम दोनों ने तय किया कि ईश्वर की भक्ति हम दोनों मन से करेंगे और तदनुसार भक्ति-प्रार्थना भी हमने शुरू कर दी । हमने संस्था के पिछवाड़े एक छोटा सा विट्ठल का मन्दिर भी बनाया था।

हमें हर पन्द्रह दिन में ऐसा लगता कि ईश्वर प्रसन्न होंगे। नामदेव के हठ के लिए किस तरह उसने प्रसाद की थाली खा ली, उसी तरह वह हमारी भक्ति को भी प्रतिसाद देगा। पर वैसा कुछ भी नहीं हुआ। परन्तु इस भक्ति के समय हम दोनों एक सन्तोष और आनन्द में थे। रोज की सामुदायिक प्रार्थना के समय वह और मैं सामने आकर प्रार्थना करते और लड़के पीछे-पीछे करते। कुछ दिनों बाद उसका छोटा भाई भी संस्था में आया। छुट्टी में उन्हें ले जाने के लिए चाचा आते। किसी छुट्टी में यदि चाचा को आने में देर होती तो छोटा उज्ज्वल जोर-जोर से रोने की शुरुआत करता। माँ बाप की ममता से वंचित हुए राम और दत्ता कुलकर्णी दोनों भाई थे। बहुत सीधे स्वभाव के ये भाई पढ़ाई में भी अच्छे थे। राम की पीठ पर थोड़ा कूबड़ था।

घर की याद असह्य होने पर संस्था में रहना कुछ लोगों के लिए असम्भव हो जाता। परन्तु उस समय उनके लिए संस्था के अलावा कोई बेहतर पर्याय नहीं था। काणे उपनाम के दो छोटे भाई ऐसी घर की याद में डूबे होते उनके पिता पुणे में बैंड कम्पनी में वादक थे। एक बार ये प्यारे-भाई संस्था से धीरे से निकलकर देहू रोड जाने लगी। उन्हें बीच रास्ते में गाँववालों ने पकड़ा और संस्था के हवाले कर दिया।

नियमित सन्ध्या करनेवाले और अपनी विशेषता बनाए रखनेवाले कुछ ब्राह्मण लड़के भी थे। उन्हीं में माधव और उज्ज्वल गोखले दो भाई थे। वे दोनों मुम्बई के रहनेवाले। उनके चाचा उन्हें छुट्टी के लिए लेने आते। दोनों नियमित पूजा-पाठ करते। ये दोनों मिलकर गणपति अथर्वशीर्ष कुछ ऐसे सुर में गाते कि हमको उनकी ईर्ष्या होने लगती। संस्था में कोई अतिथि आते तो गुरुजी इन दोनों को बुलाकर अथर्वशीर्ष गाने को कहते। वैसे उस तुलना में पढ़ाई में वे कुछ पीछे थे। रामभाऊ गवाँदे नामक एक कड़े स्वभाव का ब्राह्मण संस्था में था। उसके पिता भीमाशंकर के मन्दिर के पुजारी थे। छुआछूत कठोर। उन्हीं की छाया गवाँदे पर भी थी। वह दिन में दो बार सन्ध्या करता था। उसकी, मेरी और लखू की अच्छी दोस्ती थी।

पिता के दूसरे विवाह के कारण जिसे घर में रहना मुश्किल हो गया ऐसा उदय शेंडे हमारी संस्था में आया। उसके पिता उसे मिलने आते, पर माँ न आती। पिता अनुशासनप्रिय और रुआबदार थे। एक बार सुबह-सुबह वे आए और हमारी परेड लेनी उन्होंने शुरू कर दी। थोड़ी देर में उनकी स्फूर्ति समाप्त हो गई और वे लौट गए। एक बार हम बच्चे पुणे में पाषाण में गए थे। वहाँ शेंडे के पिता उसकी सौतेली माँ के साथ आए थे। माँ दूर खड़ी थी। पिता उससे मिले और लौट गए। पिता की तुलना में शेंडे दिखने में यथा तथा ही था। इसके अलावा संस्था में पेणकर, कोलेकर, टिले, गोटे, रमेश गणपत भावकर (मॉनिटर था यह) नन्दू श्रीधर और राजन ये कुंटे बन्धु, वायादंडे, ब्रह्मे जैसे कई लोग थे। सुरेश निगडे ऐसा ही एक शरारती पात्र था। उसके साथ कई बार मेरा झगड़ा होता। एक बार झगड़े में उसके पेशाब की जगह से खून बहने लगा और मेरे चेहरे का पानी उड़ गया।

हम सबका एक समूह था और उसमें सबको सुरक्षित लगता। कई लोगों के अनाथ होते हुए भी यह अहसास न होता और हम मिल-जुलकर रहते।

किवले के स्कूल में गाँव के कई लोग पढ़ने आते थे। मेरी कक्षा के मुझे इसी कारण कई दोस्त मिले। परन्तु गाँव के ये लड़के संस्था के लड़कों की तुलना में बहुत 'उद्दंड' थे।

महादेव मारुति लोखंडे शरारत शिरोमणि शोभायमान होता। वह मेरी कक्षा में ही था। काले वर्ण का, एक आँख में चोट लगी थी, अत्यन्त चपल, परिश्रमी, संस्था में हम सबसे मिल-जुलकर रहने। उससे बाद में मेरी दोस्ती हो गई। उसका घर भी मुझे अपना सा लगने लगा। आज वह, उसका घर और मेरा घर इसमें एक महत्त्वपूर्ण कड़ी है।

हमारी कक्षा में बड़ी उम्र का विद्यार्थी व्यक्तित्व था—गजानन तरस का। हम उसे 'गजा' कहते। उसके खेत में मैं और पवार कई बार मूँगफली, ज्वार के भुट्टे खाने जाते। वह कभी क्रोधित हुआ हो मुझे याद नहीं पड़ता। सारे संसार की शान्ति, करुणा, दया उसके चेहरे पर सिमट आई थी। पढ़ाई में वह हमारी तरह आगे रहता।

कक्षा के दो 'छँटे हुए बुजुर्ग' यानी पंडित दाँगट और आक्या कुम्भार। शरीर से

वे मजबूत। उनके चेहरे इतना बोलनेवाले थे कि ज्यों वे सारी दुनिया को फाँसने निकले हैं। इन दोनों को नाटक प्रस्तुत करने का बड़ा शौक था। स्कूल में इन दोनों की कडलग गुरुजी खूब परेड लेते। गुरुजी की आदत ऐसी थी कि एक के साथ दूसरे को भी उनकी ताड़ना का शिकार होना पड़ता। वे शुरू करते—''क्या पंडितजी, जाओ खाई में जी।'' ''क्या लोखंडे (लोहा)—पीतल कहाँ है।'' ''क्या खोरे (फावड़ा) घमेला कहाँ है ?'' गुरुजी इस प्रकार हँसी-मजाक भी करते।

पुष्पा गायकवाड नामक एक अच्छी लड़की हमारे कक्षा में थी। हम उससे घंटों बातें करते। सातवीं में रहते हुए हमारी संस्था में हमारे भोजन की बड़ी दुर्दशा होती थी। भोजन अच्छा नहीं था। मिलो ज्वार की रोटियाँ खानी पड़ती। ऐसे समय भोजन के नमूने हम पुष्पा की दिखाते थे। ऐसी यह स्नेहशील पुष्पा आठवीं में आते ही ससुराल चली गई।

जिसे हम अपनी छोटी बहन जैसी मानते थे वह निर्मला लोखंडे, महादेव के रिश्ते में थी। कई बार हम उसके घर चाय के लिए जाते।

हमारी तुलना में दो छोटी बच्चियों से हमारी मित्रता थी। विशेष रूप से मेरी और पवार की। सन्ध्या लिमये और वासन्ती घाटे उनके नाम थे। सन्ध्या का सौन्दर्य अवर्णनीय ही था। चम्पाकली-सी नाक, गुलाब की पंखुड़ियों को लजाने से गाल की रक्तिमा। केवल चन्द्र से ही तुलना कर देखा जाए ऐसा मुखचन्द्र, मोतियों-सी दन्तपंक्ति। मोहित करनेवाला यह रूप निर्माण करते हुए विश्वकर्मा स्वयं सपने में था क्या पता नहीं ! एक बार उसने नाटक में बालकृष्ण की ऐसी भूमिका की कि उसकी तुलना केवल उसी से की जा सकती है। सन्ध्या की तुलना में उसकी अभिन्न सहेली कुछ उन्नीसी थी। इन दोनों का हम पीछा करते। हम उन्हें चिढ़ाते, वे हमें चिढ़ातीं। स्कूल लीपते समय हम जान-बूझकर पानी देने उनके पास जाते।

बाद में, युवावस्था में कदम रखने पर सन्ध्या को देखने का अवसर मिला। पवार भी मेरे साथ था। तब पवार ने तय कर लिया, शादी करूँगा तो सन्ध्या के ही साथ। परन्तु पवार ने दो वर्ष बाद बताया कि सन्ध्या की शादी हो गई।

सन्ध्या के भाई वामन और शान्ताराम भी हमारी कक्षा में थे। वामन ऊँचा और गोरा था। अनुनासिक स्वर में वह बोलता। रोज सुबह उत्तरीय काँधे पर डालकर, हाथ में पूजा का सामान लेकर बापूजी महाराज के मन्दिर की ओर जाता हुआ वामन दिखता। शान्ताराम उसका चचेरा भाई। पढ़ाई में दोनों अच्छे थे।

वासन्ती के तीनों भाई, हम संस्था के सभी के अच्छे मित्र थे। उनके पिता फौज में थे। वासुदेव तीनों से छोटा पर पढ़ने में होशियार था। बाद में, वह सतारा के पब्लिक स्कूल में पढ़ने के लिए गया। प्रमोद—शरीर से गठा हुआ। अशोक—हमारा जिगरी यार। आठवीं में वह हमारे साथ था। बबन तरस, दिनकर कुडले और जयवन्त तरस ये तीनों खेत में बनी झोंपड़ी में रहते। तीनों हम कुछ मित्रों को लेकर घर जाते। इन तीनों के स्वभाव में असली ग्रामीण-गुण थे।

दो भिन्न रूपों की अलका और सरू से हमारी मित्रता थी। गाँव के कातले पाटिल की ये लड़कियाँ अपनी प्रतिष्ठा से रहतीं। परन्तु पढ़ाई में उनकी कुछ न चलती। अलका एक वार्षिक परीक्षा में मेरे पीछे बैठी थी। उस समय प्रश्नों के उत्तर पाने की उसने हर सम्भव कोशिश की।

किवले के बोरगे परिवार के बारे में हम बच्चों के मन में बहुत कौतूहल था। एक तो उनकी लड़कियाँ बहुत सुन्दर थीं। मैंने एक सांस्कृतिक कार्यक्रम में भाग लिया था। उस समय बोरगे की माँ ने मेरी बहुत तारीफ की थी। मैंने मन में सोचा कि यह महिला अपनी सुन्दर बेटी मुझे देगी ?

संस्था के सामने ही पीपल के पेड़ के पास स्कूल के बुलबुले गुरुजी रहते थे। उनकी दो बेटियाँ सुनन्दा और नलिनी हमारे साथ पढ़ती थीं। मेरे पिताजी और गुरुजी के अच्छे सम्बन्ध थे। वे रविवार को मिलने आते तो गुरुजी को मिलने अवश्य आते। गुरुजी गणित पढ़ाते। टोपी, कमीज, पाजामा इस पोशाक में गुरुजी किसी विद्यार्थी को पीटते हुए लाल हो जाते। पूरे किवले गाँव का क्रोध उस समय उनके आवेश में समा गया था। उनकी सुनन्दा बड़ी थी तो नलिनी छोटी थी। नलिनी दिखने में सुन्दर थी। आगे आठवीं में उसकी और मेरी अच्छी मैत्री हो गई। दशहरे के दिन गुरुजी के घर सहायता के लिए मुझे और रमेश का और बुलावा आता। उस समय कड़क पूड़ी, नारियल, पान-सुपारी का हमें प्रसाद मिलता। इस कारण हम खुश रहते। गुरुजी के और दो लड़के भी स्कूल में आते। इन सभी भाई-बहनों की पढ़ाई अच्छी थी। श्रीमती बुलबुले सिलाई का काम करतीं।

बम्बर्गेकर गुरुजी का एक लड़का था। वह पढ़ाई में आगे था। श्रीमती बम्बर्गेकर भी गुरुजी की तरह स्नेहशील थीं।

मुख्याध्यापक पद पर बम्बर्गेकर गुरुजी के बाद आए कडलग गुरुजी एक अलग व्यक्तित्व के धनी थे। गणित, भूगोल और व्याकरण गुरुजी के खास विषय थे। इन विषयों को विद्यार्थी के मन में पूरी तरह उतारने में उनका कौशल विवादातीत था। उनके प्रिय विद्यार्थियों में मैं और पवार भी थे। एक बार उनके एक विद्यार्थी का दिल्ली से वापस पत्र आया था। उन्होंने वह कक्षा में पढ़ सुनाया। मैंने वह पढ़कर सुनाया तो गुरुजी आनन्दित हुए। हम जब सातवीं में थे तब वे हर रोज रात को हमारा गणित का सत्र लेते।

चासकर गुरुजी और कोलते गुरुजी स्वभाव से बहुत शान्त थे। रमेश चासकर गुरुजी की कक्षा का होशियार विद्यार्थी था। कोलते गुरुजी की याद का खास कारण है—उन्होंने सातवीं कक्षा में हम पर एक विशेष उपकार किया था। गणित का पेपर था। बालवाड़ी के बड़े हॉल में हमारा पेपर चल रहा था। धीरे-धीरे गड़बड़ी होने लगी। इसके बाद खिड़की-दरवाजे बन्द कर कॉपी प्रारम्भ हुई। मेरे और पवार के पेपर पर लड़के टूट पड़े—मेरे पास अंकगणित के अलावा कुछ खास नहीं था। फिर मैं भी बीजगणित और रेखागणित के लिए पवार के पास गया। पौन घंटे बाद दरवाजे पर दस्तक हुई।

बहेलिया आने के बाद पक्षियों के झुंड उड़ जाएँ ऐसी हमारी स्थिति हुई। कोलते गुरुजी ने दरवाजा खोला तो सामने साक्षात् कडलग गुरुजी खड़े थे। परन्तु उन्हें कुछ भी पता नहीं चला।

स्कूल के अलावा किवले की एक महत्त्वपूर्ण जगह थी जगदीश सेठजी की किराना दुकान। मैं तो उनके घर भी नियमित रूप से जाता। उनकी पत्नी से भी मेरी अच्छी पहचान थी। सेठजी के दो छोटे बच्चों से मैं काफी देर तक खेलता रहता। उनकी बड़ी बेटी सरोज हमारे स्कूल में ही थी। परन्तु जल्दी ही उसकी शादी हो गई और वह ससुराल चली गई। सेठजी उदार व्यक्ति। गाँव के सांस्कृतिक कार्यक्रम के समय वे स्वतः मुझे एकाध भूमिका करने को कहते और पुरस्कार देते। उनकी दुकान की चक्की से हमारा सतत सम्बन्ध होता। साथ ही, संस्था का माल खत्म होने पर हमें सेठजी के पास जाना पड़ता।

पुणे से पुलिस गाड़ी में हमारी संस्था के अनाज का, किराना माल का कोटा आता था। यह गाड़ी आमतौर पर सोमवार या शुक्रवार को आती। शाम को पाँच के आसपास यह गाड़ी आती तो उसमें का सामान उतारने के लिए हमें भाग-दौड़ करनी पड़ती। इस भाग-दौड़ में कई लोग मूँगफली, नारियल, चना दाल, गुड़ पर हाथ साफ करते। बरसात में गाड़ी आने पर संस्था तक पहुँचते समय बहुत परेशानी होती। नाला लाँघकर गाड़ी आगे आती तो उसके चक्के कीचड़ में फँस जाते। फिर गाड़ी धकेलते। चक्के के कीचड़ पर पानी डालकर साफ करते। इस काम में घंटा-दो घंटा आसानी से लग जाते। पर गाँववाले यह काम कुशलता से करते। साथ ही राम चह्वाण जैसे हमारे दोस्त इसमें बढ़कर मदद करते।

इस बरसात में हमें कई बार नाले के उस पार जाना सम्भव नहीं था। परिणामस्वरूप स्कूल भी बन्द हो जाता। संस्था के आँगन में भी काफी पानी जमा हो जाता। और हम उसमें जी भरकर डुबकियाँ लगाते थे। इन दिनों सुबह थोड़ी देर से उठते। आँगन में पानी होने के कारण व्यायाम को छुट्टी होती। पर गह्वाणे जैसा मॉनिटर भीतरी हॉल में खड़ाकर व्यायाम करवा लेता।

पर आप कुछ भी कहें बरसात का आगमन प्रकृति का जादू है। बीच के हॉल की खिड़की से मैं बारिश का खेल देखते खड़ा होता। सारा-सारा कैसा हरा-भरा हो उठता। पिछवाड़े की अमराई से कोयल की कुहू-कुहू कानों पर पड़ती। मैं और मेरे मित्र उसकी संगत करते–'कुहू' फिर अमराई से प्रतिसाद आता–'कुहू'। फिर समाप्त न होनेवाला खेल शुरू होता। पहले दिन अधूरा पड़ा यह खेल दूसरे दिन सुबह शुरू होता। आकाश से गिरनेवाले बड़े-बड़े ओले बीनते-बीनते मटर इतने छोटे हो जाते। श्रावण माह में तो पिछवाड़े की इमली तक को नई कोपलें फूटतीं। घास सरसराते बढ़ते। पिछवाड़े में बबूल और चम्पा के पेड़ थे। चम्पा के फूल हमें लुभाते। उसका तना वैसे छोटा था। नीचे से भी यदि कोई चम्पा की नाजुक डाली को जोर से हिलाता तो फूल बरसने लगते। ये फूल हम अपनी अँजुरी में सीधे झेल लेते।

इमली का बुजुर्ग बड़ा पेड़ सड़क के किनारे था। यह रास्ता पिछवाड़े में आबासाहब आपटे के सदाबहार बाग की ओर जाता। पिछवाड़े में संडासों के बीचोबीच दो पेड़ थे। एक पीपल का और एक सीताफल का। इस पीपल के पेड़ की मैं स्नान के बाद एक प्रदक्षिणा करता। बाद में यह क्रम टूट गया। मौसम आने पर सीताफल के पेड़ ने हमारे काफी चोंचले पूरे किए। एक-एक दिन पचास-सौ सीताफल तोड़कर बच्चे लाते और उसे चूना लगाकर पकने के लिए रख देते। दो-चार दिन में ऊपर रखे इन सीताफल का हम आनन्द उठाते। पहले मित्र बताते, बड़ी आँखोंवाले सीताफल तोड़ो। परन्तु मुझे अरसे बाद सीताफल की 'आँखें' समझ में आईं। इन पेड़ों के पीछे केशवराव पाटिल की अमराई हमारे लिए स्वर्ग ही थी। कितनी कैरियाँ तोड़ें, कितनी लाएँ और कितनी खाएँ, इसकी कोई सीमा नहीं थी। डाल से कैरी तोड़ने के लिए कई आगे आते। कुछ लड़के कैरियों को उबालकर खाते। कई बार हम सब जो कैरियाँ लाते उसका अचार बनाया जाता। दोपहर के समय कैरियाँ तोड़कर उसे नमक-मिर्च लगाकर हम बहुत चाव से खाते।

संस्था के रसोईघर के पीछे खेती की जाती। हम ही सब खोदते, बोते, घास निकालते और खुरपी चलाते। घास निकालने का काम हम सबके लिए बहुत उबाऊ होता। इसकी तुलना में खोदना और फावड़े से मिट्टी निकालकर बाँध बनाना, मेड़ बनाना ये काम कइयों को अच्छे लगते। गाँठ गोभी तैयार होकर ऊपर दिखाई न देती क्योंकि इससे पहले ही वह साफ कर दी जाती। मूँगफली की हालत भी यही थी। चयली की फल्ली तोड़ते-तोड़ते आधी मुँह में ही जाती। इस पिछवाड़े के दाईं ओर था आक्या कुँभार का खेत। उसी से लगकर कुआँ था। इस कुएँ पर संस्था के पानी का इंजिन लगाया गया था। इंजिन लगाए गए केबिन से लगकर ही इमली का एक घना पेड़ था। इंजिन खराब होने पर हम उधर जाते और पत्थर-ढेले मारकर जितनी मिल पातीं इमली खाते। पिछवाड़े में रास्ते के किनारे इमली के पेड़ के सामने पेंडसे की बाग थी। उसमें पपीते के पेड़ थे। उस पेड़ पर पेंडसे की नजर होने के कारण कुछ मित्रों को पपीते साफ करना न जमता। परन्तु फिर भी दो-चार बार बच्चों ने पपीते मार लिये थे। उनके पीछे-पीछे पेंडसे आसमान सिर पर उठाकर संस्था में दाखिल हुए और गुरुजी से सब कह दिया। इस बाग से लगकर एक गहरा कुआँ था। किवले के लिमये के मकान से लगकर ही था। बहुत मीठा और ठंडा पानी देता यह कुआँ।

बरसात के बाद चुभनेवाला शीतकाल आता। सुबह उठना मुश्किल था। शनिवार को स्कूल जाना बहुत उबाऊ होता। ऐसे समय यदि स्कूल जाते तो बस्ता कक्षा में रखकर टोली-टोली में कागज, लकड़ियाँ, कचरा जमाकर अलाव बनाते। यदि हमारी टोली में कोई कागज-लकड़ी न लाता तो उसे हम भगा देते। अलाव की गर्मी का आनन्द लेते ही स्कूल की घंटी बजती। स्कूल के पीतल की घंटी बजाने के लिए मैं, पवार, उपाध्ये बन्धु दौड़ते थे।

हमारे खेल भी विविध प्रकार के और मजेदार थे। संस्था के दरवाजे बाहर के आँगन में और रास्ते पर हम पागलों की तरह लाठी-पानी का खेल खेलते। जिसका राज होता

उसे लाठी लेकर खड़ा करते। एक लड़का उसके हाथ की लाठी ऊपर के ऊपर मारकर दूर फेंककर भागता। बाकी उस लाठी को ढकेलते-ढकेलते आगे ले जाते। और अपने हाथ की लाठी पत्थर पर टिकाते। जिसकी लाठी पत्थर पर न होती उसे वह लड़का 'आउट' कर फिर उस पर राज्य आता। फिर उसे खूब दौड़ाया जाता। यह खेल हम घंटों खेलते रहते। 'इस्टाप' भी इसी प्रकार मजेदार खेल था। पहले भिड़नेवाले एक-दूसरे से भिड़ जाते। बचे हुए लड़कों की पारी होती। उसे दस से सौ तक संख्या कहनी होती। उस समय बाकी लड़कों को छिपकर रहना होता। फिर वह छिपनेवाले को खोज निकालता। जिसे पहले खोजा जाता उस पर राज होता। संस्था में छिपने की जगह की कमी नहीं थी। ऊपरी मंजिल पर, रैक के कमरे, रसोईघर, दरवाजे के पीछे, पिछवाड़े जैसी जगहों पर छिपने की सुविधा थी। रेलगाड़ी का एक खेल हमें अच्छा लगता। ड्राइवर व इंजिन मैं बनता और पीछे लखू, पवार, उपाध्ये बन्धु, दिलीप कुलकर्णी, राम चह्वाण, किरणखान जैसों का मेला होता। इस गाड़ी को मैं किसी भी तरह भगाता। गाड़ी पूरे जोर से जब चलती होती तो सबको पटकनी ऐसी देता कि बस्स ! इस पटकनी के लिए ही यह खेल हम सबको अच्छा लगता। मुझे तो यह बहुत पसन्द था। साथ ही लगोरी का खेल भी था ही। शिन्दे गुरुजी के आने के बाद क्रिकेट खेलने की शुरुआत हुई। खुली हवा थी, खुला मैदान था, इस वातावरण में लुकाछिपी खेलने का मजा ही कुछ और था।

संस्था में गुढ़ीपाड़वा, रामनवमी, कृष्णाष्टमी, आषाढ़ी-कार्तिक एकादशी, महाशिवरात्रि, गणेश चतुर्थी, राखी पूनम, दशहरा, दीवाली और संक्रान्ति ये त्योहार मनाए जाते। शिवरात्रि के दिन हम नदी के पास महादेव के मन्दिर में जाते। बेलपत्ते-फूल चढ़ाते और मन्दिर के मंडप में सामूहिक कीर्तन चलता रहता...भोले शंकरा। पार्वतीवरा। सारी देह भस्म लगी विश्वेश्वरा। इस दिन और आषाढ़-कार्तिक एकादशी को भगर का भात, साबूदाना की खिचड़ी, रतालू, मूँगफली की चटनी का नाश्ता होता। संक्रान्ति में गुड़-रोटी होती। रामनवमी को आमतौर पर मीठा न होता। उस दिन भरपूर भजन और स्त्रोत कहकर रामनवमी मनाई जाती। कृष्णाष्टमी को थोड़े हलवा का भोजन होता। नारियल-पूर्णिमा नारियल-भात के बिना कभी न होती। इस दिन हम लड़के एक-दूसरे को राखी बाँधते। वैसे खाने-पीने का असली मजा दीवाली में रहता। नाश्ते की चीजें नरक चतुर्दशी के दिन पुणे से आतीं। इसमें एक घटना हुई। एक बार नाश्ते की चीजें पुणे से आई ही नहीं। उसी दिन पिछवाड़े के बाग के आबासाहब आपटे सपरिवार संस्था में मिलने आए। उनकी पत्नी, बेटा, बहू, दो नाती ये सब थे। हम सबने सामूहिक प्रार्थना की। जोगलेकर बन्धु ने अथर्वशीर्ष सुनाया। वे सब खुश थे। उन्होंने हम बच्चों के लिए खाने की काफी चीजें लाई थीं। दीवाली की मिठाई के अलावा श्रीखंड भी लाया था। इस कारण दूसरे दिन के नाश्ते की कठिनाई दूर हो गई। आबासाहब उस दिन देवदूत से कम न लगे।

15 अगस्त और 26 जनवरी मनाने के लिए हम पुणे के रिमांड होम में जाते। बहुत सुबह उठकर, नहा-धोकर, नए कपड़े चढ़ाकर आँगन में झंडा वन्दन होता और तुरन्त

हम देहूरोड चले जाते। 15 अगस्त को पुलिस गाड़ी संस्था के पास आती थी। परन्तु 26 जनवरी को यह गाड़ी पकड़ने के लिए हमें देहूरोड तक दौड़ते जाना पड़ता। इस दिन ठंड बहुत भयानक लगती। इस कारण चलते हुए बहुत थक जाते हम। पटवर्धन नामक हमारे छोटे दोस्त के नाम से रेंट लगातार बहती रहती। गाड़ी से पुणे पहुँचने पर वहाँ सामूहिक झंडावन्दन होता था। इस कार्यक्रम के लिए लड़कों के, लड़कियों के रिमांड होम, किवले संस्था के सब लड़के और सारा अधिकारी वर्ग उपस्थित होता। मंच पर ज्येष्ठ अधिकारी बैठते। कभी-कभी समाज कल्याण विभाग का ज्येष्ठ अधिकारी भी बैठा होता। झंडावन्दन और बुजुर्गों के भाषण खत्म होने के बाद सभी टकली हॉल में एकत्र होते। इन दिनों के भोजन हम सबके लिए अविस्मरणीय होता। कुछ अलग ही शान थी भोजन की। कभी जलेबी, कभी हलवा-पूड़ी। साथ में दाल-भात, साग, चटनी तो थे ही। थाली में सारे पदार्थ होते। ज्येष्ठ लोगों की कृपा-दृष्टि कब होती है, इसकी हम बच्चे राह देखा करते। ये लोग आकर सारी व्यवस्था देखते। बाद में ही यह मिष्टान्न भोजन शुरू होता।

ऐसे ही एक समारोह में रिमांड होम का ज्येष्ठ सलाहकार गाडगिलबाई को विदाई दी गई। उनके पति डॉ. धनंजयराव गाडगिल को योजना आयोग के उपाध्यक्ष पद का काम सँभालने के लिए दिल्ली जाना था, उसी समय यह समारोह हुआ।

यह समारोह समाप्त कर उसी दिन रात तक पुलिस गाड़ी से हम संस्था में खाना खाने जाते। गाड़ी की यात्रा का आनन्द ही कुछ और था। परन्तु आसपास के लोगों को, हम इस गाड़ी पर जा रहे हैं, इसका क्या लगता होगा ! यह हमारे आनन्द के कारण हमें ध्यान में ही न आता। गाने गाते, चीखते-चिल्लाते हमारी घंटे भर की यात्रा का प्रवास विलक्षण आनन्दपूर्ण होता। गाँव में गाड़ी आते समय कई महिलाएँ, लड़के घर से बाहर आकर कौतूहल से हमारा आगमन देखते।

प्रत्येक वर्ष का एक दिन हमारी दृष्टि से अविस्मरणीय होता। वह दिन होता श्रावण सोमवार। नदी किनारे के महादेव के विशाल मन्दिर में उस दिन भंडारा होता। शाम को सात बजे हम बच्चे मन्दिर जाते। घंटा-डेढ़ घंटा भजन, अभंग, श्लोक जैसी लम्बी-चौड़ी प्रार्थना होती। उसके खत्म होने के बाद हमें पंगत में बैठाया जाता। मीठे भोजन का यह भंडारा हमारे घंटे-डेढ़ घंटे की तपस्या का ही परिणाम होता। इस समय हममें से कोई पेटू की तरह तो नहीं माँग रहा, इस पर हमारे मॉनिटर का ध्यान होता। उन्हीं को जब परोसनेवालों को आवाज देनी होती तब वे विवश हो जाते। यह भोजन संस्थान में समाप्त कर अपनी संस्था में लौटने के लिए हमें काफी रात हो जाती।

किवले की संस्था के काम में गुरुजी के लिए उस समय की रसोई बनानेवाली महिलाओं की भी सहायता होती। शेलकेबाई, मांडेबाई, ताँबेबाई, लोणकरबाई, एवारबाई ऐसे कइयों ने रसोई बनाने का काम तो किया ही, पर साथ में हम सब बच्चों के साथ हिलमिलकर रहतीं। पानी के लिए नल की व्यवस्था होने के कारण संस्था के शुरुआती के दिनों में पानी भरनेवाले मामा शेलके की जरूरत समाप्त हो गई थी। उनके गुजर

जाने के कारण हमें बड़ा अच्छा लगा, क्योंकि वे बच्चों को बहुत पीटते थे। एक बार मैं बारिश के दिन पिछवाड़े के नल पर स्नान कर रहा था। तब मामा संस्था में ही काम करते थे। अधिकांश लड़के सामने के समूह के थे जो नहाने गए थे। मैं पीछे नहा रहा हूँ, यह मामा को मालूम हुआ। वे एक बेंत की छड़ी ले आए। मैं ठंड से काँप रहा था। उन्होंने मुझ पर सपासप चार-पाँच छड़ी जड़ दी। मैं भागते हुए सामने के मैदान में आया। मामा सबको इतना मारते कि, इस कारण बच्चे भाग जाते। फिर मामा पीछा कर, उसे पकड़कर जमकर पिटाई करते।

संस्था के वातावरण को बदलने में सफलता पाई पलणीटकरबाई ने। एक शाम, हमारे खाने के समय एक गोरी, स्थूल और ठिगनी महिला संस्था में आई। ये ही पलणीटकरबाई बाद में संस्था बन्द होने तक यहाँ रहीं। उनका पूर्व जीवन बहुत नाजुक था। उनके पति का देहान्त हो चुका था। पनवेल के पास मोपाड नामक गाँव में उनकी कपड़ों की दुकान थी। परन्तु गाँधी हत्या के बाद आगजनी में उनकी भी दुकानें राख हो गई थीं। उनका इकलौता बेटा था। परन्तु माँ-बेटे की एक-दूसरे से बिल्कुल नहीं बनती थी। यह लड़का संस्था में छह-आठ महीने में मिलने आता। परन्तु वे अत्यन्त अप्रसन्न होकर उसका स्वागत करते। कभी-कभी तो वे उनको बाहर जाने के लिए कहते। फिर ढेकणे गुरुजी, 'यह मेरा मेहमान है,' कहकर उसे रोक लेते। यह लड़का पढ़ाई में अच्छा था। इस कारण दो-चार दिन के उसके मुकाम में हम उसे पढ़ाई की कई शंकाएँ पूछकर समाधान करते। महिला कोकणस्थ थी। इस कारण उसने हमारे रोज के भोजन में एक अलग स्वाद भर दिया। नई-नई चीजें वे खाने के लिए देते। गणेशोत्सव के दिन तो रोज मीठा कुछ-न-कुछ पकता। उनके हाथ में एक अलग स्वाद होता, वह हमारे भोजन में उतर आया।

पता नहीं कैसे, चार-छह महीने बाद वे संस्था की प्रमुख शक्ति बन गईं। गुरुजी की अपेक्षा हम उन्हीं से घबराते। वे जैसा कहतीं वैसा गुरुजी करते। छड़ी मारकर वे हमको सजा देते। उनके सम्बन्ध किस स्तर पर पहुँच गए, इस बारे में संस्था में कानाफूसी होने लगी। पर कोई क्या करता ? पलणीटकरबाई आने से पहले और अब के गुरुजी में हमें स्पष्ट अन्तर मालूम होने लगा।

एक सुबह बड़ी अजीब घटना हुई। हम सब खाना खा रहे थे। पलणीटकरबाई और गुरुजी बातें कर रहे थे। वे अपने पति के बारे में बता रही थीं। पति मेरी सभी माँगें पूरी करते ऐसा उनका स्वर था। उसी मूड में गुरुजी उठे और 'मेरी प्यारी-मेरी दुलारी' कहकर नाचने लगे। नाचनेवाले गुरुजी को देखकर हम हँसने लगे। पल-भर में गुरुजी क्रोधित हो गए और हम पर चिढ़ गए। दो-चार को उन्होंने तड़ातड़ पीट दिया। वहीं उन्होंने एक से पूछा, तू हँस रहा था ? फिर कौन ? उसने मेरी ओर डर से अँगुली दिखाई। फिर गुरुजी उफन गए। मैं चीख रहा था और गुरुजी पागलों की तरह मुझे पीट रहे थे। गुरुजी को क्या हो गया, यह मुझे और मेरे मित्रों को मालूम न होता। परन्तु इस मार से मैं बहुत सन्तप्त हो गया। वह शुक्रवार का दिन था। उस दिन

जावडेकर साहब आनेवाले थे। मैंने गुरुजी द्वारा की गई मार-पिटाई पर एक शिकायत का आवेदन तैयार किया। शाम को साहब आए। वे जब लौट रहे थे तब गाड़ी में बैठे साहब को मैंने वह कागज थमा दिया और 'देखिए हाँ' कहकर अनुरोध किया। गुरुजी पास ही थे। गाड़ी जाने पर उन्होंने डाँटते हुए पूछा, "क्या दिया साहब को ?" मैंने साफ-साफ बता दिया। बाद में, उस आवेदन का कोई उत्तर नहीं आया। परन्तु इधर गुरुजी ने मेरे साथ बात बन्द कर दी।

इसी बीच चालके की माँ ने भी साहब के पास पलणीटकरबाई के बारे में शिकायत की थी। परन्तु उसका परिणाम यह हुआ कि उसी को महीने-भर के लिए रिमांड होम वापस भेज दिया गया। इधर गुरुजी मुझसे बात न करते, इसका मुझे बेहद अफसोस होता। संस्था में तो गुरुजी के अलावा कोई भी बुजुर्ग नहीं थे। अन्ततः मैंने ही उन्हें पत्र लिखा, "आप पूर्ववत् मुझसे अपनेपन से व्यवहार करें।" फिर धीरे-धीरे वातावरण बदला और मैं 'फ्रेश' हो गया।

अब हमारे स्कूल और संस्था के दिन समाप्त हो रहे थे। सातवीं की वार्षिक परीक्षा हुई और मुझे तथा पवार को सत्तर प्रतिशत से अधिक अंक मिले। इससे पहले स्कूल में हमारा विदाई समारोह हुआ। इसके बाद वर्नाकुलर फाइनल परीक्षा के लिए तीन-चार दिन हमें चिंचवड़ जाना पड़ा। परीक्षा भी समाप्त हुई और हम संस्था में लौट आए थे। इस परीक्षा में हम दो में से किसी को केन्द्र में निश्चित नम्बर मिलेगा, ऐसी सबकी अपेक्षा होती। पर बाद में परिणाम आए और सबकी अपेक्षाएँ धूल में मिल गईं।

इस बीच मेरा, पवार और गह्वाणे का तबादला सतारा की संस्था में हो गया, इसकी जानकारी मिली। अब हमें कब जाना है, इसी की राह देख रहा था। छुट्टी में अब आठ-दस दिन घर हो आए।

इसी छुट्टी में एक अच्छी योजना हमें मालूम हुई। इस कारण पुणे के अनाथ विद्यार्थी-गृह में प्रवेश लेने की बात मैंने सोच ली थी। हमारी पढ़ाई के बल पर हमें वहाँ दाखिला मिल जाएगा, ऐसा हमारा विश्वास था। हमसे पूर्व किवले का जगन्नाथ कुलकर्णी वहाँ गया था। छुट्टी में मैंने वहाँ का प्रवेश फॉर्म लिया। इसी बीच पुणे का सुप्रसिद्ध स्कूल नूतन मराठी विद्यालय में जाकर भी मैंने पूछताछ की। परन्तु वहाँ का प्रवेश फॉर्म मिलना भी कठिन था, इसलिए मैंने प्रयास छोड़ दिया।

हमारे इन प्रयासों में जावडेकर साहब ने भी सहयोग दिया। मैं और अशोक पवार दोनों के आवेदन पूरे भरकर अनाथ विद्यार्थीगृह को भेजे गए। सातारा की अपेक्षा यहीं हमारा दाखिला हो जाए तो ठीक होगा। किवले की संस्था से अब हम पुणे के रिमांड होम में लौट आए। अब हमारे स्थान में परिवर्तन हो गया था। परन्तु यह समय बड़ा विचित्र था। रोज दोपहर एक शिक्षक हमको योगासन सिखाते थे। सादा पद्मासन करते समय भी हमारी फजीहत होती। रोज दोपहर में कड़ी धूप होती, हवा ठहर जाती और एक सुस्ती का सतत आभास होता।

अनाथ विद्यार्थीगृह से पत्र आने की जानकारी मिली। हमें बहुत खुशी हुई। उस

परीक्षा के लिए हमारे साथ एक प्रॉबेशन ऑफिसरबाई थीं। आधे घंटे में लिखित परीक्षा पूरी हुई। हम इंटरव्यू के लिए तैयार हो गए। एक-एक लड़का इंटरव्यू देकर बाहर आता। अनेक लड़के अपने पालकों के साथ खुश हो खड़े थे। उस समय की हाईस्कूल स्कालरशिप परीक्षा में प्रथम स्थान हासिल करनेवाला चन्द्रशेखर पुरन्दरे मुझे यहीं मिला। सिर पर टोपी, कमीज, पाजामा—बिल्कुल सीधा-सादा पोशाक पहनकर आया था। अनाथ विद्यार्थीगृह में दाखिला लेनेवाले विद्यार्थियों का वह मुकुटमणि था।

मेरे पहले पवार का इंटरव्यू हो चुका था। फिर मैं भीतर गया। चार लड़के इंटरव्यू के लिए बैठे थे। मेरी बगल में बैठी रिमांड होम की ऑफिसरबाई ने मेरे कान में धीरे से कहा, "पवार ने बताया है कि फाइनल में वह नहीं बैठा है, तू भी यही बता।" मेरा इंटरव्यू शुरू हुआ। फाइनल परीक्षा में बैठे थे ? इस प्रश्न के स्पष्ट उत्तर में मैंने 'नहीं' कहा।

फिर उनके प्रश्न शुरू हुए। मैं एक अच्छी संस्था का विद्यार्थी हूँ, इस तरह सवाल न पूछे जाते, बल्कि मैं रिमांड होम का विद्यार्थी हूँ, इस तरह पूछ रहे थे। संस्था के पास के आपटे की बाग से तू ककड़ियाँ चुराता है ? केशवराव की अमराई से कैरियाँ चुराता है या नहीं ? इसी तरह के उन्होंने कई प्रश्न पूछे। मैंने पूरे साहस के साथ 'नहीं' कहा। इस इंटरव्यू का अनुभव कम-से-कम मेरे लिए अच्छा रहा।

उसी दिन शाम को प्रवेश प्राप्त विद्यार्थियों की सूची लगाई गई। लगभग साढ़े तीन सौ लड़कों में से बीस लड़कों का चयन हुआ था। मैं बाबूजी के साथ और पवार अपनी माँ के साथ आए थे। पवार का नाम तीसरे स्थान पर था और मेरा आठवें स्थान पर। पुरन्दरे का नाम तो था ही। हम और हमारे पालक खुशी से पागल हो गए। बाबूजी की आँखें छलछला आईं। वे बोले, "अरुण, आज तुम्हारी माँ होती तो ?" और माँ की याद से मेरा रोम-रोम सिहर उठा। बचपन में मुझे स्केल से मारनेवाली, पहाड़े याद करवानेवाली माँ मेरी आँखों के सामने साकार हो रही थी !...प्रवेश पाने की खुशी में ही हम पेढ़े लेकर जावडेकर साहब के घर गए। उन्होंने हमें प्यार से पुचकारा और वे भावुक हो गए। किवले की संस्था जिस उद्‌देश्य से शुरू हुई, वह उद्‌देश्य अंशतः ही सही इस रूप में फलित होने का आनन्द उनके चेहरे पर खिल उठा था।

दूसरे दिन अनाथ विद्यार्थीगृह के दीक्षा समारोह के लिए हमें जाना था। दोपहर को ही जावडेकर साहब ने बुलाया। कल हमारे साथ आई बाईसाहब वहीं बैठी थीं। "फाइनल परीक्षा में नहीं बैठा ऐसा आपने इंटरव्यू में क्यों कहा ?" उनके यह पूछने पर क्या कहा जाए न सूझता। यदि यह कहें कि इन्हीं बाईजी ने ऐसा कहने के लिए कहा था तो वे तो चुपचाप बैठी हैं। उल्टे वे ही बोलीं, "मैंने खोरे को सच कहने के लिए कहा था।"

हम एक विचित्र कशमकश में फँस गए थे। साहब ने हमें डाँटते हुए कहा, "दीक्षा समारोह से पहले जलूकर सर से मिलकर उन्हें बताओ कि गलती से वैसा कहा गया।" झूठी जानकारी पर आधारित दाखिला हमें नहीं चाहिए। उन्होंने यह भी कह डाला। इस

बीच हमारे पालक आ गए थे। वे भी इस घटना से बेजान कदमों से लौट गए।

दीक्षा समारोह साढ़े पाँच-छह बजे शुरू होनेवाला था। इससे पहले उनसे मिलकर हमने अपना झूठ कबूल कर लिया। दीक्षा समारोह में हमारे नाम अनिर्णीत रखे गए। बाद में हमें स्पष्ट हो गया कि हमें प्रवेश मिलनेवाला नहीं है। हमारे पालक यहाँ भी आए थे। वे उल्टे पैर लौट गए। एक गलती की (बाद में कबूल करने के बाद भी) इतनी बड़ी सजा मिलेगी, यह कभी नहीं सोचा था। परन्तु यह हो चुका था। मैं और पवार खिन्न मन लेकर वहाँ के राम मन्दिर गए। भरी आँखों से धनुर्धारी राममूर्ति की वन्दना कर लौट आए।

रात के दीये जल चुके थे। रिमांड होम में वापस आए। भोजन करना भी भूल गए थे। लगा, बहुत अकेला पड़ गया हूँ। अनन्त में विलीन माँ की याद आई। मन में आया, आज माँ होती तो उसकी गोद में मैं सब कुछ भूल जाता। परन्तु आज तो यह पूरा वातावरण मुझे खाने के लिए दौड़ता है। मैं इतना निराश कभी नहीं हुआ था। लगा कि सिर फट पड़ेगा। लेकिन आज, ''माँ-माँ कहते हुए मन-शरीर गुहार करने लगा। फिर अचानक फूट पड़ा मैं और सिसक-सिसक कर रोने लगा। रिमांड होम का काम चल रहा था। मैं अकेले ही आँगन के चबूतरे पर बैठकर रो रहा था।

चारों ओर के स्कूल शुरू हो चुके थे पर हमारे स्कूल के बारे में कुछ भी तय नहीं था। सातारा के रयत शिक्षण संस्था में हमें भेजने के बारे में विचार हो रहा था। हमने जावडेकर साहब से अनुरोध किया कि हमारे आठवीं के ग्रुप को बदलकर एक ही स्थान में भेजा जाए, अलग-अलग कर न भेजा जाए। उदारता से उन्होंने हमारे अनुरोध के लिए हामी भरी और वैसा ही करने का आश्वासन भी दिया।

मैं जब-जब कुछ सोचता, योजनाएँ बनाता, तब-तब पवार को कैसे शामिल किया जा सकता है, यह अवश्य ध्यान में रखता। हम दोनों एक-दूसरे से इतने गहरे जुड़ गए थे। चौथी से हम एक साथ पढ़ रहे थे। एक साथ अनेक योजनाएँ बनाने, उसमें भाग लेने और अध्ययन में भी आगे रहते। लाखों में एक ऐसा उसका आकर्षक व्यक्तित्व था। इस कारण उसके आसपास हमेशा कइयों की भीड़ होती। उनके पिताजी पानशेत बाढ़ में लापता हो गए। उनका कोई पता ही नहीं चला। उसकी माँ सुन्दरबाई पवार—इस महिला ने अनेक बँगलों में काम करके, बच्चों को रिमांड होम में रखकर दिन काटने शुरू किए। अशोक को हमारी संस्था में रखा था और उसकी दो छोटी बहनों को लड़कियों के रिमांड होम में रखा था। आठवीं तक मैं और वह एक साथ पढ़े। नवीं में उसे अनाथ विद्यार्थीगृह में प्रवेश मिला और मैं मुम्बई के द. नासिरूर बालक-आश्रम में था।

इसके बाद उसकी और मेरी मुलाकातें कम हो गईं। मैं जब लौटकर पुणे आया तब कॉलेज की पढ़ाई के दौरान उससे मुलाकात हुई। अशोक को कॉलेज के जीवन में अपना यह सब भूतकाल बताना पसन्द नहीं था। इस कारण मुझसे वह अधिक देर तक न मिलता। मैं उसे कई बार मिलता। पहले दो वर्ष वह वाडिया कॉलेज में था। बाद

में वह एस.पी. कॉलेज से ग्रेजुएट हुआ। इन दिनों उसने पुरुषोत्तम नाटक स्पर्धा में एक सफल एकांकी में (सामना-सतीश आलेकर) बूढ़े की अत्यन्त सुन्दर भूमिका कर उसने दर्शकों का मन जीत लिया। एक तीन अंकी नाटक (राजा नामक गुलाम-श्याम जोशी) में केन्द्रीय भूमिका निभाकर रमाबाई हॉल के सैकड़ों दर्शकों को उसने सुखद अनुभूति दी। इस नाटक को देखने उसकी माँ आई थी। परन्तु उसने वहाँ के प्राचार्य, प्राध्यापक, विद्यार्थी, मित्र किसी से भी अपनी माँ का परिचय नहीं कराया। मुझे यह बात खल गई। परन्तु उसे या उसकी माँ को नहीं खली। कॉलेज से बाहर आकर उसने अपनी माँ से थोड़ी बातचीत की और बाद में मैंने उसके लिए रिक्शा मँगवा दी। मैं यह अनुभव कर सकता था कि वर्तमान आनन्दित जीवन में अनाथाश्रम के जीवन की याद अच्छी नहीं लगती। परन्तु माँ के साथ किया यह अलिप्त व्यवहार मुझे अच्छा नहीं लगा। अपनी बहनों के बारे में वह और भी अलिप्त था। उसकी बहन से मिलने के लिए मैं उसे लेकर लड़कियों के रिमांड होम में गया था। परन्तु बहन और उसका निराशाजनक संवाद देखकर मुझे आश्चर्य हुआ। वह अत्यन्त अलिप्त होकर बहन से बातें कर रहा था। वह खुलकर बातें न करती। खाने की चीजों की दो पुड़ियाँ रखकर अन्ततः वह मुलाकात समाप्त हुई।

कॉलेज के बाद के कुछ दिन अत्यन्त कष्टदायक बीते। रिमांड होम में ही वह रहता। नौकरी के लिए कोई विशेष प्रयास न कर वह आज का दिन किसी तरह ढकेल देता। उसे नौकरी का आश्वासन देनेवाले बड़े समाजसेवक होते। उन्हें पूछने जाता तो आते ही वे कहते—"दो दिन बाद आओ।" उसे लौटा देते ! ऐसे में कई दिनों तक वह नहाता नहीं था। गन्दे कपड़े पहनता था। रिमांड होम के कुछ अधिकारी गलत उद्‌गार व्यक्त करते। इस समय उसकी माँ को बहुत कष्ट-भरे दिन बिताने होते। उनकी तबीयत ठीक नहीं थी। इस कारण दवाखाना तथा आराम के दुश्चक्र में वे फँस गई थीं। कुछ दिन तो उन्हें बिस्तर से उठना भी मुश्किल हो गया। इस बीच अशोक को बैंक ऑफ महाराष्ट्र में नौकरी लग गई। नौकरी लगने पर वह अलग रहने लगा। माँ के बारे में पूछने पर वह बताता कि फ्लैट लेने के बाद ही वह माँ को लाएगा। इस समय भी उसकी तबीयत खराब रहने लगी। बुखार से जलते हुए वह किसी हॉस्टल के कमरे में पड़ा रहता। उसे इस बात का अफसोस भी नहीं था। ऑफिस में वह बार-बार तबादले माँगता। इसलिए रहने का स्थान उसका बदलता रहता। एक दिन उसने मुझे बताया कि वह फोर्ट, मुम्बई शाखा में जा रहा है और वह सचमुच वहाँ चला गया। इस दौरान पुणे में उसकी कई लड़कियों से मित्रता थी। दो-चार मित्रों के बँगले भी थे। वे भी अशोक को अपना 'आत्मीय मित्र' मानती थीं। मैं इन महिला मित्रों के साथ कितना घूमा-फिरा यह भी वह बढ़ा-चढ़ाकर बताता। जीवन की इन खुशियों के चलते वह अपनी माँ और बहनों के सम्बन्ध में एक शब्द न निकालता। इस बात का दुःख उसकी बजाय मुझे ही अधिक होता।

स्कूल-कॉलेज के दिनों में अभिनेता होने के सपनों के हम भागीदार थे। सुन्दर

व्यक्तित्व के कारण यह सपना मुझसे पहले वह साकार कर सकता था। परन्तु कॉलेज समाप्त होने के बाद वह कुछ बुझ-सा गया और वह अपनी धुन में ही रहने लगा। हमारी रुचि के विषय भी कितने बदल गए। सीमाहीन आकाश छूने की सम्भावना होने के बावजूद एक सीमित परिधि उसने अपने आसपास रच डाली और उस दुर्दशा से बाहर निकलना उसके लिए असम्भव हो गया। परन्तु अब भी मुझे आशा है कि किसी रंगमंच पर, परदे पर उसकी छवि दर्शकों को जीतने में कामयाब होगी। उसके अभिनय की तारीफ करने में सबसे आगे मैं ही रहूँगा।

11

आकाश में बादल गहराते पर बारिश नहीं हो रही थी। हम आँखों को छाया देकर दोपहर में उम्मीदभरी आँखों से ऊपर देखते और एक-दूसरे से कहते, आज बारिश होगी। बेकार बैठे होने के कारण ही हमें ऐसी फालतू बातें सूझतीं। वैसे बारिश को लेकर हम बहुत उत्सुकता से सोच रहे थे, ऐसा कुछ भी नहीं था।

हमारी उत्सुकता अलग ही थी। जून महीना शुरू हो गया था। स्कूल खुल गए थे। और हम पन्द्रह-बीस लड़के पास हो जाने के बाद भी हमारे स्कूल का ठिकाना न था। अगली पढ़ाई का मौका मिलेगा या नहीं यह चिन्ता खाए जा रही थी। साथ ही, यह समस्या थी ही कि स्कूल कौन सा होगा और किस गाँव में होगा।

अप्रैल महीने की परीक्षा समाप्त हो जाने पर भी हम पुणे के रिमांड होम में यूँ ही बैठे रहे। हमारे सबके मन में जो सवाल थे, जो चिन्ताएँ थीं, उस पर किसी का ध्यान नहीं था। हम सबके सिर पर एक बोझ था।

अप्रैल माह में परीक्षा हो जाने के बाद हम जिस संस्था में थे उसे ताला लगाकर हम इधर पुणे आ गए।

हमारी संस्था बन्द क्यों हुई ? वह फिर शुरू होगी या नहीं ? हमारी अगली पढ़ाई का क्या होगा ? ऐसे अनेक सवाल हम सबके मन में उठ रहे थे। रिमांड होम के अधिकारियों के पास कोई उत्तर नहीं था। इस कारण हमारी चिन्ताएँ बढ़ रही थीं।

संस्था के लगभग साठ-सत्तर लड़कों में से जो लड़के सातवीं तक पढ़ रहे थे, उन्हें बदलने का काम शुरू हो गया था। कुछ सातारा के लिए, कुछ मालसिरस निकल गए थे। लगभग छह-सात वर्षों का हमारा साथ, संगठित जीवन का एक-एक समूह बाहर छिटक रहा था। बहुत भारी मन से हम विदा ले रहे थे। याद रखने पर जोर दे रहे थे। अब आगे कब मुलाकात होगी यह किसी को मालूम नहीं था। परन्तु बिछुड़ने की बोझिलता कोई भी नहीं सह पा रहा था। अन्त में आठवीं-नवीं में पढ़नेवाला हमारा सोलह-सत्रह लड़कों का समूह बच गया था।

हम अत्यन्त निराश मूड में बैठे थे। मेरे सबसे करीबी मित्र अशोक पवार को पुणे

के अनाथ विद्यार्थीगृह में दाखिला मिलने के समाचार पर मैं बहुत विचलित हुआ। मुझे लगने लगा, उस जैसा मुझे भी दाखिला मिलेगा ?

पवार खुशी-खुशी हमसे विदाई ले गया। हमें उसके भाग्य पर ईर्ष्या भी हुई। परन्तु उस समय मैंने भी तय कर लिया कि सभी प्रयास कर मैं भी पुणे अनाथ विद्यार्थीगृह में प्रवेश हासिल करूँगा।

मेरा यह निर्णय मैंने अपने मित्रों को सुनाया तब लखू ने निराश स्वर में मुझसे पूछा, "तू नहीं आएगा हमारे साथ ?" मैं उसके इस सवाल से हिल गया।

उस समय बहुत तीव्रता से मैंने अनुभव किया कि हम लोग कितने भीतर तक जुड़े थे। मैं अपनी व्यक्तिगत प्रगति की दृष्टि से विद्यार्थीगृह में प्रवेश पाना चाहता था। परन्तु लखू के उस प्रश्न से मैंने अपना निर्णय बदला। मुझे उन मित्रों की और उन्हें मेरी बहुत आवश्यकता थी। हमें मालूम नहीं था कि हम ठीक कहाँ जानेवाले थे, परन्तु सब एक ही स्थान पर जाएँगे, यह तय था। मैं अपने मित्रों की उस सहवेदना से अभिभूत हो गया और उन्हीं के साथ रहने का निर्णय कर लिया। अत्यन्त निराश मन होते हुए भी हम सब उस दोपहर में उत्साह से सराबोर हो गए।

पता नहीं कैसे, पर एक अनाम शक्ति हमारे भीतर संचरित हुई। फिर हम रिमांड होम के आदेश की प्रतीक्षा करने लगे। जून का पहला पखवाड़ा खत्म हुआ और हम मुम्बई-पार्ले के द. ना. सिरूर बालक आश्रम में भेजे जा रहे हैं, यह समाचार मालूम हुआ। हम सब आनन्दित हुए। चलो, हमें अब तैयारी में लग जाना चाहिए। पर अब कैसी तैयारी ? हरेक की दो-चार कपड़ों की एक-एक थैली या पेटी। बाकी लेना ही क्या है ? हमारे स्थानान्तरण के समाचार हमारे पालकों को दिए गए थे। वे एक-एक दिन हमें घर ले गए।

अपने बच्चे हमसे बहुत दूर चले जाएँगे, यह भावना प्रत्येक पालक की थी और हम तो चिन्ता में ही थे। इतनी दूर मुम्बई में अपने पिता, चाचा, माँ मिलने आएँगे ? उनका हम पर पहले सा ध्यान रहेगा ?

इस चिन्ता का कारण बहुत स्पष्ट था—हम जब पुणे के रिमांड होम में थे तब पालक हर मंगलवार को मिलने आ पाते। बाद में, देहू रोड के पास के किवले गाँव में स्थित संस्था में हमारा तबादला हो जाने के बाद भी हमारे पालक हफ्ते-दो हफ्ते में मिलने आते। अब मुम्बई जैसे दूर के शहर में हमारे पालक मिलने आएँगे ? यही हमारी चिन्ता का विषय था।

मेरे पिता तो मुझसे नियमित मिलने आते। मेरी चिन्ता कुछ ज्यादा ही थी। साथ ही, मेरा छोटा भाई भी मेरे साथ मुम्बई आ रहा था, इसलिए मेरी चिन्ता अधिक थी।

मुझसे और रमेश से मिलने पिताजी आए थे। कई पालक आए थे। पाँच-छह लड़के डिब्बे में वैसे ही बैठे थे। उनका कोई भी आनेवाला नहीं था। मैं ट्रेन में बैठकर सहयात्रियों से मुम्बई की दूरी पूछता रहता। 120 मील दूर स्थित मुम्बई में मेरे हिसाब से पिताजी डेढ़ महीने में ही आ सकने की स्थिति में थे, इसी बात का ऊहापोह मेरे

मन में चल रहा था। कुछ लड़के रोने लग गए थे। उनके पालकों के लिए भी आँसुओं को रोकना सम्भव नहीं था। मैंने अपने आपको बहुत सँभाला। परन्तु छोटा रमेश रोने लग गया। बाबूजी के लिए आँखें सूखी रखना सम्भव नहीं था। गाड़ी दस-पन्द्रह मिनट खड़ी थी, इतने में उनकी आँखों के सामने अपनी पत्नी की मृत्यु का दशावतार उभर आया। खाने की चीजों के लिए पैसे देते हुए वे तीन बार बोलते रहे कि पत्र भेजते रहना। उनकी आवाज रुँध रही थी। सिसकन कंठ में पिरोते हुए वे बोल रहे थे। आसपास के यात्री यह सब देख रहे थे। हम हमारे भविष्य के लिए जा रहे हैं, स्थितियों के सामने आत्म-समर्पण कर रहे हैं, यह भावना बालकों की बातों में रहती। हमारे साथ आए जावडेकर साहब ने और ढेकणे गुरुजी ने पालकों का ढाढ़स बँधाया और गाड़ी पुणे से आगे बढ़ी।

आधा-एक घंटा तो हम चुपचाप बैठे रहे। हरेक के मन में दुख का एक कोना भरा था और स्वयं को सान्त्वना देना सम्भव नहीं हो पा रहा था। हम सबके लिए नई बात केवल इतनी ही थी कि इतनी दूरी की यात्रा—वह भी रेल से—हम पहली बार कर रहे थे। यही नई बात हमें लोणावला-खंडाला आने पर आनन्दित करने लगी। हम खिड़की से झाँककर खाइयाँ देखने लगे। सुरंग से गाड़ी जाती तब चिल्लाने लगे। घंटा-डेढ़ घंटा हम कितने दुःखी थे, इस पर हमें ही विश्वास न होता, हम इतने प्रसन्नचित्त होकर बातें कर रहे थे।

मुम्बई की ओर गाड़ी जब बढ़ने लगी तब हम बहुत अभिभूत हो गए। फिल्मों में देखी मुम्बई अब हम देखेंगे, यह सोचकर हम इतने खुश हुए कि क्या कहें ! एक ने हमें चिल्लाकर कहा, वह देखो डबलडेकर बस ! हम आश्चर्य और खुशी से अभिभूत होकर वह बस देख रहे थे। फिर भीड़-भड़क्का बढ़ने लगा। दोनों ओर से तेज रेलगाड़ियाँ दौड़ रही थीं। बहुत बड़े शहर में प्रवेश करने के रोमांचक अनुभव से हम गुजर रहे थे। ऊँची-ऊँची इमारतें, लम्बी-चौड़ी सड़कें, बेकाबू भीड़, बड़ी शान से टाँगे गए फिल्मों के विशाल पोस्टर्स, वाहनों की निर्विघ्न आवाजाही, अनन्त और विविध प्रकार की दुकानें यह सब उतरते तक ताकते रहे और एकबारगी चकित रह गए।

विलेपार्ले जाने के लिए हमने लोकल ली। लोकल में हमें खड़े रहना पड़ा। परन्तु उस लोकल की शान देखकर 'लोणावला लोकल' कितनी फालतू है, इसका अहसास हुआ। खड़े रहने के लिए मुम्बई की लोकल में, ऊपर लोहे की कड़ी की ओर हम गर्दन ऊपर कर देखने लगे। उन्हें गिनने लगे। सबसे आश्चर्य की बात थी, लोकल की गति। डाई मारने की तरह फुर्ती से लोकल अगले स्टेशन पर रुकती और फिर आगे बढ़ती।

भरी दोपहर में विलेपार्ले आया, हम उतरे। पास के ही एक होटल में नाश्ता किया और द. ना. सिरूर बालक आश्रम की ओर जाने लगे।

एक दुमंजिली, पीले रंग की इमारत की ओर संकेत करते हुए जावडेकर साहब बोले, "ये देखो, तुम्हारी संस्था आ गई।"

हम भीतर गए। कई लड़के खेल रहे थे। सब हमारी ओर आए। भीड़ हुई। साहब

ने कागज-पत्रों का लेन-देन किया। हम सबकी जानकारी ली गई। सभी के स्वास्थ्य की जाँच की गई।

इसी समय, संस्था के अधिकारी ने कहा कि हमारे साथ आए राम कुलकर्णी को दाखिला नहीं दिया जा सकता। क्योंकि राम की पीठ में कूबड़ था। इस कूबड़ के कारण उसके शारीरिक, मानसिक विकास में कोई रुकावट नहीं है, यह बताने पर भी अधिकारी उसे दाखिला देने को तैयार नहीं थे।

राम निराश हो गया। माँ, पिता, भाई, बहन–किसी का सहारा न होने के कारण राम अब वापस पुणे के रिमांड होम में अकेला लौट रहा था। पर हम कुछ भी न कर पा रहे थे उसके लिए।

औपचारिकता पूरी कर राम को लेकर जावडेकर साहब और ढेकणे गुरुजी वापसी यात्रा के लिए निकले तब हम फिर रुआँसे हो गए। गुरुजी ने तो पाँच-छह वर्ष हमारे साथ ही बिताए। इस कारण उनका अपनापन हमारे मन में था। 'साहब' तो साहब होकर भी कई बार हमें वे अपने घर के जैसे ही लगने लगे थे। परन्तु अब वे विदा लेकर बिचारे राम को ले जा रहे हैं। दूर तक, अदृश्य होने तक हम सड़क पर ही खड़े रहे।

प्रार्थना समाज की ओर से मुम्बई में जो अनेक समाजोपयोगी संस्थाएँ चलाई जाती हैं, उनमें से एक हमारी संस्था 'द. मा. सिरूर बालकाश्रम' है। जब हम आए उस समय वहाँ के कई लड़के हमसे मिले। उनमें से पाँच-छह लोगों से हमारा पुराना परिचय निकल आया। वे और हम बहुत बचपन में पुणे के रिमांड होम में पढ़ते थे।

एक नजर में संस्था हमें पसन्द आ गई। इमारत का रूप, उसी से लगकर ही प्रार्थना समाज हाईस्कूल की इमारत। आने के बाद हम समूची संस्था दो-तीन बार घूमकर देख आए। छत देखी। ऊपर की मंजिल, बड़े हॉल, रसोईघर, पिछवाड़ा सारा कुछ देख डाला। लगा, मुम्बई की रुआब की बराबरी में ही है–हमारी यह संस्था। परन्तु एक बात मन में खटक गई–वह थी पिछवाड़े स्थित कुआँ। मुम्बई में कुआँ एकदम पीछे का हिस्सा है–मुझे ऐसा ही लगा।

इसके बाद, हम सब नई-पुरानी बातों में खो गए। आते ही हमने देखा कि यहाँ के कई लड़के खुले बदन घूम रहे हैं। हमें आश्चर्य हुआ, इसलिए पूछा तो मेरे दोस्त सुभाष पटवर्धन ने बताया–रविवार को हम कपड़े धोते हैं। बाद में, उसी ने बताया कि हफ्ते में प्रत्येक को दो साबुन मिलता है। साथ ही, हरेक को स्कूल के दो ड्रेस देते ही हैं। हम नए दोस्त बहुत खुश हुए। फिर एक बार मुम्बई की यह संस्था हमें अपूर्व लगी।

"स्कूल का ड्रेस किस रंग का है ?" मैंने उत्सुकतावश पूछा।

"सफेद कमीज और चॉकलेट रंग की पैंट," सुभाष ने बताया। खाकी रंग की पैंट न होने के कारण हमको बहुत खुशी हुई। छत पर कई लड़कों के चॉकलेट रंग की पैंट सूखने के लिए डाली थी।

इस संस्था में खुले रूप से हमें घूमने की छूट थी, इसकी हमें बहुत खुशी हुई। मुक्तरूप से घूमने की छूट हमें इससे पहले कहीं भी नहीं मिली थी। हर समय, समय

की, परिसर की बोझिल सीमाएँ हमारा पीछा करतीं। हम जब आए वह रविवार की शाम होने के कारण सब घूमने के लिए जाने की तैयारी में थे। घूमने के लिए कहाँ-कहाँ जाएँ इसकी चर्चा हमारी बातों में शुरू हुई। सान्ताक्रूज विमानतल के सम्बन्ध में पूछताछ करने पर किसी ने मुझे बताया—"हम यहाँ से पैदल भी जा सकते हैं।" फिर हमने विमानतल जाने की तैयारी कर ली।

सुबह बाबूजी ने जेब में कुछ पैसे दिए थे। हम विमानतल की पब्लिक गैलरी में खड़े थे। वह चकाचक परिसर देखकर हमारी आँखें तृप्त हो गईं। बिल्कुल करीब से विमान देख सके। हम सबको अपने भाग्य पर गर्व होने लगा। मेरा मन भीतर से बोला, 'देखो, कितना अच्छा हो गया जो तुमने इधर आने का निर्णय लिया।'

तारों से पूरा आकाश ज्यों भर गया हो उसी प्रकार यह विमानतल दिखाई दे रहा था। जगह-जगह लगाए गए दीये के कारण उत्सव की दीपमाला का अनुभव था। दूर से रनवे पर उतरनेवाले विमान नक्षत्र के दीये लेकर आते दिखाई देते।

हम इधर-उधर घूम रहे थे। पास ही पैसे डालकर रेकार्ड सुनने की मशीन थी। मैं और अन्य मित्र वहाँ गए। तीन-चार बार पैसे डालकर गाने सुने। मन खुशी से झूम उठता। रात हो चली थी। अब संस्था में लौटना जरूरी था। कल स्कूल जाना है, इस कल्पना से मैं रोमांचित हो उठता। मैं अपने सभी मित्रों के साथ वापस चल पड़ा।

स्कूल के नए साल का पहला दिन। लगभग पन्द्रह-बीस दिन हम स्कूल में देर से जा रहे थे। इस दौरान अध्ययन की भरपाई कर फिर कक्षा की बराबरी में आना था। सभी कक्षाओं में स्पीकर लगाकर प्रार्थना होते मैंने पहली बार ही देखा।

स्वच्छ, सुन्दर सा नवीं हमारी कक्षा थी। एक ओर लड़के, दूसरी ओर लड़कियाँ। इतनी सुन्दर लड़कियाँ मैं पहली बार ही देख रहा था। हमारे बारे में भी कक्षा के लड़के पूछताछ करते। कक्षाएँ शुरू हो गईं।

अंग्रेजी विषय पढ़ानेवाली जयवन्तेबाई आईं। उन्होंने 'डाइरेक्ट' वाक्यों की पढ़ाई शुरू की। इन वाक्यों को 'इनडाइरेक्ट' रूप करने का वह पाठ था। बाई फटाफट बताकर आगे जा रही थीं। उनकी गति से मैं अपनी गति मिला रहा था। परन्तु वह सम्भव नहीं था। मेरे अन्य पाँच-छह मित्र तो रुक गए थे। अन्ततः मैं भी रुक गया। बाई के तीस वाक्य पूरे हुए। उन्होंने हमारे ग्रुप की ओर देखा। उन्होंने पूछा, "आप सबने लिखना क्यों बन्द कर दिया।" कौन उत्तर देता ? मैं ही दे सकता था। मैंने कहा, "बाई, हम गाँव में पढ़ते थे। इस कारण हम पाँचवीं से अंग्रेजी नहीं सीख पाए। आठवीं से हमारी अंग्रेजी शुरू हुई। इसलिए आपकी इतनी तेज गति से हम नहीं लिख पाएँगे। परन्तु हमारा अनुरोध है कि कक्षा के साथ हमें अंग्रेजी सिखाएँ, पाठ्यक्रम उसी तरह आगे बढ़ाएँ। हम भी कक्षा के साथ 'एडजेस्ट' करेंगे। मेरे इस प्रकार धीरज बँधाने से बाई खुश हुई होंगी। लड़के भी मेरी ओर देखने लगे। बाई ने सहयोग का आश्वासन दिया और फिर स्कूल ठीक ढंग से शुरू हो गया।

जयवन्तेबाई इस स्कूल की अत्यन्त अच्छी शिक्षिका थीं। साफ-सुथरे और प्रवाही

अंग्रेजी उच्चारण, पढ़ाने में कुशलता, निर्दोष सिखाने में दक्ष, रहन-सहन उत्कृष्ट, आवाज में मिठास, बच्चों को प्रश्न पूछकर उन्हें अच्छी अंग्रेजी सिखाने के लिए वे निरन्तर प्रयास करतीं। हर शनिवार को वे पुस्तक में बिना देखे स्पेलिंग लिखने को कहतीं। बीस से चालीस शब्दों की स्पेलिंग परीक्षा के लिए होतीं। साठ प्रतिशत से अधिक स्पेलिंग सही लिखनेवाले को 'गुड' टिप्पणीबाई की ओर से मिलती। मैं और अन्य दो-तीन लोगों को ही 'वेरी गुड' टिप्पणी नियमित मिलती। बाई जाँचे हुए कागज लौटाते हुए टिप्पणी जोर से उच्चारण करती देतीं, तब मुझ-जैसा व्यक्ति धन्यता महसूस करता। इतनी दूर पढ़ने के लिए आ गया, यह सार्थकता अनुभव होती। इसी प्रकार एक-एक दिन और पीरियड बीतते। स्कूल अच्छा लगने लगा। स्कूल का एक रुआब था। मुख्याध्यापक पद पर विराजमान शेरेसर तो 'शेर' साहब ही थे। उनकी तेज-भर्राई आवाज के अनुसार स्कूल की हुकूमत चलती।

मैं जिस कक्षा में पढ़ रहा था, उसकी क्लासटीचर थीं—गणित पढ़ानेवाली प्रधानबाई। वे गणित पढ़ाने से पूर्व हाजिरी लेतीं। वे कक्षा में बहुत लजाकर आतीं। कुछ ठिगनी, गोरे वर्ण की प्रधानबाई बहुत स्नेहिल स्वभाव की थीं। उनके इसी स्वभाव के कारण कुछ उद्‌दंड लड़के उनका मजाक उड़ाते।

प्रभु नामक एक ऊँचा, अधिक उम्र का लड़का हमारी कक्षा में था। प्रधानबाई के आते ही, पहली बेंच पर बैठा प्रभु सीधे कह डालता, "बाईजी, आप बहुत चिकनी दिखती हैं !" इस पर बाई उन्हें 'चुप बैठो' कहतीं। परन्तु प्रभु चिढ़ाता रहता। इसकी वीरता पर कक्षा में काफी चर्चा होती रहती। लड़कियों को भी वह चिढ़ाता। परन्तु कुछ बड़ा होने के कारण उसे कोई कुछ न कहता। कुछ मजाकिया भी था वह। एक बार हमारी कक्षा को हिन्दी पढ़ाने के लिए एक नई अध्यापिकाबाई आईं। उन्हें प्रभु ने इतना परेशान कर डाला कि कुछ न पूछिए। वैसे उस समय पूरी कक्षा ही उसके इस काम में शामिल हो गई थी।

ऐसा यह प्रभु विलेयार्ले की एक झुग्गी में रहता था। गणेशोत्सव के दिन बीमार पड़ा और उसी में मर गया। भरपूर बारिश में यह बुरी घटना सुनाने के लिए उसका मित्र उदय आया। हम दोनों भागते हुए प्रभु के घर गए। रात हो आई थी। प्रभु का शव दीवाल से टिकाकर बैठाया गया था। घर में ढिबरी जली होने के कारण थोड़ी रोशनी थी। प्रभु के बूढ़े माँ-बाप हमारे पहुँचने के बाद दहाड़ मारकर रोने लगे। मैं स्तब्ध होकर प्रभु की अचेत देह को देख रहा था। एक अँधेरे की स्तब्धता में फिर हम काफी देर तक बैठे रहे। दूसरे दिन पूरे दिन-भर हमारी कक्षा पर इसकी परछाईं रही। पीरियड चल रहे थे, खत्म हो रहे थे। प्रधानबाई के पीरियड में हमने श्रद्धांजलि अर्पित की।

स्कूल की पढ़ाई के अलावा कई कार्यक्रमों में भाग लेने का मेरा शौक होता। परन्तु स्कूल में मेरा यह शौक पूरा करने के लिए सांस्कृतिक पीरियड के अलावा दूसरा कोई मंच न होता। परन्तु हमें एक और अच्छा अवसर प्रार्थना समाज की उपासना पद्धति के कारण उपलब्ध हो गया।

हमारे बालकाश्रम का प्रबन्धन प्रार्थना समाज द्वारा होता इसलिए प्रार्थना समाज की उपासना पद्धति की परम्परा यहाँ थी। प्रार्थना समाज मूर्तिपूजा में विश्वास न करता इसलिए हमारी संस्था में गणेश की स्थापना नहीं की गई। हर रविवार व बुधवार को ईश-वन्दना के रूप में उपासना करते। इस उपासना की विशेषता यह थी कि अत्यन्त रसभरी तर्ज में हम गीत-भजन गाते। सभी एक सुर, एक लय में विश्व नियन्ता की उपासना करते।

भक्ति जगत जीवन की। तारें पतितपावन को,
हरि कहें देते, हरि कहें लेते, हँसते-खेलते हरि कहें !

प्रार्थना समाज का मुम्बई का प्रमुख उपासना मन्दिर गिरगाँव में था। वहाँ हर रविवार शाम को प्रवचन का कार्यक्रम होता। उस समय जिन्हें मधुर स्वर में उपासना गीत गाना आता था, ऐसे चार लोगों को आना होता। मेरे वहाँ जाने के बाद इस काम के लिए मेरा चयन भी हुआ। मुझे कंठस्थ अच्छा रहता था। इस कारण हर रविवार हम चार लोग गिरगाँव के लिए निकलते थे। विलेपार्ले से निकलते और चर्नी रोड स्टेशन पर उतरकर, पैदल गिरगाँव के प्रार्थना समाज के मन्दिर में पहुँचते। वहाँ जिस व्याख्याता का प्रवचन होता, उससे पहले हम गीत-भजन गाते। सामान्यतः पौन घंटा यह गीत-गायन चलता और उसके बाद प्रवचन प्रारम्भ होता। एक बार इस प्रवचन के लिए ग. ल. चन्दावरकर आए थे। एक बार हमारे प्रधानाध्यापक शेरेसर भी आए थे। उनकी धीर-गम्भीर आवाज से ही वह खाली मन्दिर भर उठा था। इस मन्दिर में श्रोताओं की संख्या हमेशा ही कम होती। कभी-कभी हम चारों के अलावा केवल चार ही श्रोता होते।

मेरी दृष्टि से इस उपासना के कई लाभ थे। एक तो हम अच्छी तरह घूम-फिर सकते थे। चाय-पान के लिए कुछ पैसे भी मिल जाते थे। उपासना जल्दी पूरी होने पर हम चौपाटी पर जाते और जी भरकर घूमते। चर्नी रोड स्टेशन के पुल से आगे जाते हुए मैं काफी देर रुकता और वर्तुलाकार सड़क से घिरा समुद्र, बत्तियों का रंग, एक के बाद एक माचिस की तरह दौड़नेवाली कारों को देखकर खड़ा रहता। कई बार फिल्मों में देखा दृश्य काफी देर तक देखता रहता। मरीन ड्राइव के उस इलाके को मुम्बई का क्वींस नेकलेस क्यों कहते हैं, उस समय जान सकता था।

रात को काफी देर बाद खाना खाने लौटते। एक बार ऐसे ही लौटते समय बान्द्रा स्टेशन के इस ओर हाथ में दीया लिये, सज-सँवरकर खड़ी औरतें मैं खिड़की से देख रहा था। ये औरतें किस उपलक्ष्य में खड़ी हैं ? आज कौन सा त्योहार है ? ऐसे ही कुछ सवाल मेरे सामने थे। मैंने अपने से बड़े चन्द्रकान्त नाँगरे से इस सम्बन्ध में पूछा। वह केवल हँसा। काफी देर बाद उसने इसका जवाब दिया। मजे की बात यह है कि पुणे के बुधवार पेठ में इसी प्रकार सजी-सँवरी खड़ी औरतें देखकर मेरे छोटे भाई ने भी यही सवाल पूछा था। हमारी इस साप्ताहिक यात्रा में चन्द्रकान्ता काफी मजाक करता। उसकी उम्र की कोई लड़की डिब्बे में होती तो वह भीतर-ही-भीतर हँसता और यात्रा की समाप्ति तक यह खेल चलता रहता। दो-तीन बार तो एक लड़की ने भीतर-ही-भीतर

हँसकर आँखें मटकाकर उत्तर भी दे डाला था। इसके अलावा भी गाड़ी में काफी बातें चलतीं रहतीं। कई प्रेमी-युगल गलबहियाँ डाल यात्राएँ करते खड़े होते। मेरा मन यह सब निहारता रहता। मैं इस ओर विशेष ध्यान न देता। मेरा पूरा ध्यान अध्ययन में होता। इसलिए आँखें खुली होने के बावजूद शरीर न भटकता।

रात में संस्था में लौटने के बाद बचा हुआ गृहपाठ समाप्त करके ही मैं सोता था।

स्कूल के मराठी का पीरियड मेरे रुतबे का पीरियड होता। भूरी आँखोंवाले गोरेवर्ण के भावे सर मराठी पढ़ाते। मैं कुछ ही दिनों में उनका प्रिय विद्यार्थी बन गया। हमारे लिए शीघ्र पाठ के लिए लक्ष्मीबाई तिलक का 'स्मृति-चित्र' था। सर मुझे पढ़ने को कहते। मेरे नाट्यपूर्ण वाचन के कारण सभी लड़कों का यह पीरियड अच्छा लगता। वैसे, भावे सर बहुत कड़े थे। किसी के हँसने-खिदखिदाने पर सर की सनसनाती झापड़ पड़ती।

स्कूल में अध्ययन के अतिरिक्त हमारे कक्षा-मित्रों से वैसे हँसी-मजाक न होता। लड़कियों से बातें करना अच्छा लगता वे बहुत कम बोलतीं। कई बार लगता कि संस्था का सिक्का न होता तो स्वतन्त्र घर का बुद्धिमान विद्यार्थी के रूप में कितनी सराहना होती। सांस्कृतिक पीरियड के समय केवल लड़कियाँ मुझे गाना गाने के लिए कहतीं। केवल इतना ही प्रेमपूर्वक आग्रह होता। अन्यथा अध्ययन तक बात कर ये मीठी लड़कियाँ स्कूल छूटने पर गुल हो जातीं।

विलास परब कक्षा का मेरा जिगरी दोस्त था। वह संस्था का नहीं था। बाहर से स्कूल में आता। मेरी और उसकी दोस्ती अन्त तक टिकी। हमारी गप्पें रोज होतीं। सुर्वे नामक एक होशियार मित्र भी ऐसा ही था। उसके पिता विमानतल में अधिकारी थे। मैं उससे हमेशा ही कहता कि विमानतल में आनेवाले फिल्मी कलाकार देखने के लिए मुझे ले चलो। परन्तु वैसा संयोग नहीं बना। संस्था के अलावा विलेपार्ले के लोकमान्य तिलक सेवा संघ के कार्यक्रमों में मैं नियमित उपस्थित रहता। मेरे साथ कई लोग आने लगे। एक बार एक कार्यक्रम था। उसमें कवि अमर शेख आचार्य अत्रे पर बोले और बोलते हुए अचानक फूट-फूटकर रोने लगे। क्योंकि अत्रे का हॉल ही में देहान्त हुआ था। अत्रे के प्रेम और अहसान का वे वर्णन कर रहे थे। बाद में मुम्बई विश्वविद्यालय के उपकुलपति पद को शोभायमान करनेवाले प्रा. टी. के. टोपे का एक भाषण सुनने मैं गया था। साथ ही, संघ की कंठस्थ-स्पर्धा में भी मैंने दो-तीन बार भाग लिया था। मुझे पुरस्कार नहीं मिला। परन्तु बाद में उपस्थित श्रोताओं ने मेरी बहुत प्रशंसा की। हमारी संस्था के सामने की गली के गोमान्तक सेवा संघ हॉल में हम मित्र एक बार ऐसे ही एकत्र हुए थे—शंकर घाणेकर का भाषण सुनने के लिए। भाषण बहुत अश्लील था। स्त्रियों की उरोजों के बारे में विनोद और उसके प्रकार सुनाए। इससे पूर्व शरमानेवाली महिलाओं को बाहर जाने की सलाह भी दी। उस दिन हम बहुत हँसकर बाहर आए। परन्तु कई स्त्रियों ने इसे नापसन्द भी किया। कुछ स्त्रियाँ आँचल में मुँह छिपाकर फिस-फिस हँस भी रही थीं।

मुझे नाटक में काम करने का शौक था। परन्तु ऐसी कुछ भूमिका मिलेगी, ऐसा न

लगता। उन दिनों हमारी संस्था में बाल रंगमंच आन्दोलन चलानेवाले एक निर्देशक नरेन्द्र बल्लाल एक बाल नाटक का पूर्वाभ्यास करवाने रोज शाम को आते। बल्लाल और उनकी पत्नी बहुत उत्साह से करते। हम सब बच्चे पढ़ाई, भोजन समाप्त कर नाटक का पूर्वाभ्यास देखते। लगता, हम इससे भी अच्छा अभिनय कर सकते हैं, पर अवसर कैसे मिलेगा ? पूछने की बात ही नहीं थी। क्योंकि संस्था के नियमों में ऐसा अवसर मिलना उन दिनों असम्भव ही था। परन्तु नरेन्द्र बल्लाल मुझ पर एक अवसर पर प्रसन्न हुए।

हम संस्था के लड़कों के लिए ही एक भाषण स्पर्धा हमारे सुपरिटेंडेंट अण्णा परुलेकर ने आयोजित की थी। नरेन्द्र बल्लाल परीक्षक के रूप में आए थे। मैंने अपना नाम दिया। मेरे अलावा दस-बारह स्पर्धी थे। मुझे पहला पुरस्कार मिलेगा, यह विश्वास था। पुणे से आए मेरे मित्रों को भी यही लगता था। परन्तु कुछ चाटुकार मेरा मनोधैर्य तोड़नेवाली बातें करते। ये थे चन्द्रकान्त नाँगरे के चाटुकार। नाँगरे कहता, "मैं मंच पर जैसे ही खड़ा हुआ..." तो चाटुकार तुरन्त आगे जोड़ देते..."तालियाँ बजती हैं तालियाँ। नाँगरे के सामने बोलनेवाले के छक्के छूट जाते हैं।" परन्तु मैं निश्चिन्त था। कल क्या होगा, मुझे मालूम था। भाषण स्पर्धा हुई। पहला पुरस्कार मुझे मिला। बल्लाल ने खूबसूरत पेन देते हुए मेरी पीठ थपथपाई। मुझे लगा, शायद अब उनके नाटक में मुझे प्रवेश मिल जाएगा। परन्तु वह होना नहीं था।

दूसरे दिन हमेशा की तरह मेरा कोई ध्यान न रखते हुए नाटक का पूर्वाभ्यास शुरू हो गया था।

संस्था में हमारे काम की पारी बाँट दी गई थी। हर दिन पाँच-छह लोगों का दल संस्था के पूरे हॉल पोंछने के काम में लगा होता। लम्बा-चौड़ा हॉल पोंछते हुए कमर दुखने लगती। एक दल को रसोई के बड़े बर्तन धोने होते। एक दल को भोजन बनाना पड़ता। रसोई पर एक गुरखा देखरेख करता। हम रोटियाँ बनाकर उस बड़े तवे पर एक साथ पाँच-छह भून लेते। रसोई बनाने की पाली आने पर हमारी मौज होती। घी लगाकर गर्म रोटियाँ हम रसोई बनाते समय ही खाते।

सबसे मजे का दिन होता रविवार। जिनकी पाली शनिवार को रसोई बनाने की होती, वह तो खुश होता ही। क्योंकि हर रविवार की सुबह नाश्ते में चाय और दो स्लाइस के टुकड़े मिलते। ऐसे में लड़के रात के भोजन से चाय के लिए चपाती बचाकर रखते। रसोई की पाली पर होनेवाले लड़कों की चपातियाँ अधिक ही होतीं। हमें वस्तुएँ रखने के लिए लकड़ी के एक-एक दराज दिए गए थे। उसमें हम चपातियों का गट्ठा रखते। कई बार इन दराजों में ताला न होने के कारण कोई चोर इन चपातियों को उड़ा लेता और रविवार को चाय के साथ खाता। ऐसे में हम मन मसोसकर रह जाते। एक बार, इसी तरह मेरी चपातियाँ किसी ने उड़ा ली थीं। मैं, रविवार को झल्लाकर दूसरों की चपातियों की ओर देख रहा था। परन्तु चोर हाथ न लगता। तब हमने दूसरी युक्ति खोज निकाली। मैं और बालू काले मेरे ताला लगे सन्दूक में चपातियाँ रखते। बालू की पाली होने पर गर्म-गर्म चपातियाँ मुझे देता। किसी को खबर न हो इसलिए मैं उन

चपातियों को कमर में बाँधकर भागता हुआ ऊपर की मंजिल पर पहुँचता और सन्दूक में रख देता। फिर हम रविवार को चटखारे ले-लेकर खाते।

रविवार को चाय के समय एक और विषय विवाद का होता। ब्रेड के कवर के लिए हम झगड़ते। हमें अपनी कॉपियों के लिए इसकी जरूरत होती। फिर झगड़े होते। इस पर अण्णा परूलेकर ने उपाय सुझाया। जिन लड़कों की ब्रेड समाप्त हो जाएगी, उन्हें ब्रेड का कवर मिलेगा। यह उपाय सर्वमान्य हुआ और झगड़े निपट गए।

चाय के बाद सामूहिक सफाई का कार्यक्रम होता। घास निकालना, हॉल की सफाई जैसे काम होते। मैं धीरे से इन कामों से निकल जाता। मेरी होशियारी और भलमनसाहत पर अण्णा खुश रहते। इस कारण ऐसे समय मैं लोकमान्य सेवा संघ के कार्यक्रमों में जाता था।

खाने-पीने के मामले में हमारी भूख हमेशा ही अधूरी रहती। सुबह माड़ होती। केवल पेट भरने के लिए ही हम उसे पीते। सुबह का भोजन स्कूल के कारण जल्दी हो जाता। दोपहर में थोड़ा नाश्ता होता। इस कारण यदि रात दस के बाद यदि कोई भेंट के रूप में खाद्य पदार्थ भेजता तो वह देवदूत से कम न होता। एक बार रात को संगीतकार लक्ष्मीकान्त-प्यारेलाल आए थे। उनके घर बेटा पैदा हुआ था। इस उपलक्ष्य में उन्होंने लड्डू और ठंडे दूध की भेंट ले आए थे। हम तीसरी मंजिल पर बातें करते बैठे थे। सभी नीचे आ गए और उस उपहार पर टूट पड़े। परन्तु ऐसा किसी त्योहार के दिन ही होता। वैसे हमेशा रोटी, भात और साग।

इस दौरान हम बच्चों के लिए कौतूहल के दो विषय होते। शिवसेना और रामन राघव। नाँगरे शिवसेना के बारे में निरन्तर बोलता रहता। उसने बालासाहब ठाकरे के भाषण सुन रखे थे। उसकी बहुत इच्छा थी कि वह शिवसेना में काम करे। परन्तु इस आपाधापी में वह अपनी पढ़ाई की ओर जान-बूझकर ध्यान नहीं दे रहा, यह बात हम जान गए थे। ठाकरे का भाषण वह अपनी भर्राई आवाज में सुनाकर 'बोर' करता। रामन राघव के बारे में तो कई अफवाहें उठतीं। कभी वह विलेपार्ले में होता तो कभी जुहू में। स्कूल में भी इस बारे में मजेदार चर्चा होती।

मेरी और नाँगरे की एक बात पर विशेष बनती। मैं फिल्मों के गाने गाते और वह बेंच पर तबले का ठेका थाम लेता। शाम का समय होता और हमारे भीतर शशिकपूर, शम्मीकपूर, देव आनन्द प्रवेश कर जाते। मैं मूड में होता और गाने गाता। गाना शुरू होने पर 'मैं' समाप्त हो गया होता और अधिकांशतः मैं पर कायाप्रवेश कर चुका होता। कई बार दाद देने के लिए तालियाँ बजाते और मैं फिर गाने लगता।

दूरियाँ नजदीकियाँ बन गईं
अजब इत्तफाक है...

मेरा रोम-रोम बदल जाता। स्कूल की पढ़ाई, घर सब कुछ भूल जाता। मैं एक अभिनेता बन जाता। सारी दुनिया कौतूहल से, जिज्ञासा से मेरी ओर देखती होती। सारी मुम्बई घूम आता मैं। अपने अभिनय की सारी पार्टियाँ अटेंड कर आता। लोगों की

तारीफ, हार, गुलदस्ते, उपहार स्वीकार करते-करते मैं थक जाता। अब सफलता मिलने पर पीछे मुड़कर देखना नहीं है, इस आत्म-विश्वास से मेरी यात्रा शुरू होती। एक स्वप्न-पाखी पर आरूढ़ होकर मैं विहार करता। सैकड़ों फुट लम्बे-चौड़े पोस्टर्स मेरी तस्वीरों से भरे हुए हैं। लोग रुक-रुक यह सब देख रहे हैं, यह फिल्म कब और कहाँ लग रही है, इसकी पूछताछ कर रहे हैं। जिस टॉकीज में यह फिल्म लगी है वहाँ 'हाउस-फुल' का बोर्ड झलक रहा है और मैं लोगों को अभिवादन करता हुआ आगे बढ़ रहा हूँ।

ऐसा नशा था सपनों का। वह सब कुछ भूलने की इच्छा न होती। परन्तु जीने के लिए काफी नहीं था वह। मुझे और पुस्तकें पढ़नी थीं। परन्तु स्कूल या संस्था में ऐसा पुस्तकालय नहीं था। संस्था का काम और गृहपाठ में बहुत समय निकल जाता। स्कूल की पढ़ाई पूरी करने के बाद कई कार्य करने का मन होता। पर ऐसी कोई सुविधा नहीं थी। संगीत-गायन सीखने की इच्छा थी, परन्तु वह पूरी न हो सकी।

ऐसे ही निराश क्षणों में बाबूजी की याद आती। मुझे भी और रमेश को भी। उसे तो इतनी याद आती कि वह रोने लग जाता। फिर हमारे पास केवल एक रास्ता रह जाता। ऊपरी मंजिल के जीने पर बैठकर चिट्ठियाँ लिखा करते। सामने बैठकर रमेश रोते-रोते बाबूजी के लिए कुछ सन्देश कहता। मुझे भी रोना आता। अन्ततः हम अपने बाबूजी के अन्त में विनती करते कि वे मिलने आ जाएँ। हम सचमुच इतने दूर थे कि तमाम कोशिशों के बावजूद बाबूजी से कैसे मिलें, यह यक्षप्रश्न ही रह जाता। केवल फूट-फूटकर रोकर मन को हल्का कर लेने के अलावा कोई चारा न था। हमें रोता देखकर कोई धीरज बँधानेवाला या सान्त्वना देनेवाला नहीं था। हम कोने में रोकर, आँखें पोंछकर सुखाकर लड़कों से जा मिलते, ज्यों हम रोए ही न हों।

इसी बीच रमेश की शिकायतें बढ़ने लगीं। कक्षा में पढ़ाई के समय वह झपकियाँ लेता है, ऐसा उसके सहपाठी बताते। पेड़ पर चढ़कर फल तोड़ने में वह कुशल था। पेड़ संस्था के परिसर के ही थे। परन्तु इस विषय में मनमुटाव बढ़ने लगा। अण्णा उसे दंड देने लगे। एकाध बार वह मेरा भाई है, कहकर छोड़ देते। फिर मुझे मालूम हुआ कि छुट्टियों के दिन वह अपने दोस्तों के साथ लोकल ट्रेन से बिना टिकट यात्रा करता है। यह बात मुझे आघात पहुँचानेवाली थी। क्योंकि ऐसी बातें बढ़ती गईं तो उसकी पढ़ाई को खतरा था। वह कुछ-कुछ उद्दंड व्यवहार करता, इसलिए उसे रोकना भी कठिन था। अपनी पढ़ाई, संस्था का काम या उसे 'सँभालूँ, ये प्रश्न मुझे सताते। उसमें एक बात और जुड़ गई। रात आठ के लगभग अँधेरी रेलवे स्टेशन मास्टर का संस्था में फोन आया। उस स्टेशन पर बिना टिकट यात्रा करते हुए एक लड़के को पकड़ा गया था। उसने बताया था कि वह इस संस्था में पढ़ता है। स्टेशन मास्टर ने अण्णा को यह बात बताई। मैं वहीं था। उस लड़के का जो नाम है, वह इस संस्था का नहीं है, यह बताकर अण्णा निश्चिन्त हो गए। मैं घबरा गया था। मैंने संस्था में रमेश की पूछताछ की। वह संस्था में नहीं था—जब काफी देर से वह लौटा तो उसने बताया कि उसने रेलवे से यात्रा की लेकिन अँधेरी की ओर न जाकर चर्चगेट की ओर गया था।

तब भी मैं घबरा गया। क्योंकि लाइन एक ही थी। दिशा अलग होने के बावजूद। उसे बहुत समझाया और फिर एक बार बाबूजी को पत्र लिख दिया।

बाबूजी मिलने आए। वह समय स्कूल की पढ़ाई का था। संस्था के एक उप अधिकारी थे—नाम था, वेदपाठक। उन्होंने स्कूल छूटने पर मुलाकात हो सकती है, मुझे और रमेश को ऐसा कहकर भाग लिया। ज्यों उनकी अनुशासनप्रियता ही दाँव पर लगी हो। मन बेचैन हो उठा था; कब स्कूल से छूटे और कब बाबूजी से मुलाकात होगी। इस बार बाबूजी के साथ मनोहर मामा भी आए थे। दो दिन दोनों रुके। विलेपार्ले में ही उनके साथ हम रुके, खूब घूमे। बाबूजी का व्यवहार बिल्कुल माँ की तरह होता। रोज सुबह स्नान के बाद वे मेरे व रमेश के सिर में तेल डालते। बाल काढ़ते, नए कपड़े पहनाते और पप्पी लेकर बाहर ले जाते। इन दिनों होटल में खाने का मजा होता। हमने बाबूजी को और मामा को विमानतल दिखाया। बस में भटकते। एक-एक पल बीत रहा था और हमारी धड़कनें बढ़तीं। एक दिन बाबूजी और मामा लौट भी गए।

एक बार मैं और नन्द तपस्वी घूमने के लिए गिरगाँव चौपाटी पर गए। जेब में टिकट नहीं थे। मन में डर था। एक थैली में प्याज और चपाती भरकर हम निकले थे। अन्ततः चौपाटी पर तिलक के पुतले के पास बैठकर ये पकवान हमने उड़ा डाले। सामने समुद्र उफन रहा था। दोपहर का समय होने के कारण चौपाटी खाली पड़ी थी। अन्त में उठे और मन में वही डर लिये विलेपार्ले में उतर गए।

गणेशोत्सव में हम देर रात तक भटकते रहते। विलेपार्ले की अनेक सोसायटी में रात को फिल्में दिखाई जातीं। हमारे स्कूल के मित्रों के माध्यम से इसकी जानकारी हमें मिल जाती। हम भोजन करके भटकने निकल पड़ते। कभी नाटक, कभी लोकनाट्य या आमतौर पर फिल्मों जैसे मनोरंजक कार्यक्रम होते। हमारे पहुँचने तक रात में संस्था का प्रवेशद्वार बन्द हो जाता, हम चिल्लाते और दरवाजा खुलने पर वापस भीतर जाते। नवरात्रि महोत्सव में भी यही बात होती। अनेक स्थानों पर 'गरबा नृत्य' देखते वक्त निकल जाता। इसके बाद कुछ फिल्में भी देखते।

इसी वर्ष, मेरी दृष्टि से दो-तीन महत्त्वपूर्ण संस्मरणीय घटनाएँ घटीं—एक तो गाँधीजी की जन्मशताब्दी सारे देश में मनाई जा रही थी। इस कारण अनेक माध्यमों से गाँधीजी के विचार प्रसारित किए जा रहे थे। अस्पृश्यता, हरिजनोद्धार, नशाबन्दी जैसे विषयों पर गाँधीजी के विचार जानने का अवसर मिल रहा था। हम अपने पालकों को लिखने के लिए जो पत्र लाते उस पर भी गाँधीजी का रेखाचित्र और एकाध विचार प्रमुखता से होता। 'अस्पृश्यता मनुष्यता के प्रति अपराध है,' उनका यह वाक्य कई बार पढ़ा था। विलेपार्ले के हाईस्कूल के अनेक लड़कों के साथ मिलकर गाँधी जन्मशताब्दी का समारोह भी धूमधाम से सम्पन्न हुआ। मैं उस समय अपनी स्कूल की ओर से सहभागी था। गाँधीजी के फोटो, उनकी पुस्तकों की एक प्रदर्शनी भी हमने देखी। ऐसे महापुरुष की जीवन-लीला बन्दूक की गोली से समाप्त हो गई। यह सवाल प्राथमिक स्कूल से मेरा पीछा करता रहा। शान्ति अहिंसा के दर्शन पर गाँधीजी के विचार विस्तार

से प्रस्तुत करनेवाली अनेक पुस्तकें मुझे इस समय मिल रही थीं। स्कूल के सांस्कृतिक कार्यक्रम में भी गाँधीजी के बारे में काफी कुछ बताया जाता था। उनके कार्यों के गुणगान करनेवाले अच्छे गीत भी रेडियो पर सुनने का अवसर मिल रहा था :

उठाया तूने नमक मुट्‌ठी भर
साम्राज्य की बुनियाद काँप गई।

ये गीत दांडी सत्याग्रह के महत्त्व को उजागर करते हुए हमारे होंठों पर चढ़ गए थे। गाँधी जन्मशताब्दी के कार्यक्रमों के पूर्वाभ्यास के लिए हम विलेपार्ले के पार्ले तिलक विद्यालय में जाते थे। वह स्कूल हमें बहुत पसन्द आया। पत्थरों से बनी सुन्दर इमारत, भीतर खुला मैदान, जगह-जगह वृक्षों के कारण परिसर सुन्दर हो उठा था।

उसी वर्ष चाँद पर कदम रखनेवाले तीनों अमेरिकन अन्तरिक्षवीरों की मुम्बई भेंट इसी दौरान होनेवाली थी। उनके आगमन के लिए विमानतल पर उपस्थित रहनेवालों के लिए पास मिलनेवाले थे। हमारे स्कूल के पचास-साठ लड़कों को पास मिले, उनमें मैं भी शामिल था। बहुत उत्साह से हम भरी दोपहरी में विमान तल की ओर निकले, ज्यों हम ही अन्तरिक्षयात्री रहे हों। विमानतल के अनेक विभाग भीड़ से भर गए थे। दोपहर की चिलचिलाती धूप के बावजूद लोगों की निगाहें आकाश में टिकी थीं। अन्ततः तीन अन्तरिक्षयात्रियों को लेकर अमेरिका का भव्य विमान रनवे पर उतरा। तालियों की गड़गड़ाहट हुई। महाराष्ट्र के मुख्यमन्त्री वसन्तराव नाइक ने उन तीनों का महाराष्ट्र की ओर से हार्दिक स्वागत किया और एक भव्य स्वागत समारोह के लिए ये तीनों अन्तरिक्षयात्री अपनी पत्नियों के साथ बाहर निकल गए। विमानतल का यह कार्यक्रम कुछ ही देर में सम्पन्न हुआ। लेकिन हम अमेरिका के विमान की भव्यता का जायजा लेते हुए काफी देर तक खड़े रहे। ये अन्तरिक्षयात्री जब वापस जा रहे थे, तब हम फिर विमानतल पर आए थे। चाँद पर जानेवाले इन महापुरुषों को 'इसी देह की इन्हीं आँखों' से देखने की उपलब्धि हमारे लिए बहुत महत्त्वपूर्ण थी।

ऐसी ही एक कथा क्रिकेट प्रेम की है। बरसात खत्म हो जाने के कारण क्रिकेट का मौसम जोरों पर था। आस्ट्रेलिया की क्रिकेट टीम बिल लॉरी के नेतृत्व में भारत आई थी और उनके दौरे चल रहे थे। इसी दौरान उनका एक मैच पुणे में हुआ। बाद में मुम्बई में भी मैच था। इसके लिए चन्दू बोर्डे के नेतृत्व में भारतीय टीम और बिल लॉरी के नेतृत्व में आस्ट्रेलिया की टीम मुम्बई आनेवाली थी। विमानतल पर हम सब इकट्ठे हुए थे। लगभग दो-ढाई घंटे विलम्ब से ये दोनों टीमें आईं। विमान के रुकते ही हम सब रनवे की ओर बेतरह भागे। रनवे के गेट बन्द होने के बावजूद लोगों ने उसे खोला और बे-लगाम भागने लगे। तब तक विमानतल के पास बस पहुँच चुकी थी और दोनों टीमों के खिलाड़ी उसमें बैठ चुके थे। लोगों ने बस को घेर लिया था। एक खिड़की के पास बैठे लॉरी को हमने चिढ़ाया। इधर पुलिस लाठी लेकर लोगों के पीछे दौड़ रही थी। उन्होंने रनवे की ओर जानेवाले गेट बन्द करके लोगों की नाकेबन्दी कर दी। परन्तु लोग कहाँ माननेवाले थे ! उन्होंने बन्द गेट पर चढ़कर छलाँग लगाई, हमने

भी वही किया। पर बाद में हम इस कदर भागे कि सीधे संस्था में पहुँचकर ही रुके।

संस्था के हम बच्चे छुट्टी के दिनों में क्रिकेट खेलते। ऐसे समय मैं 'कमेंटेटर' का काम करता। मेरा मुँह दुखने लगता तभी मैं रुकता और वापस संस्था में आकर बैठ जाता।

हमारी गाड़ी ठीक चल निकली थी, तभी उसे एक झटका लगा। संस्था में गणपत नामक एक चपरासी था। नाटे कद का और फटी आवाजवाला गणपत लड़कों पर कड़ी निगाह रखता था। हमारी छोटी-मोटी गलतियों के लिए भी वह खूब पीटता। पता नहीं क्यों, पर यह सच था कि मेरी स्पष्टवादिता के कारण वह मुझ पर खार खाए रहता। मेरी गलती सामने आते ही वह जोरदार मुक्कों से मुझे पीटकर रुलाता। यह घटना बढ़ती जा रही थी। लड़कों की समस्याएँ वहीं निपट जाएँ तो अच्छा, यह सोचकर ऊपर के अधिकारी गणपत से कुछ न कहते। गिरगाँव में प्रार्थना के लिए मैं हर गुरुवार को जाता, गणपति ने यह बन्द कर दिया। बोलना मेरे हित में नहीं था। मेरे भाई को भी वह कसकर रखता। साथ ही, कुछ जलनेवाले लड़कों का साथ गणपत को था ही। इस कारण हमें पीटते समय उसे किसी बात का ध्यान न होता। पीटने के बाद यदि कुछ भी पूछा तो फिर पिटाई। स्कूल की अच्छी पढ़ाई और संस्था के इस छल से मैं कुंठित हो चला। ऐसी ही मानसिक हालत में बाबूजी को पत्र लिखा। यह अन्तिम सूचना ही थी। मैं संकेत दिया था कि आप हमें घर ले जाइए, संस्था में जीवन दूभर हो गया है...। इसमें एक रुकावट मुझे स्पष्ट दिखाई दे रही थी—वह थी, हम दोनों रिमांड होम के नियमों के अनुसार 'कमिटेड' श्रेणी में होने के कारण वयस्क होने तक (अर्थात् अठारह वर्ष के होने तक) हमें पालकों के हवाले नहीं किया जा सकता था। परन्तु अब तो मैं रुकने को तैयार नहीं था।

भले ही मुझे हानि उठानी पड़े, मैं यह फैसला कर लिया था। बाबूजी अब छुट्टियों के लिए जब लेने आएँगे, तब लौटकर नहीं आना है, यही हमने तय कर लिया। गणपत का छल कम न होता। बाबूजी को एक और पत्र लिखा। उन्होंने लिखा कि वे छुट्टियों में लेने आ रहे हैं। सभी मित्रों से विदा लेकर हम संस्था से छुट्टी के लिए रवाना हुए। सच बात तो हम तीनों को ही मालूम थी। विलेपार्ले छोड़ने पर सचमुच चैन की साँस ली और हम आगे बढ़ गए।

पुणे आते ही बाबूजी ने रिमांड होम के अधिकारियों को एक आवेदन दिया कि बच्चे उनको सौंप दिए जाएँ। इस सम्बन्ध में पत्राचार मुम्बई के द. ना. सिरूर बालकाश्रम में भी हुआ। उस समय सर्किट हाउस के पास समाज कल्याण विभाग का कार्यालय था। वहाँ अधिकारियों ने हमारे कागजात तैयार कर निदेशक के पास अनुमति के लिए भेजा। हम दोनों के व्यक्तित्व पर, बातचीत से अधिकारी प्रसन्न थे। निदेशकों के यह पूछे जाने पर कि अनुत्तीर्ण तो नहीं होंगे ? मैंने और रमेश ने पहली से हमारे प्रतिशत गिना दिए। हमारे तत्काल-प्रफुल्लित उत्तर से वे खुश हो गए। अब हम हमेशा के लिए रिमांड होम से छूट जाएँगे, यह स्पष्ट हो चुका था। परन्तु एक कठिनाई और थी। प्रार्थना समाज

हाईस्कूल ने हम दोनों को प्रमाण-पत्र देने से इनकार कर दिया। इसलिए पुणे में हमें दाखिला मिलना मुश्किल था। अब क्या करें ? हमारे हाईस्कूल ने सूचित किया कि दोनों के स्कूल की पूरे साल की फीस जमा कर दें, तब प्रमाणपत्र भेज देंगे। तदनुसार बाबूजी ने पैसे भेज दिए और हमारे प्रमाणपत्र मिल गए। बाद में, फिर एक बार समाज कल्याण विभाग में गए। श्री शिरसाट नामक दुबले-पतले, काले-साँवले वर्ण के अधिकारी हमारे कागजात देख रहे थे। बाबूजी के हस्ताक्षर सम्बन्धित कागजात लेकर आपके बच्चे आपको सौंप देंगे, यह सूचना उन्होंने दी। परन्तु दोनों की अवधि अभी और दो-चार महीने बच जाने के कारण रिमांड होम में आकर दोनों, अधिकारियों से मिल लें, यह सलाह भी उन्होंने फिर दी। फिर उनके साथ निदेशक महोदय से मिले और बाहर आए।

हम बाहर आए पर यह सब सपना ही लगता। हम क्या सचमुच घर आ गए ? अब हम रिमांड होम में नहीं हैं ? अब मास्टर नहीं, दंड नहीं, बर्तन माँजने की बारी नहीं, बेस्वाद माँड पीने की ज्यादती नहीं, क्या यह सब सच है ?

अब किसी की भी अनुमति के बिना शान से घूम सकते। फिल्म देखनी है तो बेहिचक देख सकते हैं। मामा के घर जाएँगे, दोस्तों के घर जाएँगे। सर्किट हाउस के आसपास का हरा-भरा परिसर ज्यों हमारे मन की बात सुन रहा था। अब हमारी समस्याएँ समाप्त हो गई थीं। हम मुक्त थे। स्वच्छन्द थे। अब रोने का कोई कारण न था। बचपन से लगी एक दीवाल ढह चुकी थी। अब हमारे लिए हमारे राजमार्ग खुले थे। प्रगति, विकास—इन शब्दों की जो दुनिया हमारे सामने सपने सी थी, वह अब साक्षात् साकार होनेवाली थी।

एक परेशानी, दमनचक्र और डरावने प्रेमहीन दुनिया से हम सचमुच मुक्त हो रहे थे।

यह सब मुझे बिल्कुल सच नहीं लग रहा था ! ! !

12

अब हम रिमांड होम से घर आ गए। स्वतन्त्र हुए, यह भावना मन को आनन्दित करनेवाली थी। परन्तु यह खुशी चिरस्थायी नहीं है, यह दूसरे ही दिन स्पष्ट हो गया।

उन दिनों हमारा अपना किराए का भी मकान नहीं था। बाबूजी एक धनवान व्यक्ति के बँगले के 'आउट हाउस' में उनकी कृपा से रह रहे थे। नाना पेठ के हमारे पुराने घर को गिराकर वहाँ नई इमारत खड़ी की गई थी। वहाँ से बाबूजी को निकाल दिया गया था। कुछ दिन तक तो बाबूजी न घर के न घाट के स्थिति में रहे। इन दिनों उनका अधिकांश समय विश्रामबाग वाडा के पास की डॉ. शालिनीताई तिलक के दवाखाने में बीतता। शिवाजीनगर में श्रीरामपुर के उन दिनों के नगरपाल ज. य. टेकावड़े के बँगले का काम शुरू हुआ। उन्होंने बाबूजी को बुलाया और अस्थायी रूप से हमारे

रहने के लिए 'आउट हाउस' में बाबूजी ने गृहस्थी जमाई।

रिमांड होम से छूटने की बात तय होने पर हमने इसी 'आउट हाउस' में रात काटी और दूसरे दिन उठे।

स्नान किया, कपड़े बदले और बाहर निकल पड़े।

घर में अन्य कोई चीज नहीं थी। पास ही के ज्ञानेश्वर खड़ाऊ चौक के होटल में चाय पी, नाश्ता किया। बाबूजी ऑफिस निकल गए और हम मामा के पास चल पड़े।

स्कूल की दूसरी टर्म शुरू हो गई थी। परीक्षा के लिए दो-ढाई महीने बचे थे। स्कूल के दाखिले के लिए यदि कोशिश नहीं की गई तो साल खराब होने का मुझे डर लगने लगा था। इसीलिए मामा के पास—अर्थात् मनोहर मामा के घर गया। स्कूल के दाखिले के बारे में उन्हें बताया। मामा के घर के पीछे ही महानगरपालिका का एक स्कूल था। (बाद में इसका नामकरण सावित्रीबाई फुले नाम से हुआ।) दोपहर में वहाँ जाकर प्रधानाध्यापक से हम मिले। उन्होंने कहा कि जिला परिषद के पत्र की आवश्यकता होगी। तदनुसार दो-चार दिन तमाम प्रयास कर मामा को साथ लेकर जिला परिषद का अनुमति पत्र प्राप्त किया और प्रधानाध्यापक से मिला। छोटे भाई को पास की ही सापिका गली की महापालिका प्राथमिक स्कूल में दाखिला मिल गया। वार्षिक परीक्षा केवल दो-ढाई महीने पर आ जाने पर मैं स्कूल में फिर से दाखिल हुआ।

माँ विहीन घर, व्यस्त और त्रस्त पिता और कभी भी भगाया जा सकता है ऐसी अधर स्थिति में मिला 'आउट हाउस'—इस पार्श्वभूमि में स्कूल का श्रीगणेश हुआ। स्कूल की पढ़ाई करने का मेरा उत्साह पूर्ववत् था। क्योंकि इसी पढ़ाई से ही मैं आगे बढ़ सकूँगा, इसकी पूरी आशा मेरे मन में पक्की हो चुकी थी। महापालिका के स्कूल के रूप में आज जो टीका-टिप्पणी होती है, चर्चा होती है; वैसी हालत उन दिनों न रही होगी। क्योंकि मैं सहजता से इस स्कूल में आया और उसके एक अच्छे विद्यार्थी के रूप में घुल-मिल गया। नूतन मराठी विद्यालय, भावे स्कूल, न्यू इंग्लिश स्कूल, एमईएस हाईस्कूल जैसे नामी स्कूलों के नाम मैंने भी सुन रखे थे। परन्तु महापालिका के इस स्कूल में दाखिला लेते समय मुझे यह कतई नहीं लगा कि मैं किसी कम स्तर के स्कूल में दाखिला ले रहा हूँ। मैंने अपने हिस्से की स्थिति मानकर इस स्कूल को आधी यात्रा में स्वीकार कर लिया।

यह स्कूल हर दृष्टि से अलग और अच्छा था। भवानीपेठ के रामोशी गेट चौक में इस स्कूल की भव्य इमारत है। आज तो यह स्कूल और विस्तृत और विकसित हो गया है। स्कूल के सामने का हिस्सा नाना-भवानीपेठ का परचून-बाजार है। टिम्बर मार्केट है। सामने गंजपेठ और लोहिया नगर की झोंपड़पट्टी है। इस स्कूल के पीछे भवानीपेठ का अत्यन्त उपेक्षित टीन की चाल का हिस्सा, लक्ष्मीनगर, सायिका गली, मोटर स्टैंड, काशीवाड़ी झोंपड़पट्टी और वहाँ मुसलमानबहुल बस्ती है। हम बच्चों की दृष्टि से स्कूल के पास मुख्य पहचान थे—छाया टॉकीज, निशान्त टॉकीज, गोकुल उस्ताद अखाड़ा, भवानी माता मन्दिर।

इस स्कूल में आनेवाले समाज के एक अलग वर्ग के थे। वे दलित थे, पिछड़े थे, मुसलमान थे, ईसाई थे। सहज ही मेहनतकश, कम पढ़े-लिखे, कम आय वर्ग के बच्चे ही इस स्कूल में अधिक होते। महापालिका में और निजी स्थानों पर सफाई कामगार के रूप में काम करनेवालों के ही अनेक लड़के मेरे साथ थे। कुछ लड़कों के पिता मेरे पिता की तरह ड्राइवर, चपरासी, कंडक्टर जैसे पदों पर थे। बहुत कम बच्चे टिम्बर मार्केट के व्यापारियों के थे। कुछ के माता-पिता हथगाड़ी चलाते। कई घरों के माँ-बाप दोनों किसी तरह रोजी-रोटी चलाकर अपने बच्चों को पढ़ाते। कई मुसलमान मित्रों के घर मुर्गियाँ और अंडे बेचने का धन्धा था। कुछ मित्र ऐसे भी थे जिनके पिता की या रिश्तेदारों की दुकानें थीं। कुछ की परचून की, कुछ की गोलियों-मिठाइयों की, कुछ छोटी-छोटी कपड़ों की दुकानें थीं।

मुम्बई के हाईस्कूल में जो लड़के मेरे साथ पढ़ते थे, उनकी तुलना में ये सारे सहपाठी मुझे अलग वर्ग के लगते थे और उतने ही करीबी लगते। इसका कारण मुझे यह लगा कि रिमांड होम का लड़के के रूप में वहाँ समाज में जो परायापन था, वह यहाँ नहीं था। मैं कहाँ से हूँ, कौन हूँ, यह जानकर भी सभी लड़के मुझसे अपनेपन से, प्रेमभाव से व्यवहार करते और स्कूल का मेरा जीवन हर दृष्टि से सुखद हो उठा।

मेरा स्कूल जिस परिसर में था, वह परिसर महात्मा फुले, क्रान्तिवीर उस्ताद लहूजी सालवे का था। गंजपेठ में जो हौद ज्योतिबा फुले ने अस्पृश्यों के लिए खोल दिया था, वह हमारे स्कूल के बिल्कुल करीब था। उस्ताद लहूजी सालवे का अखाड़ा तो मेरे कुछ मित्रों के घर से लगा था। स्कूल के एकदम करीब भवानी माता का मन्दिर था। मन्दिर के इस ओर जानवरों का लक्ष्मी बाजार। पुणे स्टेशन की ओर जानेवाले रास्ते पर पद्मशाली समुदाय की बड़ी बस्ती थी। इस समुदाय की महिलाएँ बड़ी संख्या में बीड़ियाँ बनाने का काम करतीं। इस समुदाय के अनेक लड़के मेरे साथ थे। इन मित्रों के पिता बाहर कोई छोटा-मोटा धन्धा करते और माँ-बहनें घर में बीड़ी बनाने का काम करतीं।

पुणे शहर के पूर्व विभाग का यह सबसे महत्त्वपूर्ण इलाका है। अनेक झोंपड़पट्टियाँ, कई कचरा डिपो, पानी की किल्लत, संडास का अभाव और इसके कारण शान्तिपूर्ण जीवन भी दुर्लभ...! हमारे स्कूल के मैदान में ही कई बार सुबह आसपास के लोग लोटा लेकर प्रातःविधि के लिए आते। अप्सरा टॉकीज की नहर तक दुर्गन्ध से भरा यह सम्पूर्ण परिसर होता। स्कूल के सामने तो कई बार कचरे का ढेर होता। नगरपालिका के बनाए संडास-पेशाब घर के सामने ही बच्चे पानी के डिब्बे लेकर गन्दगी करते रहते। ये दृश्य सुबह स्कूल जाते और रात को स्कूल से लौटते समय अक्सर दिखाई देते। जहाँ ये दृश्य नहीं थे वहाँ दुर्गन्ध का साम्राज्य होता। गधों, सुअरों द्वारा फैलाए गए कचरे के ढेर यहाँ-वहाँ दिखाई देते। अत्यन्त घनी बस्ती, गन्दगी का, अस्वच्छता के नमूने कदम-कदम पर होते और ऐसी स्थिति में भी जीने की चिरन्तन ऊर्जा जैसे कुछ अलग जनमानस मुझे इस सारे इलाके में दिखाई देता।

इन दुनिया में जो मेरे साथ पढ़ रहे थे उनके घर मैं कई बार जाता था। टीन की

चाल में, गंजपेठ में, डायस प्लॉट पर, लक्ष्मी बाजार में, कामगार मैदान पर पालकी विढोबा चौक में, नाना चावड़ी के पास सारे मित्रों के घर मैं जाता था। रिमांड होम के दिन की याद मुझे हो आती। वहाँ के मित्र, उनका साथ मैंने खो दिया, यह दुःख मैं यहाँ के दोस्तों की भीड़ में भूलने की कोशिश करता। हम केवल दो भाई ही नहीं, हम तो एक सौ पाँच हैं, यह निरन्तर महसूस होता। लगता, ये सब और हम एक हैं, अलग कैसे ? हम दोपहर का खाना साथ खाते, एक साथ पढ़ाई करते, घूमने भी साथ ही जाते।

पल-पल अपने बड़े दाँत दिखाता सतत हँसानेवाला और हँसनेवाला नमन गायकवाड़, तूलिका हाथ में रखे नम्र 'गर्वहीन' कलाकार गंगादास 'मच्चा', परिश्रमपूर्वक अध्ययन कर आगे बढ़नेवाला सर्जेराव भोसले, विपरीत स्थितियों में भी जी तोड़ मेहनत-पढ़ाई करनेवाला रामदास खराटे, छोटे से घर में रहकर हँसमुख 'बनकर' घर का व्यवसाय सँभालकर पढ़ाई करनेवाला सोमनाथ रासकर, अशोक लोधी टिम्बर मार्केट के पैसेवाले मावजी व प्रीतम परदेशी, म्युनिसिपल कॉलोनी की नौकरी कर स्कूल पढ़नेवाला म्हामूणकर, गोविन्द, सोनावणे, हॉस्पिटल के सामने की झोंपड़ी-झुग्गी के दृढ़-निश्चयी विद्यार्थी मोहिते, नवनाथ लोंढ़े, जगताप, घर से अच्छी स्थितिवाला यन्दे और हडपसर से आनेवाला वाईकर, स्वभाव से ही सिंसियर ज्योतिराम भाँडवलकर, सापिक के दुकान पर दिखनेवाला अयूब नानापेठ से आनेवाले और हम दोनों से घर जैसे व्यवहार करनेवाले दिलीप और हरिश्चन्द्र दलवी बन्धु, बारीक आवाज का पर तूफानी गति से कबड्डी खेलनेवाला शान्ताराम जाधव, लगनशील और स्नेहशील भंडारी, सुस्मित भाव से बोलने को उत्सुक ओस्वाल बहनों जैसे मित्रों के झुंड स्कूल में और स्कूल के बाहर एकत्र होने लगे।

इस स्कूल में हमारा मन रम जाए इसलिए सचमुच समर्पित स्वभाव के शिक्षकों की ज्यों भीड़ ही थी। समर्पित और स्नेहशील वृत्ति से कार्य करनेवाले शिक्षक स्कूल की दृष्टि से बहुमूल्य बात होती है। हमारा सौभाग्य ही था कि ऐसे शिक्षक हमें बड़ी संख्या में मिले।

इतिहास शोध में विशेष रुचि रखनेवाले डॉ चिं. ना. परचुरे हमें समाजशास्त्र पढ़ाते। प्रधानाध्यापक प्र. धों. रत्नपारखी सर हमें नागरिकशास्त्र पढ़ाते, मातृतुल्य निर्मला देशपांडे संस्कृत पढ़ातीं। वासन्ती देशपांडे गणित पढ़ाती थीं। मोहोलकर और लेलेबाई अंग्रेजी पढ़ाते। गोसावी सर और थिगड़े सर साइंस, गणित पढ़ाते थे। हिन्दी के लिए वर्दे थे। साथ ही गुरव, कुलकर्णी कोंढे चित्रकला के शिक्षक थे। भूगोल विषय बोधे गुरुजी पढ़ाते थे। इन सभी शिक्षकों के साथ हमारे घरेलू सम्बन्ध थे। जब भी सम्भव होता हम उन्हें घर पर समूहवार मिलने जाते। हम अपने शिक्षकों को घर पर मिलते हैं, इसकी खुशी कुछ और ही होती।

स्कूल में विलम्ब से दाखिला लेने के बावजूद मैं अच्छे अंकों से पास हुआ। मुझे लगने लगा कि अब मैं बड़ा हो गया, अब बड़ा हो गया, दसवीं में गया हूँ, अगले वर्ष मैट्रिक में जाऊँगा।

माँ न होने के कारण घर में जो अव्यवस्था थी, उसे ठीक करने की कोशिश थी।

माँ का पर्याय माँ ही होती है। यह अटल सत्य होने के बावजूद दूसरी माँ घर में लाने की बात उचित न लगती और बाबूजी को यह योग्य भी न लगता।

सुबह उठते ही चाय की इच्छा होती, पर बनाएगा कौन ? भोजन की बाकी बात तो छोड़ दीजिए, फिर हम तीनों डेक्कन जाते। वहाँ चाय-नाश्ता करते। बाबूजी ऑफिस निकल जाते और हम स्कूल !

शिवाजी नगर के इस इलाके में हम रोज स्कूल निकल जाते। बाबूजी हमें बस के लिए पैसे देते, परन्तु हम उसे खाने के लिए रख लेते। स्कूल में रोज पैदल जाते इसलिए हमें नया पुणे दिखाई देता और हम सड़क से इधर-उधर निहारते समय पर स्कूल पहुँच जाते।

स्कूल की राह लम्बी जरूर थी, पर अलग थी। शिवाजी नगर पुलिस लाइन पीछे छोड़कर हम आगे बढ़ते, जंगली महाराज रास्ता पारकर शिवाजी नगर बस्ती देखते-देखते हम महापालिका भवन के पास आते। वहाँ से पुल पार करते हुए कस्बा पेठ पहुँचते। कस्बा पेठ की भीड़ से चलते हुए रविवार पेठ की सिंह साइकिल दुकान का चौक आता। वहाँ से दारूवाला पुल, नानापेठ की टकार गली (जहाँ हमारा पहला घर था) डोके अखाड़ा, पालकी विठोबा मार्ग से रामोशी गेट तक आते। स्कूल के लिए समय रहने पर मामा के घर थोड़ी देर के लिए जाता।

लौटते समय दूसरे रास्ते से आता। गोकुल उस्ताद अखाड़े के पास रास्ते से निकलता। कस्तुरे चौक, जैन मन्दिर मंडी, सिटी पोस्ट चौक, शनिवारवाड़ा, सामने के पुल और सकाल के रास्ते से गुजरता। इस प्रवास में जिस तरह अच्छा पुणे देखा उसी तरह उदास और वाहियात पुणे भी दिखा।

महापालिका भवन के पास जो बस स्टॉप है, वहाँ कई बार जुआ खेलने की भीड़ होती। हम वहाँ पास के ही हथगाड़ी से नमकीन दाने खरीदते। इस बस स्टॉप से ऊपर पुल पर जाने के लिए लम्बी-चौड़ी सीढ़ियों का जीना होता। पुल से जाते हुए तोते लेकर बैठे विवश ज्योतिषी, चीकू, केले बेचनेवाली परिश्रमी महिलाएँ, एकाध हथगाड़ी भी दिखाई देती। जब भी छुट्टी होती आसपास की साइकिल की दुकान से साइकिल लेते और सीखने के लिए मैदान में हम अभ्यास करते होते।

शनिवार को स्कूल जल्दी छूट जाता इसलिए मैं यत्नपूर्वक मंडी में जाता। सब्जी-फलों से लदी मंडी शनिवार को बन्द रहती। सड़कों पर लगी दुकानें शुरू रहतीं। मंडी की पुरानी नक्काशीदार, सुन्दर इमारतों की खाली जगहों में गाना-बजाना चलता रहता, बाहर खुली जगह में आमतौर पर आर्यन टॉकीज के सामने कई बार साँप-नेवले का खेल होता। घंटा-डेढ़ घंटा यूँ ही निकल जाता।

आर्यन, श्रीकृष्ण, मिनर्व्हा और श्रीनाथ इन चारों टॉकीज के आसपास बहुत गहमागहमी होती। आज भी वही स्थिति है। विविध प्रकार की सुन्दर दुकानें, भोजनगृह, गर्म समोसे-भजिए, खास जगह रुककर देनेवाली हथगाड़ियाँ, श्रीमन्त दगडूसेठ हलवाई गणपति, दत्त मन्दिर, तुलसीबाग आदि-आदि सब कुछ होता। समूचे पुणे को अपनी ओर

आकर्षित करनेवाली ये सारी बातें होतीं। ऐसा एक भी पुणेवाला नहीं होगा, जो कभी इधर आया ही नहीं ! 'समाधान' के भजिए, मथुरा भवन की बासुन्दी, दुर्गा भवन की मटन राइस प्लेट, आर्यन में लगी मराठी फिल्म, मिनर्व्हा में लगी नई हिन्दी फिल्म और छोटी-छोटी वस्तुओं की महिलाओं की खरीदारी के लिए तुलसीबाग—इन सारे अनुभवों से मैं अपने स्कूली जीवन में ही पक्का पुणेवाला हो गया।

श्रीमन्त दगडूसेठ हलवाई गणेशोत्सव और अखिल मंडी मंडल के गणेशोत्सव के उत्सवों के महावैभव का आविष्कार मैंने इसी परिसर में देखा। भयंकर भीड़ में धक्के खाते हुए इन दोनों गणेशों के दर्शन लेने का अनुभव सचमुच बिल्कुल अलग था।

मैं स्कूल पैदल जाता था, इसलिए पुणे की सारी गलियों, सड़कों की मुझे पूरी जानकारी थी। सोन्या मारुति चौक, गणेश पेठ, शुक्रवार पेठ, नेहरू चौक, सुभानशा दरगाह चौक, सैफी मस्जिद, गोविन्द हलवाई चौक होते हुए घोरपडे पेठ जैसे विभागों से जाना होता। ये रास्ते छान मारने का और एक कारण था—जेब में जो पैसे (बस किराए से) बच जाते, उनसे किसी होटल में सस्ता और अच्छा खाने की सतत खोज होती। उन दिनों चार-आठ आने में वडा-पाव या पाव-सैम्पल मिल जाता। पाव-सैम्पल हमें बहुत पसन्द था। तीखा झोल होने के कारण मजा आता। मैं मीठा भी बहुत पसन्द करता। इस कारण किस होटल में हलवा गर्म मिलता है, यह भी मैंने चखा था।

सड़कों की इस यात्रा में कभी-कभी बाबूजी भी साथ में होते। यदि बुधवार होता तो शनिवार वाड़ा के पास के नवग्रह मन्दिर में और शनिवार को शनिपार के शनि मन्दिर में तेल चढ़ाने हम जाते।

यह यात्रा वैसे तो आनन्ददायी होती। परन्तु घर लौटने पर घर भुतहा लगता। माँ-बहन-हीन घर भुतहा हो जाता है, यही मेरी धारणा है।

जब हम रिमांड होम से लौटे, तब खुशी यह थी कि हम अपने घर लौट रहे हैं। परन्तु घर क्या है ? एक कमरा ? एक बँगला ? एक झोंपड़ी ? या और कुछ ? इन अर्थों में तो हमारा घर भी हमारे कब्जे में नहीं था। और 'माँ' न होने के कारण घर में कुछ भी नहीं था। अक्षरशः यदि बताना हो तो बर्तन वगैरह कुछ भी नहीं थे। बाबूजी केवल नौकरी की झंझट में सारे समय उलझ गए थे। नानापेठ के पुराने मकान मालिक ने हमारे पुराने बर्तन दूसरी जगह रख दिए थे। हिंडेलियन के बर्तन काफी थे। इसलिए कुछ बर्तन बेचकर आवश्यकतानुसार बर्तन खरीद लिये थे। चाय, सब्जी, रोटी, भात आदि बनाने की तैयारी हमने घर में कर ली थी।

नानापेठ का पुराना राशन कार्ड ढूँढ़ निकाला, तब से 'आटे-दाल' का भाव मालूम होने लगा। नानापेठ की दुकान से मैं राशन का सामान लाता था। शक्कर का पावडर, आटा, मैदा भी राशन पर मिलता। साइकिल पर यह सामान घर लाने के बाद बाकी का काम शुरू होता। बाबूजी साग-सब्जी ले आते। मैं या रमेश आटा गूँथकर रखते। बाबूजी रोटियाँ सेंकते। साग भी इसी प्रकार संयुक्त प्रयासों से तैयार होती। हमारे इस कार्यक्रम में कई बार टेकावड़े बँगला के तानाजी या देवजी जैसे रसोइए भी शामिल हो

जाते थे। रिमांड होम में हम रसोई बनाते, फिर भी खास कुशलता हमें नहीं मिली थी। इस कारण कई बार चावल कच्चे ही रह जाते। मीठा भात बनाने की इच्छा, कई बार अधूरी कुशलता के कारण मर जाती। सबसे सरल था साग और बेसन की रोटी। किसी समय तेल यदि अधिक बच गया तो हम भजिया बना लेते। पर सबसे अधिक हमारा जोर होता चाय-रोटी पर। चाय के साथ गर्म-गर्म रोटी खाने का आनन्द ही कुछ और...आज भी मेरी यह आदत नहीं छूटी है।

अपनी बिना मालकियत के मकान में रहते हुए अपना घर तलाशने की हमारी कोशिश जारी थी। स्कूल और घर की घरघराहट के बीच हम तीन पिस रहे थे। बाबूजी घर लौटते समय सब्जी लेकर आते। कई बार उनकी तुलना में हमें घर आने में देर होती तो वे इतने क्रुद्ध हो जाते कि गुस्से में आकर वे सब्जियाँ फेंक देते। सब्जियाँ फेंकने का उनका गुस्सा हम पर होता या स्वयं पर यह भी एक रहस्य ही था। परन्तु उनकी मानसिकता मैं समझने लगा था। उन्हें अब हम अलग नजर आते। रिमांड होम की तरह तैयार होकर हम घर का काम निपटाएँ, ऐसी उनकी अपेक्षा होती। वे बार-बार कहते, "तुम लोगों को फिर रिमांड होम में ही डालना चाहिए!" आटा पिसाना, सब्जियाँ, राशन, दूध लाना, बर्तन माँजना इत्यादि सारे काम करना हमारे लिए तकलीफदेह होते। स्कूल पूरे दिन का और घर से दूरी पर था। परन्तु शिकायत कहाँ करते ? सपने देखने की उम्र में दुनियादारी का बोझ सिर पर उठाने की यह एक सजा ही थी। हम तीनों एक ही खून के थे, परन्तु हमारे स्वभाव अलग-अलग थे। किसी भी झंझट के लिए हम एक-दूसरे को जिम्मेदार ठहराते। बाबूजी का चिड़चिड़ापन बढ़ गया था। रिमांड होम में रहते समय हम पर कोई जिम्मेदारी नहीं थी, इसका उल्लेख वे बार-बार करने लगे। एकाध बार तो हाथ भी उठाने लगे। टेकावड़े साहब के घर ड्राइवर का काम किए जाने की अपेक्षाएँ बढ़ती गईं। बाबूजी पुणे ट्रांसपोर्ट की नौकरी छोड़ना नहीं चाहते थे और आउट हाउस से बाहर निकलने पर सिर छिपाने की जगह का सवाल उनके सामने यक्ष प्रश्न-सा था ।

अन्ततः वडारवाडी के पास की खुली जगह में मकान खड़ा करने की बात बाबूजी ने तय कर ली। एक कॉलेज में चपरासी का काम करनेवाले बाबूजी के मित्र थे। उन्होंने जगह दिखाई और घर बनाने का सामान लाने के लिए कहा। अब हमारा अपना घर होगा, घास की झोंपड़ी ही क्यों न हो ! यह भावना बहुत सहारा देती।

घर के लिए टीन, लकड़ियाँ, दरवाजे की आवश्यकता थी। भवानीपेठ के टिम्बर मार्केट से टीन, बल्लियाँ, कीलें, स्क्रू आदि-माल मैंने और बाबूजी ने एक रविवार को खरीद लिया। लगभग पाँच-छह सौ रुपए की खरीदी थी वह। एक हथठेले पर यह सब माल रखकर तय की गई जगह लेकर गए। दो-तीन दिन में ही दस-बाई-दस की एक झोंपड़ी खड़ी हो गई। टीन की छत और लकड़ी के पल्लों की दीवालें और दरवाजा। सड़क के उस ओर जाकर दो-तीन बार पानी लाया और भीतर छिड़का। अब जल्दी ही इस घर में आकर रहना है, यह बात उस सज्जन बाबूजी से कही। हम वहाँ से चल

पड़े। इस जगह के आसपास बस्ती नहीं थी। सबसे करीब थी बडारवाडी, पानी, संडास की कोई सुविधा नहीं थी। सेनापति बापट रोड पार कर पानी लाना पड़ता। ऐसे में घर तैयार हो तो गया पर मैं सोच रहा था कि क्या रहने के लिए आना चाहिए।

इस दौरान हम बँगले के आउट हाउस में थे। डेढ़ साल बाद जब हमें आउट हाउस से जाना ही पड़ा तब बाबूजी ने बताया कि हमारी झोंपड़ी गायब हो गई। टीन, लकड़ियाँ निकालकर पूरी झोंपड़ी ही चोर उठा ले गए थे। पैसे तो पानी में गए ही थे, घर भी डूब गया था। घर के लिए दर-दर भटकने की विवशता हमारे सामने परोस दी गई थी।

स्कूल की पढ़ाई ढंग से शुरू हो गई थी। दसवीं का साल पूरा हुआ और ग्यारहवीं की गम्भीर चुनौती शुरू हुई। इस वर्ष हुई फॉर्म-परीक्षा में मैं प्रथम आया। शिक्षकों की अपेक्षाएँ बढ़ गईं। यह घर छोड़ना है, इस उलझन भरी स्थिति में मैं अपनी पढ़ाई करता। परीक्षा होते ही कभी भी घर छोड़ना पड़ेगा, यह तय था। मेरी कोशिश जारी थी, एस. एस.सी. में अंक और घर पाने के लिए।

मेरे साथ मामा की बड़ी बेटी शोभा भी एस.एस.सी. में थी। पढ़ाई का साल-भर टेंशन होता। पालक और शिक्षक दोनों इस दृष्टि से प्रयास करते हैं। स्कूल छोड़ने के दिन करीब आ गए। एक विदाई समारोह में हमें विदा किया गया। मेरे जीवन की वह एक यादगार बात है। मैंने भी भाषण किया। कई शिक्षक-शिक्षिकाओं ने आँखों में रुमाल लगा लिये थे। स्वातन्त्र्यवीर सावरकर की एक सुन्दर जीवनी मैंने उन दिनों पढ़ी थी। शि. ल. करन्दीकर उसके लेखक थे। सावरकर को लन्दन में कैद कर उन्हें कुछ दिनों तक वहाँ रखा गया था। उस समय अपने मित्रों के लिखे पत्र अत्यन्त प्रेरणादायक हैं। जिस व्यक्ति को अपने जीवन के लक्ष्य हासिल करने हैं, ऐसे व्यक्ति के लिए ये पत्र प्रेरणा देनेवाले हैं।

उन पत्रों के अन्त में सावरकर लिखते—'प्रिय मित्रो, राम राम।' मूल रूप से यह एक ही और दीर्घ पत्र है, जिसे सावरकर ने 'फेयरवेल' शीर्षक से लिखा है। ब्रिक्स्टन बन्दीगृह से पेरिस के क्रान्तिकारी मित्रों को उन्होंने यह कविताबद्ध पत्र भेजा। चार खंडों में लिखे इस पत्र के बीच के दो खंड अत्यन्त रोमांचित और स्फूर्तिदायक ही हैं। ये दोनों खंड विदाई समारोह के अवसर पर मैंने स्कूल में पढ़कर सुनाए।

उसमें से एक यहाँ विशेष रूप से देना चाहता हूँ—"मित्रो, ईश्वर ने हममें से प्रत्येक की भूमिका पहले ही तय कर रखी है। प्रत्येक अपनी भूमिका ठीक से निभा सके इसके लिए यह खींचतान हो रही है। ईश्वर की सौंपी भूमिका निभाते समय, आवश्यकता पड़ने पर धधकते पत्थरों को बाँधकर कैद हो जाना होगा या कीर्ति की मचलती लहरों पर सवार हो सकेंगे। कभी हम लोगों को दिखाई देंगे तो कभी अदृश्य रहेंगे। कभी हार सकते हैं, कभी जीतेंगे। ईश्वर जिस स्थिति में भी रखे, वही स्थिति सर्वोत्तम है, यह मानकर हमें यह जानना चाहिए कि हमें अपना कार्य अकेले ही पूरा करना है, यही हमारे हिस्से का काम है।

"किसी उदात्त पौर्वात्य नाटक में संयुक्त वाक्यों के समय मृत और जीवित सारे

पात्र एकत्र होते हैं। हम सब इतिहास के असीमित रंगमन्दिर के असंख्य पात्र हैं। हमारे कार्यों की प्रशंसा करनेवाले मानव जाति रूपी दर्शक तालियाँ बजाने के लिए हमारे सामने बैठे हैं। ये दर्शक कृतज्ञ व प्रसन्न होकर तालियाँ बजाएँगे, तब तालियों की गरजनेवाली आवाज घाटियों तक जाकर गूँज उठेगी :

प्रिय मित्रो, वह क्षण आने तक राम-राम !

पुणे में स्वतन्त्र रूप से जीने का अवसर मुझे रिमांड होम से बाहर आने के कारण मिला। इसका मुझे बहुत लाभ मिला। जीवन की कई समस्याओं से इन दिनों जूझना पड़ा, परन्तु नए मार्गों और दिशा का परिचय भी हुआ। विश्रामबाग बाड़ा के सरकारी ग्रन्थालय और सिटी पोस्ट चौक के नगर वाचन मन्दिर में मैं अपने खाली समय में बैठता। मराठी के कई अच्छे लेखकों को मैंने यहीं पढ़ा। खांडेकर ने अपने उपन्यासों में चित्रित सिद्धान्तवाद के मुझे सपने देखना सिखाया। कुसुमाग्रज की कविताओं से इन सपनों को व्यापक आशय दिया। सावरकर की आत्मकथा ने लगन, सहनशीलता और समर्पण का आदर्श दिया।

अब तक रिमांड होम के जीवन में जो बन्दी अनुशासन की मजबूरी थी, उससे अलग जीवन अब मैं जी रहा था। खुली हवा, खुला आँगन और मुक्त दुनिया का आनन्द कुछ और ही है। स्कूल में पढ़ते समय ही स्कूल के बाहर की दुनिया मेरे सामने आने लगी। मैं जिस समाज में रहता हूँ वह समाज, उस समाज के सुख-दुख, कई समस्याएँ, परिसर की बढ़ती व्यापकता; यह सब मैं पहली बार करीब से देख रहा था। बाहर की दुनिया के इस मुक्त वातावरण की अब तक मुझे कोई जानकारी नहीं थी। ज्यों हम सबकी वेदना कैद थी। जिज्ञासा भी बँधी हुई थी। चुप रहना जहाँ गुण माना जाता था, वहाँ जिज्ञासा कैसे जन्म ले पाती ?

इसी कारण रोज पैदल जाने की सजा होने के बावजूद, पेट में चूहे के हंगामे होने पर भी, आसपास देखते हुए आगे जाने की अनुभूति रोज नई होती। दसवीं और ग्यारहवीं (उन दिनों की मैट्रिक), इन दो वर्षों के दौरान मैंने देश के आम चुनाव देखे। बांग्ला देश निर्माण का युद्ध इसी दौरान हमने पढ़े, सुने। पुणे से लोकसभा के उम्मीदवार मोहन धारिया की शनिवारवाडा की प्रचार सभा में यशवन्तराव चह्वाण का महत्त्वपूर्ण भाषण सुना। विधानसभा में मुम्बई से चुने गए शिवसेना के पहले उम्मीदवार वामनराव महाडिक की रोमांचक सभा मैंने स्कूल से लौटते हुए देखी। यशवन्तराव चह्वाण के सौम्य और सिलसिलेवार कई भाषण मैंने अनेक सभाओं में पीठ पर बस्ता सँभालते हुए सुने।

एक अनुभव तो मैं कभी नहीं भूल सकता। बांग्ला देश बन चुका था। (दिसम्बर 1971) पाकिस्तान की कमर हमारे जवानों ने तोड़ दी थी। युद्ध रुक गया था। पुणे के सैनिक अस्पताल में जख्मी जवानों से मिलने के लिए प्रधानमन्त्री इंदिराजी तब आनेवाली थीं। इस उपलक्ष्य में रेसकोर्स में उनका भाषण होनेवाला था। हम स्कूल के सहपाठी

इस भाषण के लिए बहुत उत्सुक थे। खास बात यह थी कि हमारे शिक्षक इस सभा के लिए निकल चुके थे। भरी दोपहरी में हम पैदल चलकर रेसकोर्स मैदान में दाखिल हुए। सभा के लिए प्रचंड भीड़ थी। लाखों की संख्या में लोग आए होंगे। शाम की धूप उतार पर थी, तब सभा शुरू हुई। कोई नेता देश के प्रत्येक व्यक्ति के मन में किस तरह जा बैठता है, इसका जीवन्त उदाहरण बढ़ाया यह सभा थी। इन्दिरा गाँधी का नाम उस सभा के प्रत्येक व्यक्ति की जुबान पर था। उस जमाने के जनसंघ के नेता अटलबिहारी वाजपेयी ने 'दुर्गा' कहकर इन्दिराजी का गौरव बढ़ाया था। ये बातें हम पढ़ रहे थे। आज इन्दिराजी प्रत्यक्ष दिखेंगी, उनका भाषण सुनेंगे, इसलिए हम अत्यन्त उत्सुकता से बैठे थे।

ग. दि. माडगूलकर का लिखा गीत सी. रामचन्द्र के निर्देशन में प्रस्तुत हो रहा था। इसी सभा में सिख समुदाय की ओर से इन्दिरा गाँधी को तलवार भेंट की गई। इन्दिराजी का भाषण शुरू होने पर शान्ति और स्तब्धता व्याप्त हो गई। लोकसभा के चुनाव हो चुके थे, विधानसभा के होनेवाले थे। उनके भाषण में यह सन्दर्भ भी था। परन्तु एक बात मुझे याद है, इन्दिराजी सतत कहतीं, "मैं जादूगर नहीं हूँ, मेरे पास जादू की कोई छड़ी नहीं है। आपका सहयोग मिला तो देश का विकास निश्चित ही होगा।" उनका भाषण संक्षिप्त था, लम्बा-चौड़ा नहीं था। शाम हो गई थी, कार्यक्रम समाप्त होने को था। राष्ट्रगीत शुरू रहते मन में विचार आया कि किसी सरकते प्राणी की तरह मंच पर पहुँचूँ और इन्दिराजी के सामने नतमस्तक हो जाऊँ।

परन्तु मंच सचमुच बहुत दूर था। सभा की प्रचंड भीड़, इन्दिराजी के भाषण के बारे में बातें करते हुए घर आए।

जल्दी ही, एस.एस.सी. की परीक्षाओं ने ध्यान खींच लिया। स्कूल का पाठ्यक्रम पूरा हो चुका था। घर पर ही सब लोग पढ़ाई कर रहे थे। परीक्षा अब बहुत दूर नहीं थी। मेरा परीक्षा केन्द्र घर के पास ही मॉडर्न हाईस्कूल में था। पढ़ाई की तैयारी अच्छी थी। नए आत्मविश्वास और तैयारी से मैं परीक्षा के लिए सिद्ध था।

बाबूजी रोज मुझसे मिलने परीक्षा केन्द्र में आते। उनके मन में बसी गाढ़ी ममता का इस समय मुझ पर वर्षा हो रही थी। एस.एस.सी. की परीक्षा समाप्त होते ही नए सवाल उठ खड़े हुए। 'घर' खोजना था। आउट हाउस छोड़ना ही था। उनके भगाने से पहले छोड़ना था। काल बहुत क्रूर और कठिन होता है। उसकी एकाध मार इसी समय पड़ गई तो ? बाबूजी को छुट्टी न मिलती और मैं अकेला घर खोजता फिरता। रमेश की परीक्षा खत्म हो चुकी थी और वह मामा, चाचा के साथ गाँव में घूम रहा था।

मुझ अकेले को कौन घर देता ? परन्तु खोजना तो था। रामदास खराटे नामक मेरा एक मित्र था, उसके घर मेरा जाना-आना था। रामदास की माँ ने कहा कि फिलहाल हमारे घर रहो ! परन्तु थोड़ा-बहुत जो सामान था, वह कहाँ रखें ? क्योंकि, वैसे उनका परिवार बड़ा था। भवानीपेठ के एक अँधेरी भरी उपमंजिल पर वे रहते थे। जिन्हें जगह न होती वे सीढ़ियों के नीचे सँकरी जगह में सोते।

एक रात बँगले के आउट हाउस में ताला लगा था। मैं रेत पर ही सो गया था। सूचना मिल चुकी थी। हमें बदल लेना चाहिए था। बाबूजी को बताया, उनसे कुछ पैसे लिये और एक बैलगाड़ी मँगवाई। सामान लेकर खानाबदोश गृहस्थी घोरपड़ी गाँव में ले गए। संस्था का एक मित्र लखू गड़ेकर वहाँ रहता था। उसके पास, खेत में बने मकान में जगह मिली। एक कमरा, अँधेरा भरा हुआ...भीतर एक दीवार गिर गई थी...ऐसा कमरा हमें दिया। भीतर रुकना केवल असम्भव था। मालिक को दो माह का किराया दिया। सामान रखकर ताला लगाया और बाहर आ गए।

अब तो हम एकदम सड़क पर थे। बाबूजी तिलक के दवाखाने में सोते। मैं खराटे मौसी के घर उपमंजिल की अपर्याप्त जगह में रहता। वहीं हम खाना खाते। ममतामयी मौसी ने उन तीन-चार महीनों के लिए हमारा सब कुछ किया। पानी नीचे से भरना पड़ता। पालकी विठोबा चौक में एक सार्वजनिक नल है, वहाँ मैं रामदास के साथ नहाने जाता। वहाँ सामने कामगार मैदान की ओर जाने के लिए एक गलीनुमा रास्ता है। वहाँ रात को लोटा लेकर जाते। कभी मामा के घर भी मुकाम होता। परन्तु उनके घर भी काफी लोग होते, इसलिए उनका चिड़चिड़ापन झलकता और माँ की अनुपस्थिति भी !

इसी दौरान भवानीपेठ के मकान-मालिक खराटे परिवार को मकान छोड़ने के लिए बार-बार कहने लगे। वे रुकने के लिए बिल्कुल राजी नहीं थे। झगड़े बढ़ते गए। क्या करें, किसी को न सूझता। रामदास के पिता को हम अण्णा कहते। ऐसी हालत में वे किंकर्तव्यविमूढ़ हो गए थे। परन्तु मौसी धैर्यवान थीं। उन्होंने कोशिश की और गुलटेकड़ी के पास एक झोंपड़पट्टी में किसी तरह एक झोंपड़ी किराए से मिल गई। सारी गृहस्थी ले गए। मैं भी उनके साथ वहाँ पहुँच गया।

गुलटेकड़ी की सुप्रसिद्ध और विस्तृत डॉयस प्लाट झोंपड़पट्टी की खान के पीछे यह ढोले बाग झोंपड़पट्टी थी। उस जगह के मालिक ढोले मंडली थे। एक आठ बाई दस का कमरा-खराटे मौसी ने लिया। मैं भी उनके साथ आता। भीतर जगह न होने के कारण बाहर ही सोता। मैं भीतर-ही-भीतर सोचता कि इस झोंपड़पट्टी में हमें जगह मिल जाए तो ठीक होगा। परन्तु कमरा खाली न होने से मालकिन निश्चित कुछ न कहती।

झोंपड़पट्टी के बारे में काफी कुछ सुना था। परन्तु सड़कों पर भटकने से झोंपड़पट्टी ठीक, ऐसा लगता। रोज दिन-भर बाहर रहकर रात को खराटे मौसी के घर सोने के लिए जाता। सुबह उठकर अप्सरा कनॉल के किनारे प्रातःविधि से निवृत होकर बाहर निकलता। ग्रन्थालय, मित्र-मंडली, मामा का घर ऐसा दिन का क्रम होता। एस. एस.सी. के परिणामों की उत्सुकता बढ़ रही थी। मैं स्कूल में प्रथम आऊँगा या नहीं, यही असली सवाल था। प्रधानाध्यापक और शिक्षक की मेरे प्रति बहुत अपेक्षाएँ थीं।

जब प्रत्यक्ष परिणाम आए तब उनकी अपेक्षाएँ भंग ही हो गईं। मुझे प्रथम श्रेणी मिल गई थी और मैं स्कूल में प्रथम ही आया था। स्कूल का नाम उज्ज्वल करने की अपेक्षा प्रत्येक सँजोता है। मेरे शिक्षक भी इसमें अपवाद नहीं थे। परन्तु मेरी सीमित सफलता के अतिरिक्त मैं उन्हें अधिक कुछ नहीं दे पा रहा था। इसकी चिन्ता मुझे उस

दिन खाए जा रही थी।

एस.एस.सी. के बाद कॉलेज जाने का सपना सामने खड़ा ही था। कई रम्य कल्पनाएँ सुन रखी थीं और तस्वीर सामने दिखाई दे रही थी। मन में यह बात थी कि शिक्षा से आदमी बदल जाता है। एक सीधे-सादे प्रवाह से जीवन के खुले, अस्त-व्यस्त व्याप्त पानी में उतरने का समय अब आ चुका था।

एक अखंड लगन लेकर मैं निकला था। अनेक संस्थाओं, लोगों के ऋण मेरे मन में थे। सहज ही जीवन में आनेवाला यह एक बिल्कुल अलग समय था। स्वयं के देह की एक नई पहचान हो रही थी। दसवीं से वैसा लगने लगा था। स्कूल से लौटते समय कभी रात हो जाती तो सिटी पोस्ट के पास के चौक में पीली जिल्दवाली किताबें देखने का मोह संवरण न हो पाता। नग्न फोटोवाली पत्रिकाएँ देखने मात्र से उस दिन की नींद उड़ जाती। एक दिन मैं भी ऐसा ही मदनपुरुष होऊँगा, ऐसा सपना आता। परन्तु दूसरे ही दिन उस सपने की धज्जियाँ उड़ चुकी होतीं।

सुबह नहाते-नहाते मैं अपने आपको निहारता। मैं बहुत दुबला था। इसलिए कुछ मित्र मुझे 'लकड़ी पहलवान' कहकर चिढ़ाते। इस विशेषण से मैं कब मुक्त होऊँगा, इसी की चिन्ता होती। एक तो सारी हड्डियाँ दिखाई देतीं और मुझे ही चुभतीं। मैं मन-ही-मन ईश्वर से कहता कि भगवान इन हड्डियों पर कभी मांस चढ़ेगा ? पेट तो पीठ से चिपक गया था। पूरी बाँह की कमीज और पैंट पहनने के कारण यह दुबलापन मालूम न होता।

इधर-उधर घूमते समय बलिष्ठ लोगों को देखकर ईर्ष्या होती। वे क्या खाते-पीते होंगे, इसकी कल्पना करता। मेरे सारे मामा मोटे-ताजे थे। परन्तु उनका यह भानजा 'हड्डी पहलवान' था।

ऐसी सारी वेदना-संवदेना सँजोकर मैं कॉलेज के लिए चल पड़ा था। बहुत अलग दुनिया में ले जानेवाला यह कालखंड था। मैं इस नए वर्ष में जाने के लिए उत्सुक था। आर्ट्स में दाखिला लिया और कॉलेज शुरू हो गए। कर्वे रोड के एम.ई.एस. का उसी वर्ष आबासाहब गरवारे कॉलेज यह नया नामकरण हुआ। आबासाहब का भाषण सुनते हुए कॉलेज का पहला दिन शुरू हुआ।

कॉलेज शुरू हुआ। पर घर की बात बन नहीं पा रही थी। बरसात लम्बी हो रही थी, इसलिए मैं ईश्वर का आभार मान रहा था। क्योंकि इसी कारण मैं खराटे मौसी के घर के बाहर सो पा रहा था। इसी बीच जुलाई में मालकिन ने कमरा दिया और उसका कब्जा भी मिल गया। घोरपड़ी गाँव की गन्दी जगह में रखा सामान मैं धीरे-धीरे साइकिल से लाने लगा। और नए घर में रखने लगा। एक अन्धी गली में आठ बाई दस की झोंपड़ी ही थी मेरा नया घर। हर माह बीस रुपए किराया। डिपॉजिट चार सौ रुपए।

गुलटेकड़ी की पी. एंड टी. कॉलोनी की निचली ओर ढोले बाग की यह झोंपड़पट्टी थी। उस ओर खडान और डायस प्लॉट। डेढ़-दो सौ झोंपड़ियों की उस बस्ती में पानी के दो-तीन नल थे और लालटेन-ढिबरी की रोशनी में रात उतरती।

पी.डी., एफ.बाय. और एस. बाय. कॉलेज के तीन साल मैं इसी बस्ती में रह रहा

था। कॉलेज सुबह का होता, फिर भी मैं दिन-भर ग्रन्थालय में रुकता था और दूसरी गतिविधियों में भी भाग लेता। इस बस्ती में लौटने की इच्छा न होती, इतना विचित्र वातावरण था यहाँ। परन्तु काफी देर रात जाना होता। सिर छिपाने के लिए एक झोंपड़ा है, इसका आधार लगता।

यहाँ की सुबह कई बार नल पर झगड़े से होती। रात में ही काफी औरतें हमेशा की प्रथा की तरह बाल्टी, हंडे, गागर पानी के नम्बर के लिए रख देते। इस बीच कोई औरत बीच में ही घुस गई तो झगड़ा शुरू हो जाता। 'प्रातः समय ईश्वर का जाप करें' इसके स्थान पर गालियों की वर्षा कानों में होती। मैं कई बार रात में पानी भरता। डायस प्लॉट की झोंपड़पट्टी में बड़ा नल था। वहाँ मैं अपना हंडा ले जाता। पानी की गति अधिक होती इस कारण मिनट-दो मिनट में हंडा भर जाता। बडारी और तेलगू समाज की औरतों की वहाँ भीड़ होती। लड़के के रूप में मैं ही अकेला वहाँ होता। दो हंडे पीपे में भरकर रखता और एक हंडा भरता। इस कारण तीन चक्कर करना पड़ता। हंडे के पानी से दरवाजे के सामने ही बर्तन माँज लेता और पीपे का पानी पीने के लिए उपयोग में लाता।

रसोई की यहाँ भी वही समस्या होती। बाबूजी कभी-कभार गुस्सा करते और जितना सम्भव होता ध्यान भी न देते। वे सोने के लिए लगभग घर पर नहीं ही होते। डॉ. टिलक के दवाखाने में उनकी व्यवस्था हो चुकी थी। इसलिए रात को भोजन के समय वे घर आते। कभी खराटे मौसी या उनकी लड़की रसोई के लिए मदद करती थीं। पड़ोस की सरूबाई नामक मेहनती महिला रोटियाँ और बना देती। इसमें भी मैंने एक युक्ति निकाली। पास के ही घर में रहनेवाली पाँचवीं-सातवीं की लड़कियों की मैं पढ़ाई लेने लगा। इसके बदले वे मुझे दो रोटियाँ और साग बना देतीं। ये सारी लड़कियाँ गरीब और मेहनतकश घरों से थीं। घर और बाहर का उनके लिए भरपूर काम होता। इस कारण कभी-कभी वे थक जातीं। उस दिन मुझे काम करना होता।

मेरे लिए, रोज कॉलेज जाना एक संकट होता। सुबह कॅनॉल पर प्रातःक्रिया निपटानेवालों की भीड़ होती। इसलिए सुबह यहाँ नहाना मुश्किल होता। सम्भवतः मैं दोपहर को सामने के कुएँ से नहाकर लौटता। सुबह का नाश्ता समय काटने के लिए होता। किराना दुकान से छह-आठ टोस्ट और चाय के दो कप नाश्ता के रूप में लेकर कॉलेज जाता। कॉलेज के दिन-भर की दौड़-भाग के बाद घर लौटता। बीच के समय में मैंने बस्ती के दो घरों में छोटी कक्षाएँ चलाईं। उससे कुछ पैसे मिलने लगे। बत्ती न होने के कारण विशेषतः रात को पढ़ना मुश्किल होता। अँधेरे कमरे में ढिबरी का तेल खत्म होने तक मैं पढ़ता रहता और फिर रुक जाता।

झोंपड़पट्टी में बारिश कितनी भयानक होती है, इस घर तोड़नेवाला अनुभव यहीं मिला। एक बरसात में गुलटेकड़ी की ओर से हमारे इस उतार पर बसी बस्ती की ओर बारिश का पानी तेज गति से आता था। मेरे घर के सामने ही एक घर में सद्यप्रसूता थी। उसके पति ने पानी निकल जाने के लिए कोने में एक छेद कर दिया। फिर वह

पानी सीधे मेरे घर में घुस गया। घर में कॉट न होने के कारण कपड़ों की लुग्दी बन गई। मेरा एस.एस.सी. का सर्टिफिकेट भी खराब हो गया।

केवल उस दिन रमेश द्वारा बनाई गई लप्सी हम किसी तरह बचा पाए। पानी के उतरने के बाद हमने बड़े चाव से उसे खाया। कुछ बर्तन इस दौरान पानी निकालनेवालों ने गायब कर दिए। हमारे मन में जब यह धारणा बलवती हो जाती है कि हम लोगों की मेहरबानी और उनके अपार विश्वास पर जी रहे हैं, तब ये बातें चुपचाप सह लेनी पड़ती हैं। हमारी घर मालकिन भी झगड़ालू थी, थाली, परात चुराकर ले जाती। पूछने पर वह उल्टे झगड़ने लगती।

इस बस्ती में भिसे नामक एक परिश्रमी व्यक्ति रहते थे। उनकी पत्नी-बेटी कई स्थानों पर बर्तन-कपड़े धोतीं। वे बैलगाड़ी से माल ढोकर ले जाते। दिन-भर थक जाने के बाद भिसे हाथ-भट्ठी की देसी दारू पीकर ही घर आते। तब भिसे की बीवी उन्हें परोसती। वह ऐसे में गाली-गुप्ता करता और चिल्लाता। सारी बस्ती के लिए ये झगड़े रोज के ही थे। लोणकर परिवार गुड़ से मिठाई बनाता। उनकी मूँगफली-गुड़ से बना पदार्थ आज भी उतने ही चाव से खाया जाता है। लोणकर दाम्पत्य घर में गुड़फली बनाते और हथगाड़ी पर बेचते ढोले बाग में चक्की चलानेवाला काकड़े मेरा अच्छा मित्र बन गया था। उसे सुखद आश्चर्य होता है कि मैं कॉलेज में पढ़ रहा हूँ। मैं हर दो दिन बाद गेहूँ पिसाने उसके पास जाता। तब वह खूब बातें करता। पास ही की एक लड़की से उसकी पटरी बैठ गई थी। बालों में फूल खोंसने के बाद वह कितनी सुन्दर लगती है, उस फूल की सुगन्ध कैसे सूँघी आदि विवरण वह चटखारे लेकर सुनाता रहता।

कॉलेज में रहते हुए ये सारा समय बहुत अलग था। जहाँ मैं रह रहा था, वहाँ की समस्याएँ रोज की थीं। उधर कॉलेज में रोज नए सन्दर्भों का उद्घाटन हो रहा था। प्राचार्य जगत्अग्नि, डॉ. नवलगुन्दकर, मराठी के हमारे पसन्दीदा डॉ. वि.वि. पटवर्धन, डॉ. प्र.ल. गावडे, प्रभाकर तामणे, अंग्रेजी की सबनीस मैडम ये सभी प्राध्यापक हम विद्यार्थियों के लिए देवता समान थे। कक्षा में नए मित्र मिल रहे थे। लड़कियों से बातें करने में एक नयापन लगता—ऐसे वे दिन थे। ग्रन्थालय में पढ़ते-लिखते रहने का आनन्द भी कुछ और ही था। मराठी, हिन्दी और अंग्रेजी के साहित्य के नए लेखकों की कृतियाँ पढ़ रहा था। कॉलेज की ओर से स्पर्धा में जाने का अवसर मिल रहा था। पिछला सब कुछ भूलकर एक विद्यार्थी के रूप में मैं पूरी तरह रम गया था।

कई प्राध्यापक के लिए मेरे बारे में जिज्ञासा थी। बगल के कॉमर्स शाखा के शुक्ल सर और नातू सर हमें मराठी (स्पेशल) पढ़ाते। ऐसे ही एक मुलाकात में उन्होंने कुछ मदद की और कहा कि तुम्हें जो आवश्यक है, वह ले लो। मेरी बनियान फट गई थी। उन पैसों में मेरी सुविधा हो गई। वजीफा नहीं, नौकरी नहीं और कॉलेज तो पढ़ना ही है। ऐसे में मुझे लगने लगा कि आगे बढ़ने के मार्ग सरल नहीं हैं।

ऐसे कठिन दौर में आबासाहब आपटे मिले, एक सहृदय वटवृक्ष के रूप में। किवले की संस्था का परिचय उन्होंने रखा था। संघ और हिन्दुत्ववाद विचारों से प्रभावित

आबासाहब सर्वार्थ से 'सच्चे आदमी' के रूप में ही मुझे मिले। कॉलेज के जीवन में जो कुछ पा सका, कुछ कर सका इसका श्रेय उनकी उदार मदद को जाता है। उन्होंने मेरे लिए एक साइकिल ले दी और हफ्ते में कई बार मुझे घर पर भोजन के लिए बुलाते। मैं कई बार उनके घर मुकाम भी कर लेता। उनकी पत्नी, उनके पुत्र भाऊसाहेब, भाभी और उनके नाती—माधव व पुष्कर इन सभी से मेरे आत्मीय सम्बन्ध निर्माण हो गए। मैं उनके घर का, पर अलग उपनाम का एक सदस्य ही हो गया।

आबासाहब से चर्चा करने में आनन्द की अनुभूति होती। उन्हें सामाजिक, राजनीतिक विषयों में विशेष रुचि थी। ताजा घटनाओं पर वे अपना मत व्यक्त करते और मैं इन चर्चाओं में सहभागी होता। कभी-कभी वे मुझे एकाध पुस्तक का अंश पढ़कर सुनाते। कई बार मैं उन्हें मेरी पसन्द की पुस्तक से अंश पढ़कर सुनाता। हम दोनों कई बार महत्त्वपूर्ण भाषण के लिए एक साथ जाते। कभी मैं उन्हें सुझाता, कभी वे मुझे सुझाते। कई बार मैं उनके यहाँ भोजन के लिए रुक जाता। आबासाहब का गहरा प्रेम मिलने के कारण और उनसे बातों का अवसर मिलने के कारण इन दिनों मेरा वाचन बहुत बढ़ गया था।

एक बार कॉलेज की ओर से राज्यपाल के चाय-पान कार्यक्रम के लिए प्रतिनिधि के रूप में मुझे जाना था। परन्तु मेरे कपड़ों की हालत बड़ी खराब थी। आबासाहब ने सहजता से मेरी समस्या दूर कर दी इस कारण मैं राज्यपाल के कार्यक्रम के लिए जा सका। ऐसे कई अवसरों पर मुझे उन्होंने सहारा दिया, प्रोत्साहन देकर खड़ा किया। उनकी सादगी भी प्रभावित करती। सादे कपड़े और कम भोजन से उन्होंने अपना स्वास्थ्य सँभाला था। मेरे स्वास्थ्य की ओर भी उनका ध्यान था। मैं रोज दूध पी सकूँ इसलिए उन्होंने मेरी अलग से नियमित मदद शुरू की। उनकी इन सारी आत्मीयता से मेरा कॉलेज जीवन तो सुकर हुआ ही मेरा उत्साह भी बढ़ा।

बीच-बीच में वे घर के बारे में पूछते। एक बार वे गुलटेकड़ी की झोंपड़पट्टी में मेरा घर देखने आए। घर देखकर उन्हें बुरा लगा। कर्वेनगर की अपनी जगह में एक कमरा तुम्हें दे दूँगा, यह आश्वासन उन्होंने दिया।

गुलटेकड़ी के ढोले बाग में तीन-साढ़े तीन वर्ष का मुकाम पूरा कर अन्ततः मैं कार्वेनगर के आपटे बाग में रहने के लिए गया। यह जगह आबासाहब की अपनी थी। कम-से-कम अब निश्चिन्त होकर रह सकेंगे। आबासाहेब आपटे बाग में थे तभी हम आए। उन्होंने ही कमरा हमें सौंप दिया और मैं सामान ठीक करने में लग गया। गुलटेकड़ी की घर मालकिन ने एडवांस में लिये सारे पैसे नहीं लौटाए थे। परन्तु अब वहाँ जाना नहीं है, इसलिए मैं वहाँ नहीं गया। आपटे बाग के आसपास कुछ नई इमारतें खड़ी थीं। परन्तु खुला मैदान भी काफी बड़ा दिखाई दे रहा था। जहाँ प्लॉट्स थे, वहाँ बँगले खड़े हो रहे थे। कम-से-कम कुछ जगह ऐसे बोर्ड दिखाई दे रहे थे। पानशेत में आई बाढ़ का पानी उस परिसर तक आ गया था, इसकी जानकारी कुछ पुराने लोग बताते। मुठा नदी के बिल्कुल करीब हम लोग आ गए थे।

इधर एक विशाल मन्दिर था। बीचोबीच मुठा नदी और उस ओर विट्ठलवाड़ी। गुलटेकड़ी की तुलना में यह परिसर कॉलेज के बहुत करीब था।

आसपास इतनी घटनाएँ घट रही थीं कि हम उससे अलग नहीं रह सकते। अखिल भारतीय विद्यार्थी परिषद के काम में मैं खींच लिया गया था। मुम्बई के एक अधिवेशन के लिए मैं गया था। विद्यार्थियों की समस्याएँ समझ में आने लगी थीं। इन समस्याओं की राजनीति पुणे के महाविद्यालयों में घुसने लगी थी।

प्रधानमन्त्री श्रीमती इन्दिरा गाँधी को करीब से देखने का अवसर मुझे पुणे विश्वविद्यालय में मिला। उनके विरोध में सारे देश में वातावरण बनने का वह कालखंड था। विरोधी दलों के सारे नेतागण एक मंच पर आने लगे थे। पुणे में जयप्रकाश नारायण आनेवाले थे। मैंने महाविद्यालय के साथियों की मदद से एक हस्तलिखित अंक तैयार किया और जयप्रकाश नारायण को दिखाया। एस.एम. जोशी उनके साथ थे। उन्होंने जयप्रकाशजी के हस्ताक्षर लेकर वह अंक मुझे दिया। गुजरात के नवनिर्माण आन्दोलन के समाचार मुझे मालूम होते रहे। वहाँ जाने की इच्छा होती। वाद-विवाद स्पर्धा के निमित्त महाराष्ट्र के विविध महाविद्यालयों के भाषण देनेवालों से मुलाकातें हो रही थीं। इसके माध्यम से उनकी अनुभूति मालूम होती। अहमदनगर की हिवाले भाषण स्पर्धा और सरडा महाविद्यालय की कथाकथन स्पर्धा, बारामती की मोरोपन्त वक्तृत्व स्पर्धा, जलगाँव-नासिक की अन्य वक्तृत्व स्पर्धाओं में जाते-आते पूरे देशकाल के सारे सन्दर्भों की चर्चा होती।

स्कूल के हम विद्यार्थियों का एक समूह परिवर्तन के लिए निरन्तर उत्सुक रहता। मेरे साथ खानाबदोश समुदाय का मोहन ठोंबरे, दलित समाज का महादेव लोखंडे, नाथा, भालशंकर, मुस्लिम समाज का नजीर शेख था। जाति-धर्म तोड़ने की हमारी तीव्र आकांक्षा थी। हरेक का अन्तर्जातीय या अन्तर्धर्मीय विवाह करने का निश्चय था। सपने बहुत दूर के थे, परन्तु रोज की दौड़ समाप्त न होती। देहू रोड के शिवाजी विद्यालय में हम सब जब पढ़ रहे थे तब वहाँ कारंडे अंग्रेजी शिक्षक थे। उन्होंने हमें बताया था कि स्पर्धात्मक परीक्षाओं की तैयारी करनी चाहिए। उन्होंने स्वयं शिक्षक की नौकरी छोड़कर एम.पी. एस.सी. की परीक्षा पास कर सरकारी नौकरी में ऊँचा पद हासिल किया था। इन स्पर्धात्मक परीक्षाओं के कारण कारंडे सर के कारंडे साहब बनते हुए हमने देखा।

देहू रोड का स्कूल हम सब मित्रों की दृष्टि से एक अलग स्कूल ही था। उन दिनों मोहन, महादेव, नजीर—हम सब एक साथ पढ़ाई करते थे। स्कूल के प्रधानाध्यापक मालुसरे सर उस संस्था के लड़कों पर विशेष कृपादृष्टि रखते। किवले की संस्था बन्द होते समय आठवीं के लिए विशेष रूप से हमें इस स्कूल में अपवादस्वरूप दाखिला दिया गया था। आठवीं पास कर हमने स्कूल छोड़ दी थी, क्योंकि संस्था में ताले ठोंक दिए गए थे। स्कूल की, गाँव की अनेक बातें हमें याद आतीं। स्कूल में हमारे साथ पढ़नेवाली चन्द्रकला, पार्वती, उषा—इन सहेलियों को भूलना मुश्किल था। जिसने अपने टिफिन का रोज एक निवाला हमें दिया वह बलिदादा, मोहन के ऋण शब्दातीत हैं।

बाद में, इनमें से कइयों की मुलाकात कॉलेज जीवन में हुई। पुराने दिन याद आए। मैं और रमेश मामुर्डी मोहन और महादेव के पास किवले बार-बार जाते। कारंडे साहब की मुलाकात के कारण मोहन स्पर्धात्मक परीक्षाओं का गम्भीरता से विचार करने लगा। मराठी साहित्य का अध्ययन और लेखन करने की रुचि होने के कारण मैंने उधर ध्यान नहीं दिया। कविता, कहानी, उपन्यास, निबन्ध जैसी सारी साहित्यिक विधाओं ने मुझे मुखर किया, लिखवाया। हमारे कॉलेज के 'साहित्य साधना' साहित्यिक मंडल के काम में मैं रुचि लेने लगा। वहाँ निबन्ध पढ़ने लगा। जीवनी और आत्मकथात्मक पुस्तकों ने नई दुनिया, नए संघर्षों के दर्शन कराए। गाँधीजी, आम्बेडकर, सावरकर, नेहरू, रवीन्द्रनाथ टैगोर, आचार्य अत्रे, कुसुमाग्रज, बोरकर, माडखोलकर, नारायण सुर्वे, दि. के. बेडेकर, लालबहादुर शास्त्री, रामगणेश गडकरी, नामदेव ढसाल, नानासाहब परुलेकर, प्रभाकर पाध्ये, मर्ढेकर, अरविन्द गोखले, पु. भा. भावे, ग.दि. माडगूलकर और व्यंकटेश माडगूलकर, गंगाधर गाडगिल, नरहर, कुरुन्दकर, अनिल अवचट जैसे प्रतिष्ठित लेखकों की पुस्तकें पढ़ते-पढ़ते मैं कब सम्पन्न हुआ, मुझे पता ही नहीं चला। एक अनजान सुख मन में बस गया था। ऐसे ही एक कार्यक्रम में गया था। पुल देशपांडे, गंदि माडगूलकर और बोरकर मंच पर थे। कार्यक्रम समाप्त हुआ। मेरे हाथ में डायरी थी। भीड़ कम हुई। सम्भाजी पार्क के उस रम्य वातावरण में बोरकर सबसे पीछे थे। सहज और प्रसन्न। उन्होंने सिगरेट सुलगाई और कश खींचते हुए आगे बढ़े। उनके 'जीवन वीणा' की कविता मैंने पिछले दिनों ही पढ़ी थी। मैं बाअदब उनके सामने गया और डायरी खोल ली। एक शानदार कश लेकर बोरकर ने हस्ताक्षर किए। उनकी सुन्दर लिखावट की कल्पना कर सका। मैं धन्य हो गया था। घर आकर वे हस्ताक्षर दो-तीन बार तो देखे ही होंगे। दूसरे दिन कॉलेज के मित्रों को विशेष रूप से दिखाता रहा।

वि.स. खांडेकर हम कुछ विद्यार्थियों की दृष्टि से पूज्य व्यक्ति थे। कॉलेज के अन्तिम वर्ष में हमने सुना कि उन्हें ज्ञानपीठ का पुरस्कार मिला और हमें इतना आनन्द हुआ ज्यों हमें ही कुछ मिल गया हो। उस वर्ष तिलक स्मारक मन्दिर में खांडेकर का एक सत्कार था। शरीर से थके, थरथराती आवाज में बोलनेवाले और सिद्धान्तवाद की ज्योति हम विद्यार्थियों के मन में प्रज्वलित कर हमें आगे बढ़ानेवाले भाऊसाहब को मैं अपनी आँखों से देख रहा था, यह बात मुझे अविश्वसनीय लगती।

ययाति, अमृतवेल, क्रौंचवध, सफेद बादल, उनके इन उपन्यासों ने हमारे भीतर एक नव-उत्साह जगाया था। इस कारण खांडेकर निरन्तर आदर्श स्थान थे। वह एक महान प्रतिभावान प्रत्यक्ष देखने को मिला, इसकी एक विशिष्ट अनुभूति उस दिन हुई।

हम सपनों को समेटे जीते हैं और वे साकार नहीं हो पाते, फिर क्या होता है ? भाऊसाहब खांडेकर ने यह 'अमृतवेल' उपन्यास में चित्रित किया है। वह पढ़कर ऐसा लगा कि मुझे जैसे कइयों के मनोविश्व में उन्होंने प्रवेश कर लिया है।

उन्होंने कहा :

''भग्न सपनों के टुकड़ों को छाती से लगाने के लिए मानव ने जन्म नहीं लिया।

मानव का मन केवल भूतकाल की साँकलों से कसकर नहीं बाँधा जा सकता, उसे भविष्य के गरुड़ पंखों का वरदान भी प्राप्त है। कोई सपना देखना, उसे सजाना, साकार करने के लिए प्रयास करना, उन प्रयासों से खुशियाँ बटोरना और दुर्भाग्य से सपना टूट जाने पर भी उसके टुकड़ों पर से रकासते कदमों से दूसरे सपनों के पीछे भागना, मानव मन का धर्म है। मानव जीवन को इसी से अर्थ मिलता है।''

13

दो फिल्में—एक ग्रेगरी पेक की और दूसरी राजेश खन्ना की—देखी भी और तय कर लिया था। ग्रेगरी पेक था फौजी अधिकारी और राजेश खन्ना गाड़ी खींचनेवाला हमाल। ग्रेगरी पेक की तरह सूट-बूट में घूमनेवाला अधिकारी बनने का सपना मन में बैठा चुका था।

साथ ही, कॉलेज के प्राध्यापकों का सन्देश—''नाट फेल्युअर बट लो ऐम इज क्राइम।''

इस सन्देश के कई अर्थ मन में उभर रहे थे। क्लेक्टर, प्रोफेसर, वकील, अधिकारी के पदों पर ही जाने की कोशिश करें। तुम लोग क्लर्क मत बनना, हमाल न बनें। हमेशा ऊपर के पदों पर जाने की अभिलाषा रखें और उसे हासिल करें।

लक्ष्य तो उच्च अधिकारी बनने का होता है मन में, पर वहाँ तक पहुँचने का रास्ता बहुत कठिन होता है, यह भी मालूम होता है, नहीं, वहाँ तक जाने के लिए, मन को शरीर को कई बाधाएँ पार करनी पड़ती हैं।

पर सपनों का नशा आपको कैसे बताएँ ? महत्त्वाकांक्षा के पैर नहीं होते, ऐसा किसी ने कहा है। यह पूरा सही लगने लगता।

महाविद्यालयीय जीवन शुरू हुआ और एक-एक जीवन व्यवहार ज्यों पारदर्शक पदार्थ सा आर-पार स्पष्ट दिखाई देने लगा। लगता, सुबह का कॉलेज हो और दिन-भर की नौकरी मिल जाए मुझे। पिताजी के कान में बात डाल तो वे बौखला उठे ! बोले, ''तुम्हारे बाप ने सारी जिन्दगी इस दलदल में (अर्थात् पी.एम.टी. की नौकरी में) पैर धँसा लिये, तू क्यों फँसता है, इस दलदल में ?''

उनके इस बयान से लड़ना सहज नहीं था !

परन्तु सुबह का कॉलेज हो जाने पर घर जाने का मन न होता और नौकरी भी नहीं मिल रही थी।

नौकरी मिलने पर क्या-क्या लेना है ?

हर माह की पगार में दो थालियाँ, कटोरियाँ लेना है। कुछ महीने में दरी, चद्दरें और कॉट-गद्दियाँ लेना है। पर यह सब नौकरी मिलने के बाद ही।

एक सपना और था। कॉलेज की कई गतिविधियों, स्पर्धाओं में मैं भाग ले रहा था। नाम चमक रहा था। स्नेह-सम्मेलन में भाग ले रहा था। उन दिनों कई लड़के ब्लेजर

का कोट चढ़ाकर शान से चहकते, लड़कियों पर रौब जमाते। ऐसा ही एकाध सुन्दर कोट चढ़ाकर घूमने की बहुत-बहुत इच्छा होती।

अन्ततः एक कोट मिल गया।

मन में, सपने में भी न होते हुए यह कोट मुझे रोज मिलने लगा।

मेरे जीवन के एक अलग वक्त की निशानी के रूप में यह कोट आया।

यह कोट था—पोस्टमैन का। खाकी चोगा !

एस.वाई., बी.ए. में रहते समय समाचार पत्रों में विज्ञापन झलक पड़े—पोस्टमैन की भर्ती करनी है। पात्रता—अंग्रेजी-गणित के साथ आठवीं पास। उम्र—

सच तो यह है कि इस विज्ञापन से खुश होने जैसा कुछ भी नहीं था। पर सोचा, कॉलेज के दो साल बेकारी में गए। अब इस नौकरी के लिए कोशिश तो करके देखें। जमा तो जम जाएगा।

वैसे मामा की रट हमेशा थी ही—"एक बार तू सेंट्रल गवर्नमेंट की सर्विस में आ गया तो बहुत आगे तक तू जाएगा। तू आवेदन तो कर।"

आवेदन किया। बाद में लिखित परीक्षा हुई। उसमें मराठी पत्र अंग्रेजी में लिखने होते। अंग्रेजी के मराठी में करने थे। पाँच-दस गणित छुड़ाइए और अपनी पसन्द के त्योहार पर एकाध निबन्ध लिखिए।

किसी भी प्रकार पूर्व तैयारी न करके इस परीक्षा में मेरा उत्तीर्ण होना सहज था। परीक्षा में लगभग नौ सौ लोग बैठे उनमें से 60-70 पोस्टमैन चुने जाने थे।

तीन महीने में ही मेरे चयन का पत्र मुझे मिला और मामा तो बहुत ही प्रसन्न हुए।

मुझे खुशी हुई। साथ ही, बाद में तुरन्त ही पेट में एक गोला उठा। बाप रे !

मैं गुलटेकड़ी की झोंपड़पट्टी में रहता था। उसके आसपास खड़ी इमारतें मुझे बड़ी भयंकर दिखाई देने लगीं। इतनी सैकड़ों इमारतों की चार-चार मंजिलें चढ़कर जाना और पत्र बाँटते जाना, यह कल्पना ही मुझे डरावनी लगती।

साथ ही, एक डर यह भी था कि यदि तुरन्त ही काम पर जाना पड़ा तो कॉलेज तो खत्म ही हुआ।

परन्तु मामा ने मेरे आत्मविश्वास को पुख्ता करने में मेरी काफी मदद की। सेंट्रल गवर्नमेंट में अरुण तुम्हारा फायदा है। तुम्हें जल्द ही प्रमोशन मिल जाएगा। तुम बहुत ऊपर की ग्रेड तक जा सकोगे।

इतना सब होने पर भी आसपास की ऊँची इमारतें मुझे बेचैन कर रही थीं मैंने यह नौकरी छोड़ने के लिए कुछ अन्य पर्याय खोजे, पर सब बेकार !

अगले वर्ष ही मुझे पत्र मिला कि आप पोस्टमैन के दस दिन (बिना वेतन) प्रशिक्षण के लिए सिटी पोस्ट में हाजिर हों।

हो गया न हाजिर। कॉलेज साढ़े सात को और पोस्ट में जाना होता साढ़े छह को ही !

खाकी कपड़ों में कई पोस्टमैन पोस्ट के डिलिवरी हॉल में दोनों ओर सामने के पत्रों के गट्ठों को छाँटने में लगे थे। ट्यूब लाइट के कारण पूरा हॉल प्रकाशमान था।

मैं खिन्न मन से एक पोस्टमैन की बगल में बैठकर उसकी छँटाई देखने लगा। सच तो यह था कि मन से यह सब स्वीकार कर लेना चाहिए। इसमें मन के यातना होने जैसा क्या है ? इसका ठीक जवाब न मिलता।

परन्तु मन पर निराशा की परत चढ़ गई थी। कहीं तो मन के सपनों में डंक लग गया था। अन्ततः यह अपना भाग्य है, यह टीस बनी रही।

पोस्टमैन मित्रों के हाथ यन्त्रवत् चलते रहे। छँटाई से गट्ठे कम होते। एक-एक का चेहरा सहज ही निहार रहा था। कुछ तो अत्यधिक फ्रेश लग रहे थे। कुछ की आँखों का कीचड़ भी ठीक से साफ नहीं हुआ था। इतनी सुबह एक-दो लोग तमाकू की चुटकी मुँह में भर रहे थे, यह देखकर आश्चर्य भी हुआ।

सबका खाकी चोगा ऐसा लग रहा था—ज्यों चोगे की बाँहें हिल रही थीं—आदमी के हाथ नहीं हिल रहे !

लगभग सभी के सिर पर टोपियाँ थीं ही। शायद ही कोई बिना टोपी के सिर दिखाई देता। छँटाई विभाग के क्लर्कों के सिर पर टोपी नहीं थी।

लगभग दो घंटे में छँटाई का काम पूरा हुआ और पत्रों के बड़े-बड़े गट्ठे लेकर सारे दूत बाहर निकले। मैं जिस पोस्टमैन के साथ जानेवाला था, वह भी उठा और हमारा भटकना शुरू हुआ।

करीब-करीब ढाई घंटे तक पत्र पहुँचाने का काम चलता रहा। इसमें एक ही बात सुखद थी कि इस पोस्टमैन को जो इलाका सौंपा गया था, उसमें ऊँची इमारतों की संख्या अधिक नहीं थी। अधिकांश मकानों पर ऊपर की मंजिल नहीं थी। छोटे-छोटे घर थे। इसलिए काम जल्दी हो गया। काम की दृष्टि से वह अच्छा लगा।

दूसरे दिन मैंने उस पोस्टमैन से कहा कि मैं कॉलेज में जानेवाला विद्यार्थी हूँ, इसलिए मुझे जल्दी छोड़िए। वह भी भला आदमी था। हम डाक बाँटने बाहर निकलते और वह मुझे पन्द्रह-बीस मिनट में छोड़ देता। मैं अदम्य उत्साह से कॉलेज की ओर भागने लगता। ऐसे में कॉलेज के दिन कुछ अलग ही लगते। प्रत्येक प्राध्यापक, मित्र, सहेलियाँ, उस परिसर की अलग पहचान मन में उतरती। लगता किसी कारण खोई हुई यह दुनिया फिर से मिल गई है। मन खिल उठता। हमेशा लगता रहता इस दुनिया से मैं अलग न रहूँ, यह मुझसे छिन न जाए। उस परिसर से भविष्य का एक आश्वासन दिखाई देता। प्राध्यापक, मित्रों के साथ फिर कैंटीन की चाय पीने का आनन्द कुछ और ही था।

इस दौरान ट्रेनिंग के दस दिन आसानी से बीत गए। जल्दी ही परीक्षाएँ शुरू हुईं। कॉलेज का अन्तिम वर्ष शुरू हुआ।

पोस्टमैन की नौकरी का ऑर्डर इस वर्ष न आए ऐसी इच्छा थी। इस आशय का एक आवेदन मैंने सिटीपोस्ट के पोस्ट मास्टर को दिया। उन्होंने भी आश्वासन दिया कि अपनी ओर से कोशिश करेंगे। परन्तु यह होनेवाला नहीं था।

बी.ए. की परीक्षा होने से पहले ही मुझे पोस्टमैन के रूप में पर्वती पोस्ट में हाजिर होने का आदेश मिला।

मैं विचलित हो गया।

दो बातें साफ नजर आने लगीं। एक तो बिल्कुल करीब आई पदवी परीक्षा आधे में छोड़ देनी होगी और यदि यह नौकरी छोड़ दी तो बी.ए. के बाद फिर धूप में भटकना होगा, नौकरी की तलाश में।

पर्याय एक ही था। बस, पोस्टमैन की नौकरी स्वीकार की जाए। और बिना शिकायत के स्वीकार कर ली। साथ में, मामा का भरपूर समर्थन था ही। उन्होंने तो घर में हंगामा कर अपनी खुशी जाहिर की, "अरे, अरुण को कल से साढ़े बारह रुपए रोज मिलेंगे। चाय लाओ, चाय !"

पर्वती के पास मित्र मंडल कॉलोनी के पोस्ट ऑफिस में मैं सुबह छह बजे तक पहुँच जाता। ठंड के दिन होने के कारण सुबह काफी ठंड थी। अभी काफी पोस्टमैन आने थे। मैं पोस्टमास्टर, ओवरसियर आदि से मिला। वहाँ एक-दो परिचित पोस्टमैन थे। उनसे मिला। खाकी चोगा न मिल पाने के कारण जो कपड़े पहन रखे थे उसी से काम चलाना था।

नए पोस्टमैन को डाक वितरण का कौन सा इलाका दिया जाए उसके कुछ अलिखित नियम होते। ऐसे इलाके को बीट कहा जाता। सामान्यतः जो इलाका बहुत दूरी पर होता वह देते। क्योंकि किसी पोस्टमैन से वहाँ वितरण न हो पाता। इसलिए कुछ पोस्टमैन पर ही यह बीट सँभालने की जिम्मेदारी थोपी जाती। ऐसे समय नए पोस्टमैन को यह बीट सिखाई जाती है। फिर कोल्हू के बैल की तरह इस पोस्टमैन की भटकन शुरू होती है।

मुझे ऐसे ही कोल्हू का बैल बनना पड़ेगा, इसका अन्दाज मुझे पहले ही दिन हो आया। पर्वती परिसर की छह नम्बर की बीट मुझे दी गई। (आज इस बीट के तीन इलाकों में टुकड़े कर दिए हैं। इससे इसकी व्याप्ति ध्यान में आ सकेगी।)

मुझे प्रशिक्षण देनेवाले पोस्टमैन ने बताया कि छँटाई किस प्रकार की जानी चाहिए।

इस बीट के कुल तीन भाग थे, एक भाग पार्वती बस्ती का, दूसरा पर्वती की तराई से बहनेवाले कॅनाल के किनारे फैले लम्बे-चौड़े जनता कॉलोनी का और अन्तिम लक्ष्मीनगर व बाढ़ग्रस्त पुनर्वसन बस्ती का था।

मैं जिस दिन काम पर उपस्थित हुआ, उस दिन इस बीट की अच्छी जानकारी रखनेवाला—इसी बीट में काम करनेवाला पोस्टमैन छुट्टी पर था। इसलिए मेरा एक

मित्र—एक पोस्टमैन मुझे ट्रेनिंग और बीट की जानकारी देने के लिए उस दिन साथ आया।

ट्रेनिंग का प्रारम्भ डाक रखनेवाली थैली से होता है। तीन-चार खानेवाली, खाकी रंग की यह थैली। उसमें पत्र, लिफाफे, बुक पोस्ट के, डाक आकार में बड़े, चौकोन पत्रिकाएँ, रिपोर्ट की डाक जैसी साधारण डाक को अलग-अलग रखा जाता। साथ ही, किस रास्ते जाना है, उस रास्ते के अनुसार डाक की छँटाई कर एक साथ बाँधना होता है।

सारी डाक उस थैली में रखने के बाद उसे सुतली से साइकिल की हैंडिल में इतना व्यवस्थित बाँधना होता कि उसमें से पत्र गिरने न पाए। सहजता से पत्र निकाल सकें, यह भी देखना होता।

प्रत्यक्ष काम के दिन में नए पोस्टमैन को तीन दिन में उसे वितरित करने के लिए दिया गया इलाका, उसका रास्ता समझा दिया जाता। चौथे दिन अलग से नए पोस्टमैन को काम पर निकलना होता।

मेरे तीन दिन ठीक बीते। परन्तु मेरे लिए कितना बड़ा इलाका है, यह सोचकर मेरा मन सहम गया था। और मजे की बात यह थी कि मेरे साथी पोस्टमैन ने पिछले तीन दिनों में इस इलाके में पत्र ही नहीं डाले थे। उसने बताया कि इस बस्ती के नम्बरों की जानकारी मुझे ठीक से नहीं है। इसलिए इस इलाके के विषय में पोस्टमैन ही आपको बताएगा। परिणामतः जनता कॉलोनी के दो दिन के पत्र मेरे पास जमा हो गए।

तीसरे दिन उस क्षेत्र का पोस्टमैन आया और उसने वे पत्र कैसे जमा रखे यह पूछा। मैंने स्थिति बताई और उसका और मेरे मित्र का छोटा-मोटा झगड़ा हो गया और छँटाई का काम फिर शुरू हो गया।

मेरी दृष्टि से ऐतिहासिक था—चौथा दिन। पोस्ट से बाहर निकलने में ही साढ़े नौ बज गए थे। वहाँ से अलग इलाका मिला।

कामू चाल था। कुछ पत्र आगे के इलाके में बाँटने के बाद ध्यान आता कि पिछले हिस्से के रह गए हैं। फिर पीछे आना पड़ता। समय बीत रहा था।

साढ़े बारह-एक के दौरान एक घटिया होटल में थोड़ा नाश्ता किया और वापस पत्र बाँटने लगा। मेरे ध्यान में आया कि आज तो यह थैला खाली नहीं होगा।

पर्वती बस्ती के एक कॉर्नर पर आया और सोचा कि अब इस भाग के पत्र रहने दें। जनता कॉलोनी की ओर अब जाया जाए। नहर के किनारे बसी यह बस्ती अर्थात् एक अजीब घटना थी।

दो भागों में यह प्रचंड झोंपड़पट्टी बसी है। एक भाग पुणे महिला मंडल की जगह में और दूसरी जनता कॉलोनी। कॉलेज के तीन वर्ष गुलटेकड़ी की झोंपड़पट्टी में बिताने के कारण इस बस्ती की खूबियाँ मेरे लिए नई नहीं थीं। परन्तु इस झोंपड़पट्टी की संरचना और उन्हें मिले नम्बर हमेशा तकलीफ देते।

पर्वती की दिशा में ऊपर बनाई गई अनेक झोंपड़ियों में कार्पोरेशन के नम्बर होते,

गन्दी बस्ती निर्मूलन समिति द्वारा दिए गए नम्बरों का कभी मेल न होता। इनकी सबसे अधिक तकलीफ हमें यानी पोस्टमैन को होनी थी।

'सोबत' (साथी) पत्रिका का वार्षिक ग्राहक ऐसी ही ऊपर बनी झोंपड़ी में रहता था। ऊपर से उसके घर में कुत्ते। पोस्टमैन को ऊपर आते देखकर वे कुत्ते नीचे दौड़ने लगते। मालिक यदि पूरी कोशिश से उन्हें रोक पाता तभी पोस्टमैन निडर होकर ऊपर जाकर पत्र डाल सकता। मैं भी डरते-डरते ही ऊपर गया, कुत्ते निकल चुके थे। मैं रास्ते में ही रुक गया, तब वे सज्जन कुछ आगे आए और उन्होंने अपनी पत्रिका ले ली।

महिला मंडल की झोंपड़पट्टी की बात न पूछिए। एक पता ढूँढ़ने निकलते तो वह तीसरा ही होता और जगह-जगह कुत्ते भौंकते होते। सँकरे गटरों से बनी गलियाँ, नाक की संवेदना बोथरी करनेवाली दुर्गन्ध और कब, कहाँ पैर फिसल जाएगा इसका डर दिखानेवाले कचरे के ढेर, बेकार पानी के गढ़े !

मैं प्रार्थना करता, 'ईश्वर, (कम-से-कम पर्वती के मन्दिर का) ऐसी बरसात में इस बस्ती में चिट्ठियाँ बाँटने का काम करने का दुर्भाग्य मुझ पर न आए भगवन् !' मुझे लगता है इधर आनेवाला हर पोस्टमैन यह प्रार्थना करता होगा। जनता कॉलोनी की चिट्ठियाँ बाँटते-बाँटते साढ़े छह बज गए। सोचा, इधर के कुछ पत्र रहने दिया जाए। अब अन्तिम भाग—लक्ष्मीनगर की ओर मुड़ा जाए।

लक्ष्मीनगर के निवासी मेरी ओर आश्चर्य से देखने लगे। दीया-बत्ती का समय हो चला था और मेरा काम जारी था। साढ़े सात-पौने आठ बजे वहाँ के जो बचे हुए पत्र थे, उन्हें थैले में रखकर मैं पोस्ट की ओर चल पड़ा।

दरवाजे पर ही माननीय पोस्टमास्टर मेरे स्वागत के लिए खड़े थे। उन्होंने थैला देखा, वापस लाए पत्र गिने। लगभग दो सौ उस दिन बच गए थे। मेरा स्पष्टीकरण पोस्टमास्टर ने लिख लिया।

उस दिन रात में लौटते समय मुझे लगा, शायद हफ्ते-भर में अपनी नौकरी से हाथ धोना पड़ेगा या छोड़ देनी होगी। परन्तु नौकरी बची रहे, उसे मन लगाकर करेंगे, यह मन कहता। इसका बिल्कुल खास कारण था।

फिर सुबह पर्वती पोस्ट का काम शुरू हुआ। छँटाई करके पत्र बाँधकर निकलने के लिए पहले दिन की तुलना में देर ही हुई।

पत्र बाँटते मैं आगे बढ़ रहा था। भूल से जो बच जाते, वे फिर डाल रहा था। कुत्तों से डरते-डरते उनके मालिकों को ऊँची आवाज में पुकारकर पत्र देता। परन्तु फिर भी कल की तुलना में अधिक देर हो गई थी, यह बात साफ थी।

फिर वही हुआ।

लक्ष्मीनगर में पत्र डालते समय शाम उतर आई थी। आज भी पोस्टमास्टर मेरे स्वागत के लिए खड़े थे। लौट आए पत्र गिनकर उन्होंने कल की तरह स्पष्टीकरण लिखवा लिया। मुझे लगा अब अपनी नौकरी गई।

अगले दिन पोस्टमास्टर ने जनसम्पर्क अधिकारी को मेरी रिपोर्ट दी। वे मुझ पर

बुरी तरह बिफर पड़े। फिर पोस्टमास्टर ने ओवरसियर को मेरे साथ भेजकर, समय पर पत्र बाँटने की हिदायत दी।

पचास के आसपास का वह ओवरसियर कुछ फूली देह का था। मेरे साथ भाग-दौड़ करना उसके लिए तलीफदेह था। पर क्या करता ? बेचारा, साहब के आदेश पर अपनी भाग-दौड़ जारी रखे था। उस दिन से सामान्यतः समय पर पत्र डालने का काम पूरा होने लगा और पन्द्रह दिन में ही मेरा तबादला हड़पसर जैसे पोस्ट में हो जाने का आदेश मिला।

कर्वेनगर से हड़पसर लगभग अठारह किलोमीटर दूर था। सौभाग्य इतना ही था कि हड़पसर का समयं साढ़े सात-आठ था। ठंड के दिन होने के कारण इतनी बड़ी दूरी साइकिल से पार करना सचमुच सजा ही लगती, परन्तु कोई उपाय न था।

पहले दो दिन पन्द्रह-बीस मिनट देर हो जाने के कारण वहाँ के पोस्टमास्टर नाराज हो गए। उन्होंने ऊपर शिकायत करने की धमकी दी। किर्लोस्कर न्यूमैटिक कारखाने के परिसर में छोटे-बड़े, कारखानों में पत्र डालना एक बड़ा काम होता। इसमें रजिस्टर्ड, वी.पी., मनीऑर्डर जैसी खास डाक भी होती।

काम करने का इलाका बहुत बड़ा नहीं था। परन्तु काम का दबाव बहुत अधिक था। कुछ कारखानों में पचास-साठ रजिस्टर्ड पत्र, बीस-पचीस मनीऑर्डर का काम होता। कामगारों को बुलाना, सूचनाएँ देना, हस्ताक्षर लेना, रसीद लेना ऐसे कितने ही कागजी घोड़े नचाने का काम चलता रहता। कामगार न होने पर, शिफ्ट बदलने पर काम दूसरे दिन और बढ़ जाता।

चटकती दुपहरी में साइकिल से जाते हुए, चाय की गाड़ी पर बजता ट्रांजिस्टर सुनाई देता—रफी का गाना चलता रहता :

मैं प्यार का राही हूँ।
तेरी जुल्फ की साए में कुछ देर ठहर जाऊँ।

मैं उस समय ऐसे ही प्रेम का राही था और तन-मन ऐसे ही विश्राम के लिए आतुर रहता।

भीतर से पसीना झरता। खाकी चोगा पसीने से भीग जाता। टोपी से धूप की तकलीफ कम न होती, उल्टे पसीना पोंछने से सिर फिर तपने लगता। क्योंकि पसीने से गन्दी टोपी पहनने की इच्छा न होती।

ऐसे समय रफी का वह गाना तन-मन की भावनाओं को आवाज देता। कारखाने से लगे कम्पाउंड के हरे-भरे पेड़ यह आवाज और दृढ़ कर देते। मैं बेसुध सा आगे बढ़ता और मन घूमता रहता उन सुरों के आसपास, उन शब्दों के बीच।

यह विश्राम कब मिलेगा ? यह सवाल उठता और थका शरीर लेकर मैं पोस्ट ऑफिस के थैलों के बोरों पर निढाल हो जाता।

मन बे-लगाम हो जाता। देह थक गई होती और पल-भर में नींद लग जाती। फिर उठता, दोपहर के डाक-वितरण के लिए—आँखें मलते, मुँह धोकर काम का प्रारम्भ करता।

शाम की हवा बहती और मैं सन्तुष्ट होकर हड़पसर छोड़ता। हड़पसर पोस्ट की नौकरी कुल मिलाकर ठीक लगी। समय काफी बच जाता, लेकिन जाने-आने में बहुत समय खर्च होता।

इस बीच मेरी बी.ए. की परीक्षा के लिए बहुत कम समय बचा था। मैंने छुट्टी के लिए आवेदन किया। वह मंजूर हो गई इसकी मुझे जानकारी मिली।

मैं परीक्षा की पढ़ाई में लीन हो गया। परीक्षा समाप्त हुई। सारे मित्र इकट्ठा हुए। कई लोग एम.ए. में दाखिला लेनेवाले थे। एक-दो लॉ करनेवाले थे। मेरे मन में काफी कुछ था। पर मैंने कुछ नहीं बताया।

मैंने मनोविज्ञान के दो पेपर रहने दिए। इस कारण मुझे अक्तूबर में परीक्षा देनी थी। परन्तु यह किसी को नहीं बताया। मैं कुछ निराश मूड में था। तब भी मैंने हमेशा के हँसी-मजाक का ही मूड रखा। मेरी विकेट लेने की कोशिश के बावजूद किसी के लिए यह सम्भव न होता। मन पर निराशा की छाया होने पर भी हमने एक-दूसरों से खुशी-खुशी विदा ली। रात उतर आई थी और मैं जड़वत घर निकला।

फिर पोस्ट ऑफिस में हाजिर होना था। वेतन लेना था। परन्तु यहाँ भी मुश्किल ही हुई। वेतन निकला नहीं था और मेरा ऑफिस बदल गया था।

डेक्कन जिमखाना पोस्ट में मेरा तबादला हो गया था। जिस परिसर में मेरे कॉलेज के चार वर्ष बीते उसी इलाके में मैं पोस्टमैन के रूप में कार्यरत हुआ था। डर केवल इतना था कि जिस कॉलेज में सम्मानपूर्वक विद्यार्थी के रूप में रहा, वहाँ तो पत्र डालने मुझे नहीं जाना होगा ! और यदि जाना भी पड़ा तो, 'नॉट फेल्युअर बट लो ऐम इज क्राइम' का सन्देश देनेवाले प्राध्यापक मेरा स्वागत किस तरह करेंगे ?

सवालों के इन्हीं घेरों में रहते हुए मैं डेक्कन जिमखाना पोस्ट की ओर बढ़ा। रास्ते में कॉलेज की इमारत की ओर आँख उठाकर देखने का भी साहस मैंने नहीं किया।

खाकी चोगा चढ़ाकर फिर काम की शुरुआत। ओवरसियर ने मुझे एक बीट के पास बैठा दिया और पाँच-दस मिनट में दूसरी ओर बैठने को कहा। तरीका वही था। पर्वती पोस्ट में आजमाया हुआ। सबसे तकलीफदेह और अधिक दूरी की बीट नए पोस्टमैन के सिर मढ़ने का तरीका।

मैं छँटाई करने बैठा। मराठावाड़ा मित्र मंडल छात्रावास, गोखले इंस्टीट्यूट, मैनेजमेंट इंस्टीट्यूट, बी.एम.सी.सी. ये संस्थाएँ पहले दौर में होतीं। बाद में अनेक सोसाइटियाँ, बँगले और उसके बाद एम.ए.सी.एस., एन.सी.सी. के कार्यालय, बालभारती, भांडारकर इंस्टीट्यूट, लॉ कॉलेज, नेशनल फिल्म आर्काइव्हज इन संस्थाओं और इन्हें लगकर सोसाइटी और सबसे अन्तिम पड़ाव प्रभात रोड की पन्द्रहवीं क्रमांक की गली। उस गली से आगे अभ्यंकर स्मृति बँगले में भांडाररोड कोड में पत्र डालकर आगे बढ़ता।

आज यह इलाका दो-तीन भागों में विभाजित कर वहाँ नए पोस्टमैन आ गए थे।

केवल मेरे लिए सन्तोष की बात यही थी कि जिस विभाग में कॉलेज है, वह इलाका मुझे नहीं मिला था। इस कारण टेंशन कम हो गई थी। परन्तु शारीरिक तकलीफ कुछ कम नहीं हुई।

यह पूरा इलाका बड़ी इमारतों का था। ये जो सोसाइटियाँ होतीं उनके दोनों भाग एक-दूसरे से जुड़े होते। कुछ इमारतों की छत से दोनों ओर जा सकते थे। परन्तु कुछ स्थानों में छतों में ताले होते, इस कारण दो चक्कर लगाने होते।

चमकदार, शिष्टाचारपूर्ण, सफेदपोश समाज का यह इलाका मुख्य लगता। एक सुखी और सुस्थापित लोगों की दुनिया वहाँ दे रहा था। उनका रहन-सहन, उनका ठाठ कुछ और ही खुमारी लिये होते। जहाँ तक पहुँचना मेरे लिए सम्भव नहीं था, वहाँ केवल पत्र डालने के बहाने मैं जा रहा था। बँगलों के कुत्तों से डरते हुए, उनके मालिकों को आवाज देते मैं आगे बढ़ रहा था। कुछ कुत्तों की आवाजें इतनी भयानक होतीं कि भयंकर धूप में रोंगटे खड़े हो जाते। कई बार इतनी सुन्दर लड़कियाँ हाथ से पत्र लेतीं कि उस दोपहरी में भी चाँदनी बरसने का अहसास होता।

सोयाइटी के नाम भी वैभव-समृद्धि से रिश्ता दर्शानेवाले होते—शौनक, हिलव्यू, प्लेजंट कला वसन्त, सुगन्ध। उनमें रहनेवाले लोग भी उतने ही सम्पन्न थे। नाम से, पैसों से, कीर्ति से; अधिकांश के घर पर मोटर, स्कूटर होते। सब बड़ा ठाठ। इन सबको रोज देखते हुए रोज कुछ अलग लगता। अपना बौनापन अनुभव होता। शरीर की दुर्बलता से यह तुलना शुरू होती। कपड़े, घर, नौकरी, वेतन सब कुछ विशेष। शिक्षा की गुणवत्ता से तुलना करते हुए मन फिर बेचैन हो जाता।

पर्वती की जनता कॉलोनी में, गुलटेकड़ी की झोंपड़पट्टी में देखी दुनिया से यह दुनिया बिल्कुल भिन्न थी। यहाँ व्यक्तियों की तुलना में इमारतें, बँगले, सोसाइटियाँ ही अधिक होतीं।

दोपहर बारह के लगभग मैं प्रभात रोड के पन्द्रहवीं गली में प्रवेश करता। कड़ी धूप के बावजूद इन गलियों में उसका प्रभाव कम होता। अनेक स्थानों पर झाड़ियाँ होने के कारण दिमाग शान्त रहता। ठंडी बयार चलती तो अच्छा लगता। एकाध जगह नहीं, बल्कि अधिकांश जगह विविध भारती पर गाने या टेपप्लेयर चलते होते। उन सुरों के साथ कदम बढ़ाते हुए एक अनाम आनन्द मिल जाता।

एक बार ऐसी ही दोपहर में एक सोसाइटी में घुसा। ऊपरी मंजिल से फिर नीचे आया। निचली मंजिल में किशोरकुमार का सुन्दर गाना चल रहा था :

पायलवाली देखना...यहीं पे कहीं दिल है...

यह मस्त आवाज भी किशोर की। मैं गाना सुनते रुक गया। वह गाना किस फिल्म का है, यह जानने की उत्सुकता थी। परन्तु अनाउंसर ने दूसरा गाना शुरू कर दिया था। किशोर के उस गाने की मुझे जानकारी चाहिए थी। मैंने हिम्मत की और दरवाजा थपथपाया। भीतर की महिला ने हिन्दी में पूछा कि क्या चाहिए। मैंने कहा, अभी आपने किशोरकुमार का जो गाना सुना वह किस फिल्म का है ? मुझे उत्तर अपेक्षित था। परन्तु

वह महिला बहुत रूखी स्वभाव की होंगी। उन्होंने, 'मालूम नहीं' उत्तर देकर दरवाजा बन्द कर लिया।

मैं गाना गुनगुनाता बाहर आया। मन में सोचा, यहाँ भी इतनी नीरस हो सकती है ?

पर किशोर के उस गाने से मेरे बाद के काम हल्के हो गए। आगे 'कल्पना' के उसके गीत मैं कई बार सुनता।

इसी गली के दूसरे छोर पर था स्मृति बँगला। बँगले के फाटक की दीवार पर पता लिखा होता ग.का. अभ्यंकर, 805, भांडारकर रोड, पुणे-41; इस बँगले में दो गेट थे। एक आने-जाने के लिए हमेशा के इस्तेमाल के लिए, दूसरे में गाड़ी गैरेज में लगाने हेतु। बँगले में हरा-भरा बगीचा था। मैं पत्र डालता, कुछ दरवाजा खोलकर भीतर जाकर बरामदे पर रखी पत्र-पेटी में। यह बँगला आमतौर पर मेरा काम समाप्त होने की निशानी होता। उसके बाद एक सोसाइटी और कुछ बँगले होते। परन्तु वे कुछ ही देर में पूरे कर लिये जाते। मैं तुरन्त चोगा उतारकर पीछे साइकिल पर रखकर तेजी से पोस्ट ऑफिस की ओर भागता।

पोस्टमैन की असली परीक्षा मैंने बरसात में देखी। कैसी भी बारिश हो पत्रों का वितरण होना ही चाहिए। 'अहर्निश सेवामहे' यह बोधवाक्य डाक विभाग का। इस बोधवाक्य के लिए सबसे अधिक कीमत चुकानी पड़ती पोस्टमैन को ही।

जुलाई में बारिश जमकर होती। रेन कोट लीजिए छाता लीजिए, भीगना तय था। पत्र कितना ही सुरक्षित ले जाना चाहें तब भी भीगते ही। पर यह सब लोग कैसे जानें ?

अब देखिए, रेनकोट की जेब में प्लॉस्टिक की थैली में पत्र रखते। जिनके नम्बर के पत्र हैं उन्हें देने के लिए तो निकालने पड़ेंगे। ऐसे में सहज ही सिर से चार-छह बूँद पानी के टपक पड़ेंगे। मान लें कि सारे पत्र, लिफाफे थैली में रेनकोट के अन्दर रख भी दें तो बुक पोस्ट से आनेवाले, बड़े आकार के प्रिंटेड मैटर आदि तो भीगेंगे ही।

परन्तु लोगों की शिकायतें न रुक पातीं।

लाले गुरुजी नामक एक वरिष्ठ पोस्टमैन कहते—"अजी खोरे, पोस्टमैन को सैकड़ों पति ! ओवरसियर पूछेगा, पोस्टमास्टर पूछेगा और पब्लिक भी पूछेगी ! हम सबके साथ मीठा बोलकर समय निकालना होता।

जिस प्रकार प्रत्येक धन्धा, नौकरी के लिए कुछ शाप कुछ मुसीबतें होती हैं, उसी प्रकार पोस्टमैन के लिए बरसात शाप होती है। बरसात में काम करते हुए मैं कई बार थक जाता। जाँघें, कमर, पैर, कन्धे, पेट—सब अंग-अंग थक जाता। वैसे भी मैं दुबला-पतला था। ऊपर से ऐसी नौकरी। डर लगता कहीं मैं विकलांग तो नहीं हो जाऊँगा। अपनी उम्मीद, भावना, कल्पना की एक गठरी बाँधकर अब इस पोस्ट के मोटे खाकी थैले के रूप में मेरी आकांक्षा ज्यों लौट आई, यही विचार बार-बार कौंधते।

इसी बीच घर में माँ या बहन कोई न होने के कारण भोजन का सवाल सतत सताता रहता। कई बार छोटा भाई भोजन का डिब्बा बनाकर लाता। वह इसमें बहुत होशियार था। परन्तु रोज पाव रोटी और चना—मिक्स्चर खाकर काम करना शरीर को

कहाँ तक मंजूर होता ? इससे मेरा पेट खराब हो गया। बरसात के दिनों में यह तकलीफ कुछ ज्यादा ही मालूम होती।

मेरे जो पोस्टमैन मित्र थे, उनमें से कइयों को शराब की लत थी। तमाकू, सिगरेट का साथ तो होता ही। इन सबके कारण जमा-खर्च ठीक से न बन पाता। उन्हें खर्च में खींचतान करनी पड़ती। मेरी हालत तो यह नहीं थी, पर ऊपर के खाने में ही सारे पैसे खर्च हो जाते। परिणामस्वरूप महीने के अन्त में तंगी ही होती।

बहुत अधिक मेहनत और खाने-पीने में हो रही अनियमितता के कारण शरीर ने युद्ध घोषित कर दिया। पेट तो बिल्कुल बिगड़ ही चुका था।

बरसात खत्म होते ही मैंने बी.ए. के दो बाकी पर्चों की तैयारी शुरू कर दी। दीवाली के दौरान मैंने परीक्षा दी और उसके बाद बी.ए. आनर्स घोषित करनेवाली मार्कलिस्ट भी मुझे मिली।

अब फिर ठंड के दिन शुरू हो गए थे। इन्हीं दिनों मैं चपटी नाकवाली थाई युवती के आकर्षण में बँध गया। वह रोज दोपहर में 'पत्र आया'...यह पूछती। बिल्कुल सटकर खड़ी रहती और पूछती। मीठी मुस्कान होती उसकी। पुष्ट गाल, सिकुड़ती नाक, नाटा कद पर गोरा रंग, बस्स ! उसकी ओर आकर्षित होने के लिए यह सब मेरे लिए काफी था।

मैंने हिम्मत कर उसे एक दिन पत्र लिखा। वह सिम्बॉयसिस के हॉस्टल में रहती थी। वैसे इस पत्र को प्रेमकाव्य ही कहा जा सकता है। उसे मेरे क्या लगता है, इसकी बजाय मुझे उसके बारे में क्या लगता है, क्या लगा यही मैंने उस पत्र में लिखा था। थाइलैंड की उस युवती का हाथ मैंने माँगा था। हमारे इस संयोग से एक नए युग के आगमन की आशा मैंने व्यक्त की थी। तू जिस बुद्ध देश की है, वह बुद्ध मेरे देश में पैदा हुआ, यह मिलन-स्रोत मैंने उसे समझाया था। रवीन्द्रनाथ की दो-चार काव्य पंक्तियों से मैंने यह पत्र खत्म किया था और प्रतिक्रिया की प्रतीक्षा की थी। अत्यन्त संवेदनशील होकर, काँपते हाथों से मैंने यह पत्र मेरे उस प्रियतमा के कमरे में एक पोस्टमैन के रूप में डाल दिया और दौड़ते-भागते लौट आया ! उस पत्र में मैंने अपना उल्लेख पोस्टमैन के रूप में किया था और इस पत्र के उत्तर के रूप में तुम पोस्ट ऑफिस के सामने के होटल में आ जाओ; यह भी मैंने लिखा था।

परन्तु वह नहीं आई। मन को बेचैनी सौंपनेवाली वह थाइलैंड की रमणी आई ही नहीं। मैं आठ बजे तक वहीं मँडराता रहा।

दूसरे ही दिन वह फिर आई। वही होंठों से बगावत करती मधुर मुस्कान, गाल पर वही रक्तिमा—चुम्बन के लिए आमन्त्रित करनेवाली, वही मोहक रूप ! उसकी ओर से बात केवल पत्रों के लिए। इधर मैं 'पत्र नहीं है' केवल इतना ही बताते हुए सिर से पैरों तक काँप गया था।

नई उम्मीद से उसे फिर नया पत्र लिखा। फिर मैंने ही डाला। फिर निराशा और दारुण अपेक्षाभंग !

नए युग की हलचल मैं अनुभव करता, पर वह इससे कोसों दूर थी।

'अभ्यंकर परिवार के पाँच लोगों का खून' यह समाचार 'सकाल' के पहले ही पृष्ठ पर जब मैंने पढ़ा तो मैं दहल गया। 2 दिसम्बर, 1976 का वह दिन था। उस दिन मेरी छुट्टी थी। पोस्ट में केवल एक ही बार डाक बाँटनी थी। परन्तु उस समाचार से मैं हड़बड़ाकर उठा। पोस्ट में गया। इसी खबर की चर्चा थी। मैं साइकिल पर 'स्मृति' बँगले की ओर भागा। पुलिस ने भीड़ रोकने के लिए पहले ही नाकेबन्दी कर ली थी। मैं वहाँ तक नहीं जा सका। पुणे के एक भीषण कालखंड का वह दिन था। पुलिस के हाथ कुछ भी नहीं लग रहा था। पुलिस अधिकारी, गृह सचिव, गृहमन्त्री, मुख्यमन्त्री आश्वासन दे रहे थे। उस विभाग की गस्त बढ़ा दी थी।

मैं हमेशा की तरह काम पर गया। आए हुए पत्रों में सबसे बड़ा गट्ठा ग.का. अभ्यंकर का ही था। उनके पिता महामहोपाध्याय काशीनाथशास्त्री अभ्यंकर और अन्य परिवारजनों के इस भीषण मृत्यु के बारे में शोक संवेदना व्यक्त करनेवाले पत्रों का ढेर लगा था। इसमें प्रधानमन्त्री, राष्ट्रपति, मुख्यमन्त्री और अन्य कई अधिकारियों के पत्रों का समावेश था।

हमेशा की तरह चिट्ठियाँ लेकर मैं 'स्मृति' के करीब पहुँचा तब पुलिस की भीड़ बढ़ गई थी। उस बँगले के परिसर में पुलिस के कुत्ते इधर-उधर सूँघते फिर रहे थे। बाहर एक एम्बॅसडर गाड़ी में वरिष्ठ पुलिस अधिकारी बैठे थे। भीतर पुलिस अधिकारी जाँच कर रहे थे। मैंने गाड़ी में बैठे पुलिस अधिकारी से पूछा कि पत्रों का यह गट्ठा किसे दूँ। हमेशा की तरह उसने कहा—पत्र डाल दो। मैं पत्र लेकर भीतर गया, तब एक पुलिस इंस्पेक्टर ने वे पत्र अपने पास ले लिये। मैं लौट आया।

उसी दिन मेरा, स्कूल का एक मित्र आया था। उसे 'स्मृति' बँगला देखना था। मैं अपना काम निपटाकर उसे भांडारकर रोड ले गया। पुलिस की गहमागहमी वैसी ही थी। परन्तु शाम अधिक न होते हुए भी चारों ओर सन्नाटा था। अनजान डर की एक घनी छाया उस वातावरण में पसर गई थी। इस खून के साथ एक भीषण खून का सिलसिला शुरू हो गया। इस खून से ठीक एक महीना पहले इसी तरह तीन लोगों का खून एक ही परिवार का हो गया था।

मैंने ग.का. अभ्यंकर को, उन पर हुए दुखद आघात पर शोक संवेदनाएँ व्यक्त करनेवाला पत्र भेजा। उनका उत्तर बहुत बिलम्ब से आया। परन्तु उन्होंने लिखा—आपके पत्र से हमारी आँखें भर आईं। वह पत्र हमने बार-बार पढ़ा।

पुणे-मुम्बई के अखबारों में इस भीषण घटना के विवरण आने लगे। कुछ सत्य के और कुछ अफवाहों के धनी थे।

पुणे की शामें अब सुनसान हो गईं। बालगन्धर्व रंग-मन्दिर के रात के नाटक रद्द करने पड़े। लोग भयभीत हो गए थे। कोई शहर भयासुर के चंगुल में फँस जाए, ऐसी हालत पुणे की हो गई थी। शाम को छह-सात से पुलिस की गस्त शुरू होती और सुबह तक चलती।

'स्मृति' बँगला जिस पन्द्रहवीं गली के मुहाने पर है वह गली तो भयाक्रान्त हो गई,

कुछ भी हो तब भी लोग दहशत-भरे थे। बेल बजने पर भी दस-दस मिनट कोई दरवाजा न खोलता। घर में कोई पुरुष हो तो ठीक अन्यथा कोई महिला दरवाजा न खोलती। जो हालत बाहर से आए व्यक्ति की, मेहमान की होती, वही रोज दरवाजा खटखटानेवाले पोस्टमैन की होती।

चार महीने बाद जक्कल, सुतार, मुनव्वर शाह और जगताप को पुलिस पकड़ पाई। एक अलग प्रकरण अब शुरू हो गया था।

मैंने उसी दिन, रात में बैठकर 'भयासुर की छाया में वह भीषण दिन' नामक लेख लिखा और दूसरे दिन 'सकाल' को भेज दिया। उस लेख में मैंने अभ्यंकर के बँगले में पत्र डालते समय मिले उनके परिवारजन, उनके खून के बाद व्याप्त डर, लोगों की दहशत, अब आरोपी के पकड़े जाने के कारण यह डर, दहशत दूर होने की आवश्यकता जैसे विचार व्यक्त किए थे।

केवल पाँचवें दिन ही वह लेख छप गया था। इस कारण मुझे एक नाम मिल गया। मैं हमेशा की तरह पोस्ट के काम से निकलने की तैयारी में था, तभी अखबार का—अंक आया। मैं खोलकर देखता क्या हूँ कि मेरा लेख ! मैं खुश हुआ। पोस्ट में गया तो लिपिक वर्ग मेरे लेख की ही चर्चा कर रहा था।

जिस इलाके में मैं साल-भर से पत्र डाल रहा था, उस इलाके में मेरा नाम कुछ अलग ढंग से लिया जा रहा था। मेरे लिखे शब्दों ने मेरी ऊँचाई बढ़ा दी थी। उसके पीछे की भावनाओं से उस परिसर के लोगों के मन भारी हो गए थे। आज हर कोई मेरा नाम पूछ रहा था। चाय के लिए जोर दे रहे थे।

एक पोस्टमैन का लेखक के रूप में संक्रमण हो रहा था। मैं इसका अनुभव कर रहा था।

वह मंगलवार का दिन था। पोस्टमैन के काम के हिसाब से अत्यन्त 'लाइट' दिन। दो घंटे में काम पूरा हो जाता है। पर लोगों की प्रशंसा के कारण काम समाप्त करने में लगभग डेढ़ बज गया। दो-तीन घंटे अधिक हो गए। परन्तु इन तीन घंटों ने मेरा मन अलग निश्चय में ला दिया। मेरे कदम अधिक दृढ़ कर दिए। कॉलेज के दिनों की दो सहेलियाँ उस दिन विशेष-विशेष रूप से मिलीं। साल-भर से उन्होंने अन्य लोगों की तरह अपना परिचय छिपा रखा था।

जो संसार मुझे अपरिचित और पराया था वह अब मुझसे संवाद करना चाह रहा था। उनके मन की भावनाओं का मैंने प्रतिनिधित्व कर वाणी दी थी। लेकिन, उस लेख से मैं अन्तर्मुख हो गया। केवल इस लेख से क्या अभ्यंकर परिवार का दुख सचमुच कम हो गया था ? मैंने जो लिखा था, उसे केवल भावना का ही आधार था।

बड़ौदा से केवल सुरक्षा के नाम पर पुणे रहने आईं एक महिला मिलीं। वे पन्द्रहवीं गली में ही रह रही थीं। उन्होंने अपना गला दिखाया। एक रात छत पर—सोए रहते में उन पर और उनके पति पर चोरों ने तेज हथियारों से हमला किया था। गले पर जख्मों के निशान वे दिखा रही थीं। जिस पुणे में वे सुरक्षा, शान्ति के लिए आई

थीं–उसी को ध्वस्त होते उन्हें देखना पड़ रहा था।

इसी गली में एक सम्पन्न महिला के घर के शादी के फोटो जक्कल के भाई–विवेकानन्द ने खींचे थे। उस महिला ने वे फोटो मुझे दिखाए। वे बोलीं कि इस विवेकानन्द का भाई जक्कल यदि मेरे घर आता तो मैं उसे खुशी-खुशी घर में बिठाती ! यह कहते हुए वे भीतर तक दहल गई थीं !

एक फ्लैट की सम्पन्न महिला ने पूछा कि वे मेरी क्या मदद कर सकती हैं। तब मैंने कहा कि एम.ए. करने के लिए क्लर्क की नौकरी दीजिए। यह पोस्टमैन पदवीधर है, यह जानने पर कइयों को सन्तोष हुआ।

इस लेख पर कुछ पाठकों ने अपनी भावनाएँ व्यक्त करने के लिए पत्र भी सम्पादक के नाम भेजे। उस समय मुझे सतत लगता रहता, 'सकाल' के ही सम्पादकीय विभाग में यदि काम करने का मौका मिल जाए तो ?

पर उसके लिए पत्रकारिता में डिग्री आवश्यक थी, उसके लिए यह नौकरी छोड़नी होगी और तभी कुछ जम सकेगी ! कइयों ने यही सलाह दी।

मुझे भी लगा–अन्ततः पोस्टमैन की नौकरी तो छोड़नी ही थी। पर आगे क्या ? दो वक्त के खाने के लाले तो नहीं पड़ जाएँगे।

परन्तु उस लेख ने एक आत्मबल दिया। कुछ असमाप्त होने का अहसास भीतर भर दिया था।

रोज का काम चल रहा था। पत्र छाँटते हुए एकाध पढ़ा जाता। मंगली लड़कियों के घर रिश्ता इनकार होने के पत्र आते। काफी दिनों से मुलाकात न होने के कारण मुलाकात की इच्छा के पत्र होते।

एक बार सहज ही एक पत्र पढ़ गया। वह झोंपड़पट्टी में रहनेवाली लड़की थी। उसने अपनी सहेली को लिखा था–मेरे जीवन की इतनी विवशता है कि लगता है इस दुनिया से बहुत दूर निकल जाऊँ, जहाँ से सवाल पीछा नहीं करेंगे। मैं भी उसकी इस भावना से सहमत था। मुझे भी लगता, इस नौकरी की दुनिया से दूर निकल जाएँ। परन्तु अब केवल साहस की ही आवश्यकता थी।

पोस्ट के क्लर्क पद के लिए मैंने विभाग की ओर से आवेदन किया और डेढ़ महीना राह देखकर पोस्टमैन का त्यागपत्र दे दिया। मैंने पात्र दोनों ख़ाकी के चोग़े दोस्तों को दे दिए। बहुतों को आश्चर्य हुआ और कुछ ने तो मुझे हिला देनेवाले प्रश्न पूछ लिये अब खाएगा क्या ?

मैं कुछ निश्चिन्त हो रहा था। एक-दो जगहों से काम के आश्वासन मिले थे। उसके सहारे पत्रकारिता के लिए प्रवेश आवेदन भर दिया। लिखित परीक्षा हुई, इंटरव्यू हुआ और दाखिले की जानकारी दी गई ! मैंने बाजी मार ली थी।

मैं सन्तुष्ट था, इस विश्वास के साथ कि अब अच्छे अखबार में अच्छे रास्ते से प्रवेश मिल जाएगा।

पत्रकार बनने के मेरे सपने ने मुझे आज तक अनदेखी ऐसी अलग दुनिया में पहुँचा दिया। मुझे पहली बार ऐसा लगा कि मैं दुनिया के केन्द्र में खड़ा हूँ। पोस्टमैन की नौकरी छोड़ दी थी। नई नौकरी न थी। पुणे विश्वविद्यालय का यह पत्रकारिता का पाठ्यक्रम पूरे समय का था।

बहुत उत्साह और खुशी में स्वाध्याय के साथ मेरा यह पाठ्यक्रम प्रारम्भ हुआ। समाचार पत्र केवल समाचार नहीं होता। समाचार पत्र की दृष्टि से महत्त्वपूर्ण कानून, सामाजिक, राजनीतिक, सांस्कृतिक घटनाओं के आगे-पीछे की स्थितियाँ, जनसम्पर्क का कौशल उसकी भाषा, शुद्धलेखन, ले-आउट, फोटो का चयन, फिल्में, रेडियो, दूरदर्शन जैसे माध्यमों से समाचार पत्रों के अन्तर्सम्बन्ध इन सारी बातों को सीखने का अवसर था। रूपाली होटल के सामने रानडे इंस्टीट्यूट की प्रशस्त इमारत में हमारे विभाग की कक्षाएँ लगतीं। अच्छा ग्रन्थालय, समर्पित और अच्छी प्रवृत्ति के प्राध्यापकों के कारण इस विभाग को एक अलग महत्त्व प्राप्त हो गया था।

'सकाल' के सम्पादक (स्व.) श्री ग. मुगणेकर, 'टाइम्स ऑफ इंडिया' के प्रकाशक (स्व.) टी.पी. पीठावाला, वरिष्ठ साहित्यिक और विद्वान (स्व.) प्रा. प्रभाकर पाध्ये, स. मा. गर्गे, एड्.एम.आर. परांजपे, अनन्त राव पाटील। वि.मा. कुलकर्णी, एस.के. कुलकर्णी, प्रा. सतीश बहादुर, कृ.द. दीक्षित, प्रा. कुमुद पोरे, ल.गो. भागवत, प्रसन्नकुमार अभ्यंकर, विभाग प्रमुख प्रा. ल.ना. गोखले, डॉ. सी.रो. जगझाप—ये सब यहाँ हमें पढ़ानेवाले गुरुजन थे। ये सब विविध विषयों के निपुण-ज्ञाता और समाज में अग्रणी थे। विद्यार्थी के रूप में हमारी ओर वे अपनेपन से व्यवहार करते। समय आने पर नाराज भी होते। परन्तु हमारा 'विद्यार्थीपन' सम्पन्न होते हुए ही हम कल के अच्छे पत्रकार बन जाएँ इसके लिए वे समर्पित भाव से पढ़ाते। व्यावसायिक पाठ्यक्रम पढ़ानेवाले इन सभी विशेषज्ञों के प्रति हम सभी विद्यार्थियों के मन में अत्यन्त आदर और प्रेम था। 'पत्रकारिता प्रबन्धन' विषय पढ़ाने के लिए पीठावाला हर सत्र में लगातार व्याख्यान देते। तीन से चार दिन तक रात-दिन वे हमें अखबारों की दुनिया की बारीकियाँ घूम-घूमकर दिखाते। सुबह नौ से रात नौ तक उनका समय होता। हम बीच-बीच में न ऊँघे इसलिए चाय मँगवाते। किसी गुरुकुल के संकल्पशील ऋषि की तरह पीठावाला हमारे मन में बसे हैं। यही समर्पण वि.मा. कुलकर्णी के पीरियड में दिखाई देता। भवानी पेठ के हमाल के दुख से नाता जोड़नेवाले वर्तमान घटनाओं का वे सन्दर्भ होते। विकासशील देश के प्रसार माध्यम कौन सी विवशता उजागर करें और किस बात को प्रकाश में लाया जाए; इन विषयों पर उनके भाषण सुनते रहने की इच्छा होती।

एक अत्यन्त अध्ययनशील विद्वान के रूप में आदरणीय पाध्ये को सुनना, मेरे लिए विद्यार्थी के रूप में परम सौभाग्य का क्षण होता। अस्खलित अंग्रेजी में उनका व्याख्यान शुरू होने पर, नोट्स उतारने में हमारी फजीहत होती। हमें विचारोन्मुख करने का उनका प्रयास होता। मार्क्सवाद, समाजवाद इन संकल्पनाओं पर भाष्य करते हुए वे दर्शन, वैचारिक प्रस्तुतीकरण इस तरह व्यक्त करते कि उनके कारण वे विवेचन समझना हमारे

लिए आसान हो जाता। हमारी कक्षा का एन. राघवन उनसे अक्सर व्याख्यान शुरू रहते में विवाद करता। इसलिए हममें से अधिकांश को लगता कि वह 'वाम' है। पाध्ये कभी तो पूरे सूट में होते कभी नेहरू कुर्ता और धोती, इस खालिस भारतीय पोशाक में होते। उनका प्रसन्न व्यक्तित्व कक्षा पर अत्यन्त प्रभाव छोड़नेवाला होता।

सर्वश्री मुणगेकर, गर्गे, पाटील, सतीश बहादुर दीक्षित, भागवत आदि प्राध्यापक सौम्य प्रवृत्ति के थे। इन सबकी अध्यापन पद्धति सरल, सिलसिलेवार होती। अभ्यंकर और परांजपे—इन दोनों के पास उदाहरणों का भंडार होने के कारण उनके व्याख्यान का अलग आनन्द होता।

समाचार पत्र को लोकतन्त्र का चौथा खम्भा कहा जाता है। यह गौरव क्यों होता है—इसका जैसे एक पाठ ही इस शिक्षा से हमें मिल रहा था। कल पत्रकारिता में प्रत्यक्ष पदार्पण करने के बाद क्या-क्या करना होगा, इसकी गम्भीरता समझ में आ जाए, ऐसा ही पाठ्यक्रम तैयार किया गया था और मैं तन्मयता से उसे पूरा कर रहा था।

प्राध्यापकों के साथ ही मेरे सहपाठी मित्रता की रक्षा करनेवाले थे। इन सबके नाम आज विविध क्षेत्र में झलक रहे हैं। प्रसार माध्यमों में आज उनका अपना महत्त्वपूर्ण स्थान है। हरीश जोशी, रमेश मेनन, मृदुला भाटकर, अरुण बेलसरे, विद्याविलास पाठक (स्व.) मुकुन्द सोमाणी, सुषमा देशपांडे, रविकिरण साने, उमा ठकार, सोमनाथ ठकार, सन्ध्या टाकसाले, उद्धव भडसालकर, सुचित्रा कुलकर्णी, उनमें से कुछ नाम हैं।

जब यह पाठ्यक्रम शुरू हुआ था तब मैंने 'सकाल' के तत्काल सम्पादक मुणगेकर को एक पत्र भेजकर पार्टटाइम नौकरी देने विषयक अनुरोध किया था। अपने व्याख्यान के लिए वे आए और बाद में उन्होंने मेरी पूछताछ की। कहाँ खाना खाते हैं, फीस भरी या नहीं, ऐसे छोटे-मोटे प्रश्न पूछकर उन्होंने जानकारी ली। उन्होंने कहा, 'फिलहाल नौकरी देना सम्भव नहीं है। परन्तु नियमित लेखन कर कुछ पैसे मिल सकते हैं। इसके लिए 'रविवार सकाल' के सम्पादक रामडे से मिलिए। अगले वर्ष यदि यह पाठ्यक्रम आपने ठीक ढंग से पूरा किया तो आपको 'सकाल' में लेने के लिए मैं अवश्य कोशिश करूँगा। उस दिन सर के माध्यम से जैसे देववाणी ही हुई थी।'

इसी दौरान विश्वविद्यालय के कुलगुरु के पास फीस-माफी के लिए मैंने आवेदन किया। उन्होंने स्पष्ट किया कि यह सुविधा नहीं दी जा सकती। परन्तु मेरे लिए उन्होंने विश्वविद्यालय के 'कमाओ और पढ़ो' योजना विभाग को कहा। पत्रकारिता विभाग में ही मुझे काम मिल गया। मेरे साथ भड़सालकर इस काम के लिए था। विभिन्न अखबारों के सन्दर्भ, कतरन काटकर विषयवार रखने जैसे काम थे। इससे नियमित पैसे मिलने लगे।

इसी समय 'रविवार सकाल' के काम के निमित्त पा.दा. रानडे से मिला। वे हर माह एकाध विषय देते। उन्होंने अपनेपन से मेरी पूछताछ की। घर बुलाया। उनके घर सन्दर्भ, कतरन काटने का बड़ा काम होता। इस काम के निमित्त श्री व श्रीमती रानडे दम्पति ने मुझे पुत्रवत प्रेम दिया इससे उऋण होना मेरे लिए असम्भव है। मैं नियमित

रूप से रविवार को उनके घर जाता। कतरन काटता, उन्हें विषयवार लगाता। अक्सर शनिवार-रविवार को मैं उनके घर रुक जाता। इसके अलावा इस समय आकाशवाणी केन्द्र पर चर्चा के, भाषण के अनेक कार्यक्रम मिलते रहते। उसके भी कुछ पैसे मिलते। सरकारी नौकरी छोड़ दी थी। परन्तु मैं इस दौरान जो अध्ययन कर रहा था, उसके कारण जो मिल रहा था, जो दिख रहा था, वह उस नौकरी से दस गुना अधिक कीमती था। पत्रकार होने के नाते विविध कार्यक्रम में जाना, पत्रकार परिषद में उपस्थित रहना, ये बातें अब रोज की हो चली थीं। प्रधानमन्त्री मोरारजी देसाई की पत्रकार परिषद, उन दिनों के जनता दल के अध्यक्ष चन्द्रशेखर का शनिवारवाड़ा का भाषण, सासवड के लिए नायगाव में यशवन्तराव चह्वाण, आण्णासाहेब शिन्दे, सी. सुब्रमणियम् की उपस्थिति में पानी पंचायत परिषद जैसे कुछ कार्यक्रमों में विद्यार्थी पत्रकार के रूप में रहा।

पुणे के साहित्य सम्मेलन में हुई गड़बड़ी हम सभी ने देखी। दुर्गा भागवत, नामदेव दसाल, पु.ल. देशपांडे, ग.वि. माडगूलकर, देवदत्त दाभोकर, पु.आ. भावे आदि की उपस्थिति में इस सम्मेलन में शुरू किए गए परिसंवाद बाद में चर्चित रहे। प्रभाकर पाध्ये और गंगाधर गाडगिल का अध्यक्षीय चुनाव में हार और भावे का चयन, नई सारी बातों के सन्दर्भ करीब से देख रहे थे। सारे बड़े लोग क्या राजनीति खेलते हैं, इसकी जानकारी मंडप के कोने में बैठकर मिल रही थी।

उस वर्ष विद्यार्थी पत्रकार के रूप में बनारस में सम्पन्न विद्यार्थी परिषद के अधिवेशन में मैं गया था। हिन्दू-मुस्लिम दंगा के कारण शहर से शोभायात्रा निकालने की अनुमति नहीं दी गई थी। इस अधिवेशन की रिपोर्ट मैंने सुबह लिखा। इस दौरान हम पत्रकार विद्या विभाग के विद्यार्थियों के लिए नई दिल्ली के लिए अध्ययन यात्रा भी आयोजित की गई थी।

देश की राजधानी का पहला-पहला दर्शन मैं कभी नहीं भूल सकता। राष्ट्रपति संजीव रेड्डी की राष्ट्रपति भवन के मुगल गार्डन में हुई मुलाकात, प्रधानमन्त्री मोरारजी देसाई, सूचना मन्त्री लालकृष्ण आडवाणी, गृहराज्य मन्त्री सोनूसिंह पाटील—इन वरिष्ठ नेताओं से हुई बातचीत एक लम्बे समय तक याद रही। प्रेस इंस्टीट्यूट ऑफ इंडिया, मास कम्युनिकेशन इंस्टीट्यूट, डी.ए.व्ही पी., संसद का भव्य ग्रन्थालय, संसद के दोनों सभागृह, सेंट्रल हॉल, पीटीआई का कार्यालय इन प्रसार माध्यमों की दृष्टि से महत्त्वपूर्ण संस्था हमने देखी।

इस दौर में हमारे प्रिय जगझाण सर के आकस्मिक निधन से हम सब स्तब्ध रह गए। सर का अन्तिम संस्कार निगमबोध घाट पर किया गया। उनकी पत्नी और भाई पुणे से आए थे। एक सुन्दर सी यात्रा का दुखान्त हुआ। फिर हम अपनी यात्रा अधूरी छोड़ लौट आए। हमारा पाठ्यक्रम अब समाप्त हो रहा था। नए विषयों का ज्ञान होने लगा था। आर्ट फिल्म देखने के लिए हम कुछ मित्र विशेष रूप से जा रहे थे। सत्यजीत राय की फिल्मों ने अलग दुनिया के दर्शन कराए। एक ब्रिटिश लेखिका (शायद मेरी सेटन) द्वारा लिखित अध्ययनपूर्ण-ग्रन्थ पढ़ा और उनके बड़प्पन की यथार्थ स्थिति से

परिचित हुआ। इस माध्यम द्वारा सामाजिक यथार्थ ध्यान खींचने लगे। दलित लेखक, उनके आन्दोलन, दलित रंगभूमि, बाबा आढाव के नेतृत्व में जारी मेहनतकश मजदूरों का संघर्ष, अस्पृश्यता के विरुद्ध उनके द्वारा प्रारम्भ किया गया, 'एक गाँव, एक पनघट' जैसी मुहिम, समाज के सर्वांगीण उत्थान का सपना देखनेवाली सम्पूर्ण क्रान्ति और समाजवादी विचारधारा...ये सारी बातें मुझे झकझोरने लगी थीं। आनेवाले कल की पत्रकारिता में कदम रखते हुए मैं ये सारी बातें नहीं भूल सकूँगा...यह अहसास धीरे-धीरे मेरे मन में दृढ़तर होता जा रहा था।

आलन्दी परिसर की भक्त संस्था में एक दलित विद्यार्थी पर अत्याचार की घटना बहुत चर्चित थी। मैंने परीक्षा में एक पेपर के लिए यह विषय चुना। मैं आलन्दी गया। उस विद्यार्थी से बात की। इस सन्दर्भ में सबसे पहले आवाज उठानेवाले बाबा आढ़ाव से मिला। सीधा-सपाट जीवन जीते हुए जिन समस्याओं की जानकारी नहीं थी, जो सवाल अपरिचित थे; इन घटनाओं के कारण अब समझ में आने लगे थे, जाति-धर्म के नाम पर सन्तों की भूमि में भी क्या-क्या हो सकता है, इसका साक्षात्कार होने लगा। इसके बाद कुछ महीनों के भीतर बाबा ने पालकी के लिए भक्तगण की यात्रा का जो क्रम निर्धारित किया जाता है, उसमें चल रही सुप्त जातीयता के विरुद्ध सत्याग्रह किया। यह सब इतने पास घट रहा था कि उससे दूर भागना असम्भव था।

मैं इन विषयों को करीब से देख रहा था। जनता दल सत्ता में था। प्रगतिशील और वामपन्थी इसके जनक थे। तब भी यथार्थ वहीं था। इसी दौरान बिहार के बेलची में दलितों की हत्या की खबरें आईं। श्रीमती गाँधी सत्ता पर नहीं थीं। पर वे वहाँ गईं। प्रसार माध्यमों ने इस घटना को मुख्य रूप से स्थान दिया।

'समाचार विद्या' नामक एक प्रायोगिक समाचार पत्र हमें अध्ययन के एक विषय के रूप में प्रकाशित करना होता। इस कारण पुणे के सकाल, केसरी, प्रभात, तरुण भारत इन दैनिक पत्रों के काम का करीब से परिचय हो पाया। मैंने 'सकाल' में इंटर्नशिप पूरी की। इस दौरान महाराष्ट्र के विधान सभा चुनाव हुए। इसके लिए पहली बार मतदान करनेवाले विभिन्न स्तर के युवा वर्ग के साक्षात्कार मैंने 'सकाल' के लिए तैयार किए। केसरी के रविवारी संस्करण के लिए पोस्टमैन की समस्याओं पर आधारित एक लेख लिखा। इस कारण कई पोस्टमैन व मित्रों ने मुलाकात की, और मुझे धन्यवाद दिए। उन्हें इस बात का सन्तोष था कि उनका मित्र पोस्टमैन के दुखों को भूला नहीं है। आदमी दुःख कैसे भूल सकता है ?

पोस्टमैन की नौकरी छोड़कर पत्रकारिता में प्रवेश करने के समय 'पूना हेराल्ड' (अब महाराष्ट्र हेराल्ड) दैनिक के मेरे मित्र रमेश मेनन और एन. राघवन ने मेरे अलग-अलग इंटरव्यू छापे। इस कारण कई लोगों की भौंहें चढ़ गईं। मेरी अनेक समस्याएँ थीं। मेरा रास्ता बहुत सीमित था। चेहरे पर उभरी मलीनता साबुन से साफ होनेवाली नहीं थी। मेरी कई कमियाँ दूर नहीं हुई थीं, इसकी जानकारी मुझे थी। तब भी दृढ़ संकल्प से मैं अगला कदम उठाना चाहता था।

'सकाल' में उपसम्पादक के लिए विज्ञापन आया था। मैं उत्साहपूर्वक आवेदन किया। परीक्षा करीब थी। उसे ठीक ढंग से देकर मैं 'सकाल' के सम्पादकीय विभाग की नौकरी की राह देखने लगा। मुझे इंटरव्यू का पत्र मिला। मैं अक्षरशः पागल हो गया। मुझे कुछ न सूझता। मुणगेकर सर और लीलाताई परुलेकर इंटरव्यू बोर्ड पर थे। दो हफ्ते में ही परिणाम आ गया था।

उपसम्पादक के रूप में मेरी और धुलिया के सोमनाथ पाटील का चयन हो गया था।

बरसात शुरू हो गई थी। इस ऋतु ने जीवन के कई रंग दिखाए थे। झोंपड़पट्टी में रहते समय ठिठुरने का अनुभव इसी ऋतु में लिया था। राजेश खन्ना और शर्मिला टैगोर का रोमांचित कर देनेवाला प्रणय दृश्य पर्दे पर इसी बरसात में देखा तो रोमांटिक भावनाओं से भर गया...इसी बरसात में कॉलेज के दूसरे वर्ष में पढ़ते समय घर के पीतल के दो बर्तन लेकर नेहरू चौक के बाजार में जब आया, तब सादी पोशाक के पुलिसवाले ने कितना धमकाया था—यह याद आने लगा। 'दोस्ती' फिल्म के रामू-मोहन याद आते। चौथी में रहते हुए उनकी कहानी ने मुझे कितना बल दिया था, उभरकर आ रही थी वह याद। बरसात में पूरा भीगकर गाते हुए निकला अन्धा मोहन और उसके स्वर में जो गीत है, उसे गानेवाले रफी की मृत्यु भी इसी बरसात में हुई, ऐसी बरसात में भी उनकी अन्तिम यात्रा में उनके चाहनेवालों की भीड़ ! किवले की बरसात अलग थी। उससे भी भयंकर बारिश मुम्बई की ! झोंपड़पट्टी की बरसात और फ्लैट की बारिश में कितना अन्तर !

मैं. वा.दा. रानडे के घर बैठा था। उन्होंने नियुक्ति पत्र पर मेरे हस्ताक्षर लिये। सम्भाजी पार्क के सामने के उनके घर की खिड़की से बारिश की बूँदें झर रही थीं। दूसरे दिन से काम पर उपस्थित होना था। मैंने रानडे दम्पति को नमस्कार किया। सामने की खिड़की से दिखनेवाले गहरे नीले आकाश ने मेरा ध्यान खींच लिया। उस घने नीली पर्तों में छिपे करुणाकर को मैंने नमस्कार किया। माँ की याद आई। बाबूजी को मैंने बताया कि कल से मैं 'सकाल' में काम के लिए जा रहा हूँ। मैं वह नियुक्ति-पत्र लेकर आपटे बाग में आया। वहाँ आबासाहब को यह समाचार दिया। मामा के घर बताया। मित्रों को बताया।

सभी की शुभकामनाएं, आशीर्वाद लेकर मैं दूसरे दिन दैनिक सकाल में उपसम्पादक के रूप में कार्यरत हुआ। नानासाहब परुलेकर की प्रतिमा को नमस्कार कर मैं ऊपर आया। मुगणेकर सर से मिला। उन्होंने शुभकामनाएँ दीं। पत्रकारिता विभाग की परीक्षा देकर कुछ गिनती के ही युवा पत्रकार 'सकाल' में आए थे, उनमें मैं भी था।

एक माह के भीतर मैं अच्छे अंकों से पास हो गया। विश्वविद्यालय की ओर से 'मराठी पत्रकारिता' विषय के लिए रखा गया एक पुरस्कार मुझे मिला।

इसी दौरान मैट्रिक के परिणाम घोषित हुए। उस समय आपटे बाग में बर्तन माँजनेवाली राहीबाई की बेटी इसी काम में माँ की मदद करती हुई मैट्रिक की परीक्षा

प्रथम श्रेणी में पास हो गई। एक अलग सी खबर छापकर मैंने उसके प्रयासों पर लिखा। उसका फोटो भी छपा था। इस सम्बन्ध में सम्पादक ने और दूसरे सहकर्मियों ने विशेष सराहना की। नौकरी लगते ही पन्द्रह दिन के भीतर मैंने यह प्रयास मन से किया था।

...और मुझे सचमुच लगने लगा कि मैं दुनिया के नक्शे में एक केन्द्र बिन्दु पर खड़ा हूँ। दुनिया की सारी खिड़कियाँ, दरवाजे खुले हैं और यात्रा मैंने शुरू की है...

उपसम्पादक के रूप में लगभग दस वर्ष कार्य करने के बाद मैं वहाँ से प्रगति का नया मार्ग खोजने के लिए बाहर आया। मुम्बई के दैनिक लोकसत्ता का पुणे संस्करण प्रकाशित होने की बात चल रही थी। आज पुणे के 'लोकसत्ता' के मुख्य संवाददाता के रूप में मैं काम कर रहा हूँ।

उपग्रहों के माध्यमों से दुनिया हमारे घरों में पहुँच गई है। सारी वैश्विक स्थितियाँ आपके सामने अस्त-व्यस्त होकर पसरी पड़ी हैं। बोस्निया का वंश संघर्ष, बम हमले में जख्मी होकर छटपटाते छोटे बच्चे, भुखमरी के कारण चलने तक की शक्ति गवाँ चुके। सूडान के अबालवृद्ध, नशा और हिंसाचार के भँवर में फँसी अमेरिका की युवा पीढ़ी, हजारों मील से अपने कदमों तले इराक को कुचलने की सीनाजोरी करनेवाली अमेरिकन सरकार, अब भी धार्मिक उन्माद में एक-दूसरे को भोंकनेवाले हिन्दू-मुसलमान और मुम्बई और अन्य शहरों के रिमांड होम से भागते बच्चे...।

ये सारा यथार्थ आज मेरे सामने है। मेरी दो छोटी बच्चियों के सामने है। मैं पत्रकार हूँ इसलिए ये प्रश्न कितने तीव्र हैं इसका अहसास है। आज इन प्रश्नों के घेरे में हम सब हैं। प्रश्न इतने उलझे हुए हैं कि इसके उत्तर इतने आसान नहीं हैं !

जुलाई की वह शाम फिर लौट आई और कुछ पंक्तियाँ उभर गईं :

कंठ भर आया
बीते जीवन की गन्ध से
प्राचीन बुद्धगुफा का
मैं हुआ प्रार्थना समय...!

●●●